祈念守护人

クスノキの番人

〔日〕东野圭吾 著

宋刚 译

新经典文化股份有限公司
www.readinglife.com
出 品

祈念守护人

1

当……当……古旧的铃铛发出浑浊的声响。

玲斗暂停游戏,瞥了一眼手机屏幕右上角。时间是晚上十点过五分。

他退出游戏,把手机塞进作务衣①内兜,缓缓回过头,颈椎随即咔吧咔吧几声涩响。刚好有点空闲,他原本只打算稍玩一会儿,一抬头才发现竟已过去二十多分钟——游戏果然耽误时间。他站起身,将窗帘拨开一道缝隙,看到在灯火昏暗的石灯笼边站着一个魁梧的男人。男人身穿宽松的夹克,短发,绷着脸,看上去五十五六岁。

玲斗在玄关穿好运动鞋,提起早已备好的小纸袋,拉开门走出值班室。男人看见他,露出意外的表情。

"您是佐治寿明先生吗?"玲斗问道。

"我是……"

玲斗鞠躬道:"晚上好,恭候多时了。"

---

① 日本僧侣在寺庙里劳作时穿着的服装。

佐治打量着他，仿佛是在估价，继而问道："你是新来的？"

"是的，我姓直井，从这个月开始由我来守护神楠。请您多多指教。"

"倒是听柳泽女士说过，你们好像是亲戚？"

"我是她外甥。"

"哦……你姓什么来着？"

"直井，我叫直井玲斗。"

"直井，好，我记住了。"佐治迟迟未把视线从玲斗脸上挪开，表情中流露出一丝好奇。他大概想问，这样一个俊朗青年到底为什么会接手这份差事呢？

玲斗心想倒也不用隐瞒什么，只是实在说来话长。他决定作罢，淡然唤了一声"佐治先生"，递过纸袋。"里面是蜡烛，可以烧两个小时，您看够用吗？"

"嗯，零点差不多就可以结束，跟往常一样。"

"您有火柴吗？"

"不用准备，我带了。"

"请务必小心火烛。"

"知道了，每次都会被这样叮嘱。"

"真是失礼了。请您留心脚下，衷心祝福您的祈念可以打动神楠。"这句拗口的套话起初让玲斗咬到过舌头，如今他已驾轻就熟了。

"谢谢。"佐治打开手中的手电筒，转身缓步向神社院内右侧的树林走去。往前的路黑漆漆的，什么也看不清，但再走几步即可看到地上立着一块写着"神楠祈念入口"的牌子，再往里是一条羊肠小径，两侧草木丛生。

玲斗回到值班室，拿起手电筒，提起倚在墙边的折叠椅再次来到门外。他把椅子放好,刚要坐下,余光感觉有什么东西晃了一下。他一惊,赶忙抬眼望去,只见院内一角的树林里有个灰色物体在动,体形比野猫大得多,显然是人,一丝光亮随着影子时隐时现,应该是那人用手电筒照着挪动脚步。这么晚了,会是什么人呢?该不会是贼吧?可神社里没有一样值钱的东西——说是神社,其实连个香资箱都没有。

玲斗没有打开手电筒,屏气凝神、蹑手蹑脚地向人影靠近。人影在神楠祈念入口停了下来,向里窥探。这人穿着微微泛白的帽衫,从背影看身形并不高大,而且丝毫没留心身后的状况。

"您有什么事吗?"玲斗开口询问,打开了手电筒。

小小的身影发出一声惊呼,反弹般转过身来,面露惊恐。竟是个年轻女子,面庞娇小,圆睁的双眼令人印象深刻。光芒似乎有些刺眼,她慌忙伸手遮在眼前。

"你是谁?"玲斗微微垂下手电筒,"来这儿做什么?"

女子轻吸一口气,欲言又止。

"你认识佐治先生?"玲斗追问道。

女子还是一动也不动,宛若一座冰雕。

"这么晚了,你不能擅自进去,祈念需要事先预约——"

玲斗刚说到这儿,一直沉默的女子用手机照着脚下,小跑着逃走了。

这一举动明显反常,但玲斗并没打算追上去逼问,觉得那样做有些不妥。对方是个女子,万一在神社净地叫喊起来,实在不好收场。

玲斗回到值班室门前坐下,掏出手机点开了一部科幻电影。他不时抬起视线环顾院内。没有再发现形迹可疑的人,那个年轻女子应该已经离开了。

快到午夜零点时，树林深处缓缓现出佐治寿明的身影。玲斗起身迎了上去。

"结束了。"佐治说道。

"您辛苦了。"

"明晚我也预约了，到时还要麻烦你。"

"好的，明天我等您来。您回去路上注意安全。"玲斗犹豫着是否要提起那个女子，最终还是忍住了。

佐治道了一声"晚安"，径自离去。

玲斗从神楠祈念入口走了进去。小径被两侧草木环抱，窄得只够两个人错身而过。

穿过树林，眼前豁然开朗，一个庞然大物映入眼帘，正是神楠。这棵巨大的古木直径约五米，高十余米，无数条粗壮的枝杈蜿蜒向上直达顶端，宛如交错盘旋的巨蟒。玲斗初见神楠时便为那气势震撼不已，良久无语。

密密麻麻的粗根盘根错节，紧抓着大地。玲斗留心着不被根须绊倒，沿树干绕到左侧。

古木侧面有一个凹进去的巨大树洞，洞口足以让成年人躬身轻松通过。玲斗小心翼翼地缓步走去。里面别有洞天，宛如岩穴，面积约有三叠①。

树的内壁被挖去一块，形成一个宽约五十厘米的台子。挖掘者如今已无从查证。台子上有一尊烛台，那是玲斗在佐治来之前摆好的。立着的蜡烛还残留着约一厘米，烛火早已吹熄。烛台前放着一个写着"香资"的白色信封。玲斗打开，看到里面装着一张万元纸币，不禁纳闷：这样就要留下一万元？他转念一想，价

---

① 日本面积单位，1 叠约为 1.62 平方米。

值观毕竟因人而异。

　　他把信封塞入怀中,提上烛台,环顾周围,一切正常。他走出树洞,无意中一抬头,天空中的明月比昨夜更圆了一些。明天就是满月了。

　　玲斗回到值班室,收拾过屋子后看了一眼小冰箱,里面冰着几罐果味烧酒。他忍住没有打开冰箱——明天还要起个大早。在起居室的小水槽前洗漱完毕,他关好灯,钻进被窝。漫长的一天终于结束了。闭上双眼,转眼就进入了半梦半醒的状态。

　　一阵混沌袭来,意识逐渐变得模糊。这一切都是真实的吗——这样的疑问浮现在脑海。明天早上睁开眼,会不会又躺在另一个世界呢?也难怪他会这么想,因为就在一个月前,他还在一个环境糟糕许多的地方——拘留所。

2

罪名是非法侵入住宅、损坏财物和盗窃未遂。

玲斗闯入了"丰锢机械"的仓库。这家公司的业务是回收处理二手机械设备，玲斗在那里工作过约一年，两个月前才辞职，准确地说是被辞退。因为他偷偷提醒客户，公司出售的放电加工机有缺陷。客户揪住这一点不放，社长最后不得已降价。可让玲斗没想到的是，那个客户竟然和盘托出。社长怒不可遏，当天就让玲斗离开公司。

"实事求是而已。明知道机器有缺陷却不跟客户说，那不是作假吗？我只不过是想诚实守信！"玲斗据理力争。

社长丰井皮笑肉不笑地瞪着玲斗。"别开玩笑了！诚实守信？你小子明明是收了好处，你以为我不知道？"

玲斗无言以对，事实的确如此。

"滚！赶紧给我消失！"丰井怒吼道。

玲斗咂了一下嘴，说道："消失可以，但你得给我补偿金。"

"你说什么？"

"我有权得到经济补偿，还有这个月的工资。你要敢不付给我，我就去告你！"

"做什么美梦呢！怎么可能给你！干什么都不行的半吊子，我供你吃供你住，还给你发工钱，没让你感恩戴德就不错了！真是受不了，我都想跟你要经济补偿了！怎么着？瞅你那张臭脸！你要是不服就去告我吧！"丰井怒吼着，抡起一把大号扳手逼了过来。玲斗逃命般一溜烟跑出了办公室。

玲斗就这样丢掉了工作。员工宿舍只是间五叠大的单间，现在也必须搬出去了。他没有存款，没过几天就活不下去了，只能辗转于网咖，靠朋友介绍的短工勉强糊口，光是凑每月的手机话费都已捉襟见肘，更别提吃顿像样的饱饭了。

不会就这样曝尸街头吧？正当他感到绝望时，丰钿机械的后辈透露了一个消息：丰井从一家刚歇业的工厂买下了一台激光式变位仪，如果是全新的，价格不会低于二百万元，可那家工厂的经营者死了，遗孀对二手机器市场完全不了解，还在言谈间表示想尽快处理掉工厂，谁买走机器谁就是恩人。结果，丰井仅支付了两万元就把机器搬走了。"他瞎说这儿有毛病、那儿有故障，从鸡蛋里挑出一堆骨头，狠狠地压价。这倒也是那只老狐狸一贯的伎俩。"后辈皱着鼻子嫌弃地说道。

玲斗还打听到，那台机器体积不大，一个人就能搬动，而且根本没什么故障，转手便能轻松赚一百多万。他脑中灵光一闪：看来上天都帮我，就用那台机器当作补偿金吧。

玲斗曾几度想过溜回丰钿机械偷些东西。别人的东西不能拿，玲斗对此心知肚明，可一想到目标是丰钿机械，就感觉良心上过得去了。这家公司一直手段卑劣，用"丰钿"这个名字本就没安好心。社长姓丰井，公司按理说也该叫丰井，社长一定是想让别人误以为公司和那家驰名世界的车企有关，才故意起了这个名字，从而钓到更多客户。玲斗一想到是要偷这么一家骗子公司，罪恶感便荡然无存：辞退我本就不合理，我只是把该属于我的东西拿回来罢了。

但即便溜回公司，也不能保证一定能找到值钱的东西。办公室的保险箱上了锁，里面也不一定有现金。最值钱的当属仓库里待售的机器设备，可是动辄好几吨重，一个人根本偷不出来。

眼下情况就不一样了。仓库里等着他的是激光式变位仪，就算便宜点出手也能挣一百多万，且搬运起来不费吹灰之力。必须马上行动，否则被丰井那家伙转卖出去就晚了。深思熟虑后，玲斗决定下周六行动。他在丰钿机械工作过一年，很清楚摄像头的位置，也知道仓库里的防盗措施徒有其表。他向后辈提前打听好了机器的位置，轻而易举便从仓库搬了出来，不料要离开时出了意外。他原本从后辈那里借来了备用钥匙，能轻松进出仓库大门，可他想把现场伪装成破窗而入，于是临走前决定把窗户玻璃敲碎。然而，锤子刚碰到玻璃，警铃便响了。没想到抠门的社长居然会安装报警系统！铃声刺耳，玲斗蹬着来时骑的自行车慌不择路地逃了。因太过慌张，放在后座的激光式变位仪也不慎被甩掉，玲斗自然没有心思再回去捡。

就这样白折腾了一晚上，好在玲斗觉得应该不会被人发现——他戴了手套，也确信没有被摄像头拍到。可第二天一大早，他刚从网咖出来就被刑警围住，要他跟着去一趟警察局。

听说后辈交代了一切，玲斗心灰意冷。他知道再挣扎也无济于事，于是在审讯室里如实道出原委：被蛮不讲理的社长辞退，没领到补偿金和未结算的工资，因此心怀怨恨。负责审讯的刑警多少有些同情，但也不可能为他修改笔录，而是干脆利索地把案卷材料移送检察机关，他只能等着被起诉。

完了，要进监狱了，但反正也无处容身，这样也挺好——就在玲斗差不多做好心理准备时，一件意想不到的事情发生了：一个自称是受玲斗外祖母所托的律师要求面谈。

玲斗的外祖母的确健在，名叫富美。被警察带走之前，他给外祖母打了电话，简单说了自己可能会被逮捕。外祖母是他唯一的亲人，直到他高中毕业都一直和他一起生活。他担心外祖母突然联系不到他会胡思乱想，才打了电话，压根没指望外祖母能帮上忙。外祖母今年七十八岁，独自在江户川区的一幢老房子里精打细算地过活，性格忠厚单纯，要是被诈骗团伙盯上了，只需一通电话就会主动去银行汇款。玲斗打电话时也是如此，刚听到"逮捕"两个字，外祖母的声音就开始颤抖了。玲斗实在想象不出，这样的外祖母竟会去请律师，按说她也应该没有这样的能力与人脉。

坐在会见室隔板对面的，是个脸型细长、戴黑框眼镜的男人，满头白发，看上去上了年纪，实际年龄不清楚，从面料光泽度能看出身上的西服颇上档次。

"你就是直井玲斗？"男人起身，靠近了一些。

"是……"

"初次见面，这是我的名片。"男人向玲斗出示名片，上面印的名字是"岩本义则"。

"是我外婆托您来的吗？"玲斗问道。

"嗯，你就当是这样吧，不然你肯定会疑惑。"岩本说着坐回折叠椅上。

"那您到底是受谁之托呢？"

"我不能说。"白发律师跷起了二郎腿，"这是和委托人商定好的，目前还不能说出委托人的身份，或者说不能由我说出来。"

"什么意思？到底是怎么回事？"玲斗眉头紧锁。

"委托人希望如此。作为律师，我只能服从委托人的指示。总有一天你会知道的，在那之前就当作是个小秘密吧。"

玲斗绞尽脑汁思索：到底是谁委托的呢？脑海中浮现出几张熟人的面孔，可哪个都不像能做到这个地步。

"委托人托我给你捎个口信。"岩本打开了手中的笔记本，"准备好了吗？我要念了。'直井玲斗先生：倘若你想重获自由，请将一切事宜委托给岩本律师。只要交给岩本律师处理，相信一切都会解决。获释后，请第一时间来见我，有一件事我要命你去做。如果你能答应，律师费将由我全额承担。委托人'。"老律师抬起视线，"就是这些。"

玲斗握紧了放在膝盖上的双手。"要做什么？这人要命令我做什么事？"

"委托人没有对我提起。"岩本一副事不关己的语气，"我的职责只不过是替委托人传口信。怎么样？要交给我处理吗？如果你答应，我会让你获释。"

玲斗听得云里雾里，不知所措，怎么想都觉得不对劲。光是这个神秘委托人就已经够蹊跷了，更别说还要替他出律师费，并以此为条件命令他去完成某项任务。整件事都散发着一股危险的气息。可如果不答应，他又该怎么办呢？若被起诉，判罪是板上钉钉的事，也没人能保证可以缓期执行。要是真的进了监狱，不知要待上几年。委托人要命令我做的是什么事呢？难不成是犯罪？会不会是逼我去杀人？如果为了抹掉小偷的罪名而去当个杀人犯，那也太得不偿失了。

"怎么样？"律师追问道，"可以的话，我想尽快听到答复。"

"呃……"玲斗挠了挠太阳穴，"如果我直接委托您为我辩护，大约需要多少钱呢？"

岩本倏地抬起下巴。"你的意思是不通过委托人，你直接付给我费用？"

"我想或许也有这么一条路……"

"门都没有。"

"啊？"

"根本不存在你说的这条路。我也会选择客户，不想接手毫无可能收回报酬的工作。"

的确如此，如果自己是岩本，多半也会这样。

"怎么样？快决定吧，我很忙。"岩本催促道。

"您带着硬币吗？"玲斗问道。

"硬币？"

"十元的、一百元的，没有的话一元的也行。"

岩本从怀里掏出真皮钱包，从装硬币的夹层捏出一枚一百元面值的。"你要这个做什么？"

"麻烦您向上抛硬币，"玲斗单手向上一挥，右手在下左手在上，双手合在一起，"然后像这样用两只手接住。"

"猜正反？"

"拿不定主意的时候，我都会这么做。"

"顺利的概率是多少？"

玲斗歪了歪脑袋，答道："大约百分之五十吧。"

岩本没作声，脸上露出一丝笑容。"倒是个很科学的结论。"

"或许吧。这样就能安心了，我会告诉自己命该如此。"

"这样啊。"

"是的，拜托您了。"

"好吧。"岩本按照玲斗说的抛起硬币，用双手接住。

来吧，到底是哪一面呢——玲斗的视线落在老律师的手背上。皮肤细腻的手背看上去没做过体力劳动。他咽了口唾沫。"正面。"

岩本缓缓抬起左手，右手向前平推。大大的数字"100"出现在玲斗眼前。

"猜中了！是正面！"玲斗打了个响指，"好，我决定了，就交给您了，请多关照！"他站起身来鞠了一躬。

岩本微微点头，一只手伸进西服内兜掏出手机，迅速贴到耳边。"您好，我是岩本……多谢……是的，我正在和嫌疑人面谈……已经转告他了……他接受了，决定交我处理……好，我明白了。"挂断电话后，岩本看向玲斗，微微颔首。"我刚向委托人汇报了进展，意见达成一致，接下来我会让你获释。不许反悔，没问题吧？"

"当然，"玲斗答道，"男人必须说一不二。"

"很好，不过有件事还是说了为好。"岩本拿起那枚硬币，将印有数字"100"的一面向玲斗出示，"一百的下面刻着什么？"

玲斗将脸贴近隔板，定睛看去。"平成三十年。"

"记住，日本的硬币，显示制造年份的一面是背面。"

玲斗原本还半信半疑，结果没过多久，他真的获释了。得到通知后，他取回自己的物品，在文件上签了几次名，整件事情便解决了。玲斗向警察局大门走去，路上遇到的警察连看都不看他一眼，他感觉有些莫名其妙。

来到大门外，岩本迎上前来。"辛苦了。"

"您太厉害了！"玲斗感叹道，"没想到这么快就能出来。您使用了魔法吗？"

"到车里我再解释，快，出发了。"岩本朝停车场大步走去。

"出发？去哪儿？"

"跟我来就知道了。"

停车场里停着一辆大型轿车,玲斗不清楚车型,估计是进口高档车。岩本只碰了一下,车门就开了。

"我可不会用什么魔法,"车发动之后,岩本开口说道,"只不过是和原告达成了庭外和解。"

"和那个嗜钱如命的社长?简直难以置信。"

"正因为他嗜钱如命才有可能。你进监狱对他来说没有任何好处,接受和解才有利可图。"

玲斗转向驾驶席。"难道给了钱?"

"当然。"

"多少?"

"你想知道吗?"

"想……"

律师注视着前方,倏地抬了抬鼻尖。"你从案发现场逃走时遗弃了偷到手的激光式变位仪吧?你英明的决断导致机器发生故障,仅修理费这一项的赔偿金就超过五十万。"

"光修理就花了五十万……"

"你还想进一步了解详细金额吗?"

"不,算了吧。"

大约过了三十分钟,岩本缓缓降低车速,驶入一家高级酒店的停车廊。"到了。"

"哎?这里吗?"

岩本把车停在酒店大堂门口,并未熄火,从西服内兜摸出一张便笺。"去这个房间,委托人已经等你很久了。"

玲斗接过便笺,上面写着"2016"。"您呢?"

"我的工作到这里就结束了。接下来,你可以按照自己的意愿前行了。"

"好……"玲斗解开安全带,抱起放在脚旁的背包,打开了左侧车门。①

他刚刚迈出左脚,只听岩本说道:"庭外和解后,丰井社长对我说:'存在缺陷的设备,再怎么修理还是会发生故障。那小子也一样,说到底就是个残次品。我敢断言,将来他一定会错得更离谱,总有一天会进牢房。'"

玲斗紧咬嘴唇,不知如何辩驳。

"希望你,"岩本继续说道,"用今后的人生证明这个预言是错的。"

玲斗注视着岩本的眼睛。"我要怎样活下去呢?"

"这个问题的答案,或许就在那个房间里。"岩本指了指玲斗手上的便笺,"不过,你要记住,下一次做出重大决断时,要用头脑去思考,坚定了信念之后再给出答案。硬币正反面之类的是靠不住的。"岩本的眼镜片上映射出两道寒光。

玲斗心中划过一丝痛楚。他深呼吸了几下,终于说出一句"我记住了"。他下了车,关上车门,向驾驶席深鞠一躬。岩本点了点头,踩下油门。

目送轿车远去,玲斗转身背好背包,握紧便笺,朝酒店缓缓迈开步伐。

玲斗还是第一次到高级酒店。宽敞的大堂里人来人往,个个仪态优雅,而玲斗身着T恤衫,套着肥大的夹克,穿着牛仔裤,完全就是进拘留所前的模样。衣着难登大雅之堂,身上还有股难闻得令人皱眉的气味,他直担心会被揪着领子扔出去。

---

① 在日本,车辆靠左侧行驶,驾驶席在右侧。

一个头戴工帽的年轻服务员脚步迅捷地走了过来。果然引起了注意，玲斗迟疑着停了下来。

"请问您是住宿客人吗？我帮您提行李吧。"服务员说道。

"我不住宿。"玲斗慌忙否认。

"失礼了。"服务员挤出微笑，低头致歉后走开了。

之后再没有人叫住玲斗，他顺利地走进酒店直梯。二〇一六室，应该是在二十层吧，玲斗按下按键，不停地深呼吸。究竟是什么人把我约到这儿？要命令我做的事情又到底是什么？

二十层到了。玲斗走在两边排列着房间的走廊上，清了清嗓子。高级酒店果然不一样，走在地板上丝毫听不到脚步声。终于，他站在了二〇一六室的门前。深褐色房门看起来如同另一个世界的入口。玲斗用力咽了口唾沫，按下门铃。过了几秒钟，咔嚓一声，房门徐徐打开。玲斗屏住呼吸。

面前是一名女子，六十出头，栗色短发，在同龄人中应算是高个子，白色衬衣外面披着件灰色上衣。

玲斗感觉在哪儿见过这人，但一时又想不出。女子稍稍上扬的双眼目不转睛地盯着玲斗。玲斗感受到一股难以名状的威慑力，不禁想往后退。

"进来吧。"女子声音略带沙哑，语气十分柔和，紧闭的嘴角流露出一丝笑意，这让玲斗稍稍安心了些。

在女子引导下，玲斗战战兢兢地走进房间。真皮沙发和耀眼的茶几映入眼帘，这儿是待客区，没有床，一旁有一扇门，卧室大概在隔壁。

"请坐。"女子指着沙发说道。

玲斗将背包放在脚旁，坐了下来。

女子落座后，视线仍停留在玲斗脸上。"看样子，你还没想起我。"

果然见过面!玲斗挠了挠头。"我们以前是不是见过?"

女子竖起右手的食指和中指。"见过两次,第一次是在你刚出生不久的时候,第二次是十五年前,那时你还是个小学生,不记得我也情有可原。"

玲斗在记忆中搜索,可惜一无所获。

女子从身旁的包里掏出一张名片。"这名字你有印象吗?"

玲斗接过名片,只见上面写着"柳之公司顾问 柳泽千舟"。"柳泽……我没有听说过……"

"果然。"

"嗯……"玲斗来回看了看名片和女子,"柳泽千舟……这是阿姨您的名字吗?"

"阿姨?"女子右侧的眉梢微微一颤。

"啊!不不不,对不起!女士,呃……这是您的名字吗?"这恐怕还是玲斗有生以来第一次使用这么正式的称呼。

女子哼了两声,似在苦笑。"没关系,就叫阿姨吧。我这把年纪了叫奶奶也不奇怪。对,我叫柳泽千舟。"

"千舟……"玲斗小声自语。这名字不太常见,却很好听,相比时下那些哗众取宠的名字平添了几分典雅。

千舟又从包里掏出一个信封,摆到玲斗面前。"你可以看看里面。"

"是什么?"

"看了就明白了。"

信封里是张老照片,上有四人:后排站着一位老者,前面是一个小学生模样的少女,两侧各站着一名女子。玲斗看向左侧年龄在二十至二十五岁之间的女子,暗暗吃了一惊。他将视线从照片移到千舟脸上。

"有什么发现吗?"千舟问道。

"左边这位女士一定就是您吧?"

"没错。"千舟点了点头,"没想到你能认出来。"

"当然,几乎没怎么变嘛。"玲斗诚实地说道。

"那真是太感谢了,原来你还是会说奉承话的。"玲斗有些不知所措,想辩解,可话还没出口,千舟就继续问道:"右侧的呢?能认出来吗?"

玲斗把视线移回照片上。右侧的女子身着和服,比千舟要年长许多,约莫三十五岁,五官立体,堪称难得一见的美人。玲斗定睛细看,不由得惊呼出声。

"看来你已经认出来了。"

"这不是我……外婆吗?"

"对,就是富美阿姨。"

果然如此!玲斗重新审视照片。"太意外了!外婆曾经这么苗条啊。"外祖母如今那圆润的体形浮现在玲斗眼前。不管怎么说,这也是大约四十年前的照片了。

"那么,这个女孩子是谁呢?"千舟继续问道。

玲斗盯着照片上的少女。少女看上去大概上小学三年级,穿着雪白的衬衫和藏蓝色裙子,短发,坚毅的目光丝毫没有躲避镜头,她的脸让玲斗想到了一个再熟悉不过的人。"是我的……母亲。"

"没错,是美千惠。站在她身后的就是你的外公直井宗一。"

"外公?啊……"玲斗记事时外祖父就已去世,几乎没人对他提起过外祖父是一个怎样的人,就连宗一这个名字,他也是今天第一次听说。

得知这一点后,千舟告诉了他外祖父名字的写法。"宗一,也是我的父亲。"

玲斗不觉又是一声惊呼。"您的父亲？这到底是怎么回事？"

"这不是比喻，也不是开玩笑，就是字面上的含义。直井宗一先和我母亲结了婚，生下了我。他是入赘女婿，改姓柳泽，直到我母亲因病离世后都保留着这个姓氏。后来，他和学生坠入爱河，下定决心再婚。有人对你说过你外公曾是高中语文老师吗？"

"没有，我第一次听说。高中老师……"玲斗一时难以消化千舟的话，不断在头脑中反刍，猛然一惊，"和学生坠入爱河后再婚？难不成……那个学生就是外婆？"

"是的，两人相差二十二岁。"

玲斗盯着照片上的外祖母。"胆子真大……"

"直到要和富美阿姨再婚，父亲才把姓氏改回直井。"

"就是说……"玲斗倒吸一口凉气，抬头瞪大眼睛凝视千舟。

"没错，"千舟露出微笑，挺直腰板，下颌微收，"我是你姨妈，美千惠的姐姐。我和美千惠是同父异母的姐妹。刚才我说你可以叫我阿姨，实际上我就是你的亲姨妈。"

玲斗屏住呼吸，长舒了一口气，把照片放到茶几上，翻来覆去地回味着千舟的话。"这些事情，我母亲从没对我提起过。"

千舟一脸的模样，几度微微颔首。"这也难怪。我们的关系不同于寻常姐妹，因为我和美千惠从没有在同一屋檐下生活过一天。"

玲斗皱起眉来。"为什么？"

"这件事以后有机会我再和你解释。总之，我是你姨妈，这一点清楚了吧？如果还心存疑虑，你可以去查看美千惠和直井宗一的户籍。"千舟坚决的态度足以证明她所言不虚，而且正如她所说，如果是谎言，随时都可能被拆穿。

"我相信您，"玲斗答道，"相信您是我姨妈。可我还是不明白，为什么您会在这个时候出现呢？"

千舟双眉上扬，双目圆睁，仿佛在诧异玲斗竟会问出这种问题。"为什么？还不都是因为你做的好事？"

"因为我？"

"富美阿姨联系我，说外孙被警察逮捕了。"

"她为什么要联系您？"

"这是柳泽家的规矩。如果有亲戚做了不好的事，可能导致柳泽家族名誉受损，必须通知一家之主。富美阿姨只不过是按家规联系了我而已。得知消息后，我咨询了熟识的律师岩本——我学生时代的朋友，让他查清了状况。据他说，你这种情况庭外和解并不难。我还跟富美阿姨打听了你这几年的境况，听说你过得浑浑噩噩。富美阿姨可没说你什么好话。"

玲斗真想说一句"多管闲事"，但还是忍住了。不管怎样，对方是帮自己重获自由的恩人。

"所以，我就想到了一个主意，"千舟继续说道，"岩本律师已经转达我的口信了吧？"

"嗯，"玲斗努了努下巴，"我获释以后，如果服从委托人的命令，就能免去全部律师费。"

"你答应了我的条件，因此才能平安无事地离开拘留所。现在没改主意吧？当然，如果改了，还有另一条路，就是你来支付全部费用。"

玲斗摊开双手，耸了耸肩。"这不是明摆着的嘛，我怎么付得起？不过，我一没什么长处，二来能做的事情有限……"

千舟面无表情，眯起眼睛。"我打听了你的经历，似乎高中毕业以后没上大学。"

"不是没上，是上不起，根本没有那份闲钱。"

"我倒是觉得事在人为……算了，那你将来的梦想是什么？"

19

"梦想?"

"计划也可以,比如想成为什么样的人,怎样活下去,这些都没考虑过吗?"

"计划嘛……"玲斗移开视线,挠了挠后脑勺,"没什么计划,怎样都可以,能活下去就行。"

千舟轻轻叹了一口气,点点头,似乎领会到了什么。"我知道了,如果这样,你就更要听我的了。况且,这件事也只有你才能完成。"

"只有我?是什么事?"

千舟挺直后背,用力做了个深呼吸,像是将要宣布一件天大的事情,绝不能遗漏一字一句般开口说道:"我想让你做的是——成为神楠守护人。"

3

翌日清晨，晴空万里。玲斗六点起床，简单吃过早餐后准备清扫神社院落。他拿着竹扫帚和簸箕望向屋外，叹了口气。今天依旧满院落叶。初秋已然如此，临近寒冬时会成什么样子？玲斗感到一丝疲惫。

院子并不大，可无论扫帚如何挥舞，秋风依然会殷勤地赠以更多落叶。徒劳的倦怠感油然而生。白天的工作大半是清扫，这一点千舟一开始就说过。

见到千舟的第二天，玲斗就被带到了这里。在列车上颠簸了将近一个小时，从东京来到一个从未去过的小车站，坐了约十分钟巴士后又走了一段上坡路，虽算不上翻山越岭，但坡度也比一般郊游的线路要陡得多。走着走着，脚下变成了台阶，每一级铺的都是铁道枕木。

玲斗已经筋疲力尽，想要小憩一会儿，却被千舟数落道："年纪轻轻，就知道叫苦叫累！平时生活懒散，现在才会这样。这里可没人听你发牢骚。"千舟说完，大步向前走去，脚步快而有力。玲斗跟在后面，心里偷偷抱怨道：这个老太婆！

登上最后一级台阶，面前立着一座古老的鸟居，再往前是平整的空地，这便是月乡神社。

"没人知道这座神社的由来。"千舟说道，"何时、何人、为何建造，通通没有留下任何记载。这片土地属于柳泽家，因而由柳泽家负责管理。宫司①由其他神社的宫司兼任，但仅仅挂个空名，不会举办任何仪式。"

道路尽头还有一座小小的神殿，千舟说那只是个摆设，连香资箱都没放。所谓值班室是一间小屋子，距离神殿有一段距离。这里不出售护身符，不提供御朱印，甚至连签筒的影子都看不到。千舟带着玲斗进了屋子。屋子中央有张桌子，靠墙还有张办公桌和一个文件架，上面整齐地摆放着几本文件夹。里间是间窄小的卧室，榻榻米、盥洗台和卫生间一应俱全，空调虽然老旧，但还能运转。

"这里名义上是值班室，实质上是神社的管理部门。"千舟环视了一圈室内，"在这里工作的人要看守神社，不，神社倒在其次，第一要务当属守护后面的神楠。"

玲斗随即被千舟领到神社一侧的树林深处。神楠自上古就已镇守于此，那无上威严与磅礴气势令玲斗目瞪口呆，良久无语。

上午八点过后，会有零星访客来到神社，大部分是住在附近的老人。坡道不短，走上来算是一项不错的运动。不知这条坡道是不是连接着慢跑的路线，偶有身着运动服、喘着粗气的人在神殿前双手合十。

专程前来参观的人大约在上午十点后出现。若非周末，一个小时最多三四个人。访客们当然都是来看神楠的，大多不会对那

---

① 日本的一种职业，掌管神社的营造、祭祀、祈祷等事务。

座徒有其表的神殿有什么指望，连看都不看便直接走向草木丛生的小径。与夜间不同，白天来神社可以自由参观，正因如此，玲斗要留神有没有人恶作剧，经常一边打扫，一边不时巡视四周。还有不少人会拜托玲斗帮忙拍照留念。"如果有人让你照相，要欣然答应。"千舟这样要求过玲斗。这也是工作内容之一。

正午将近，玲斗正在神殿前打扫，突然有人朝他打了个招呼。他抬头一看，一个戴圆框眼镜的年轻女子走了过来。女子身着厚连帽卫衣和牛仔裤，一身打扮很适合山间漫步。稍远处还站着两个年龄相仿的女子。大约十分钟前，玲斗碰巧看到她们来到神社。

"祈祷有什么特定的模式吗？"女子问道。

"祈祷？"

"在神楠那儿。"女子指了指树林深处。

"哦。"玲斗点了点头，"树是中空的，绕着树干走就可以看到入口，一次请只进一个人。"

"具体怎么做？"

"也没什么特定的流程……"玲斗歪了歪头。

"什么？不会吧……"女子眨了眨眼。

"各位可以随意祈祷。"

"随意？"女子很是吃惊，皱起了眉头。

"没错。"玲斗答完，低头继续打扫。

女子回到同伴身边。"他说随意拜一拜就行……"

"怎么会这样……"同伴流露出些许失望。

让你们失望了，可这不能怪我。玲斗暗想着，并没有停下手中的活儿。

"听说只要向神楠许愿，愿望就可以实现。具体要怎么做呢？"几乎每天都有访客问玲斗这个问题，问法有所不同，但大意基本如此。还有一位女士问过玲斗:"你帮我许个愿要多少钱?"

传说向月乡神社的神楠许愿,愿望终会实现。千舟说过,她也不清楚这个传说从何时开始流传。原本只是在当地的居民间代代相传,但随着互联网普及,这里被人们盛传为能量景点。因此,尽管月乡神社地处偏乡僻壤,到了节假日还是会有不少访客慕名而来。

"访客一多,自然会掺杂一些奇怪的人。涂鸦就是个最明显的例子。有一阵子,谣传在神楠的树干上写下心愿就可以达成。那时可真是让人头疼,稍不留神,树干就会被涂抹得乱七八糟。贴告示、立警示牌都没用,最后只好临时雇了保安。涂鸦倒还好,可以清洗掉,但居然还有人要刻字,幸好没让他得逞,直接报警了。因此,必须有一名管理员常驻在这儿。"千舟说道,"原本白天由一个已经退休的熟人管理,三个月前他说体力跟不上,辞掉了,我只好来替了几天。可我已经这把年纪了,不分昼夜地值班,身体实在吃不消,正想再找个人,便听说了你的事情。"

简言之,千舟希望玲斗担任神社管理员。玲斗还是有些疑惑——千舟为什么要不分昼夜地值班呢?

千舟听后用力点了点头,简直在说就在等你这么问。"关键就在这里。管理员的工作还在其次,我真正想让你做的其实是夜间的工作,那才是神楠守护人真正的职责。"

打扫完神殿,玲斗正要回值班室,发现一名女子站在石灯笼旁,便停下脚步。娇小的面庞、炯炯的双眸,分明就是昨夜那个女子。本以为她穿的帽衫是泛白的,原来是淡粉色。

女子走向玲斗,看上去有些忐忑。"请问你是神社的人吧?"

神社的人——玲斗推敲了一下这个词。他从没想过自己现在是什么人,被这么一问才发觉真的只是"神社的人",再无其他身份。"嗯……算是吧……有什么事吗?"

"昨天晚上,有个男人来这里了吧?"

"是。"女子说的应该是佐治。玲斗觉得没必要隐瞒,于是含混地点了点头。

"他在这里做什么?"

"呃……"玲斗望了一眼神社深处,收回视线盯着女子,"祈念吧。"

女子皱了皱眉。"那么晚?"

"昨晚我应该跟你说过了,夜晚祈念是允许的,只是需要提前预约。"

"夜晚祈念?和白天有什么不一样?"

"这个嘛……我也不清楚。"

女子眉头皱得更紧。"你不是神社的人吗?"

"算是吧,不过我才来了一个月,只能算个见习生。"

女子面露诧异,上下打量玲斗。"那个人在祈祷什么?"

"谁?"

"就是昨晚那个人。"

"佐治先生?"

"是。"女子面无表情地点了点头。

"不知道。祈祷什么是客人的自由。"玲斗再次注视女子,"你到底是什么人?跟佐治先生认识吗?"

女子避开视线,做了个深呼吸,似乎在犹豫是否要回答。

直觉告诉玲斗这人有点难缠,最好别跟她有瓜葛。做出这个判断后,他颔首示意,便要转身离去。

"女儿,我是那个人……佐治寿明的女儿。"

玲斗眨眨眼，望向女子。女子毫不示弱地回望。他觉得她性格很强势，也很漂亮。"你们长得不太像啊。"他坦率地说道。

女子从牛仔裤口袋里掏出钱包，从中抽出一张卡片。"你看。"她靠近玲斗，递过卡片。那是一张署有"佐治优美"的会员证。

"佐治优美？"

"对，"女子点了点头，"可以相信我了吧？"

"相信倒是可以……"

"那就告诉我，我父亲来这里做什么？"

"祈念啊，我说过好几遍了。"玲斗现出不悦的神情，他已经懒得表示礼貌了。

"祈念什么？"

"这我怎么知道？我只需要按照规定做好准备，其他都不会过问。你要是想知道，直接去问你父亲不就好了？"

女子想要反驳，又咬住了嘴唇，似在克制内心的焦躁，随后转身离开了，纤细的背影仿佛在责问玲斗：若问得出来，我还用煞费苦心吗？

4

　　当……当……与昨夜几乎同一时刻,铃声再度传来。看到窗外的佐治,玲斗出了值班室。

　　"今天的月亮真圆啊。"佐治抬头望着天空说道。

　　玲斗不觉仰望夜空。白月清辉,似乎比往日更加充满力量。"的确。"他赞同道。

　　"我有种很好的预感。"佐治严肃的脸上露出一丝微笑。

　　"太好了。"玲斗很想询问优美是否问了他什么,但不知该如何开口。

　　"怎么了?"佐治似乎察觉到玲斗有些反常。

　　"没什么。"玲斗摇摇头,递过纸袋,里面放着可以燃烧约两个小时的蜡烛。"已经做好准备了,衷心祝福您的祈念可以打动神楠。"

　　"谢谢。"佐治接过纸袋,向祈念入口走去。

　　目送佐治远去后,玲斗回到值班室。如果是往常,玲斗会在屋外等待,但今夜另有计划。他关掉灯,从窗帘的缝隙向外窥探。

　　不一会儿,不出玲斗所料,事情果然发生了。神社内除了极微弱的光亮，四下俱暗。玲斗发现昏暗中有个人影在动。他一直在定睛观察，因此才能察觉。他出了门，拿着手电筒，没有打开。

人影进了祈念入口。玲斗留意压低脚步声，小跑过去。尽管刚来不到一个月，但他每天在此生活，周围物体的位置已经大体掌握，在黑暗中依然可以行动自如。转眼间，玲斗就来到了潜入者身后。

该在哪儿叫住这个人呢？出于守护人的职责，当然应该马上让此人离开。然而，好奇心让他犹豫不决：此人到底想做什么？

转眼间，他们穿过树林，来到神楠前。月光再无遮拦，潜入者的身影清晰浮现在眼前。果然是佐治优美。或许是想尽量不引人注意，她今晚穿的是深色夹克。

优美沿神楠左侧绕了过去。皓月当空，脚下却依旧黑漆漆的。她小心翼翼地迈着步子。身后的玲斗离她仅有约两米了，她依旧浑然不觉，看来是无暇注意身后。

玲斗正思考着喊住她的时机，她突然一个趔趄，向后栽了过来。应该是被地上密布的根须绊倒了，她身体瞬间失去了平衡。玲斗急忙上前双手扶住。优美痉挛般浑身一颤，猛地回过头来，面容因极度惊恐而有些扭曲。尽管光线微弱，玲斗还是看得一清二楚。大概是受到的冲击太大，优美并未惊声尖叫。

玲斗把食指竖在嘴前，瞥了一眼神楠。烛光洒到了树洞外。佐治似乎并未察觉，没有要出来查看的迹象。

玲斗扶优美站好，直视她的眼睛，缓缓摇了摇头，指着来路劝她赶快回去。优美似乎领会了玲斗的意图，却不甘心听从，双手合十恳求对方放过自己。

玲斗犹豫了。女儿在深更半夜尾随父亲到这种地方，必然事出有因。优美似乎并非想干扰佐治，只是想偷看佐治到底在做什么。

既然无伤大雅，放过她应该也没什么问题。只是万一被佐治发现就麻烦了，佐治一定会痛骂他身为守护人没有尽到职责，要是再去向千舟告一状，麻烦就大了。

正当玲斗进退维谷时，"哼哼哼——哼哼——哼——"树洞中传来一阵诡秘的抑扬顿挫。

玲斗与优美面面相觑。优美似乎被那声音吓到了，双目圆睁，接着用力地眨了几下。

正当两个人僵在原地，声音再次传来。"哼——哼哼哼——哼哼——"很明显是佐治。不像是在诵经，似乎还有曲调，应该是在哼歌。总是一副冰冷面孔的佐治竟然会哼着歌祈念，简直令人难以想象。

优美垂下双手，转向神楠。玲斗察觉她要靠过去，立刻揪住了她的胳膊。优美连忙把另一只手伸到面前，做出央求的动作，接着用拇指和食指比出两厘米左右，示意只要一小会儿。

"哼哼——哼——哼——哼——"怪异的哼唱又响了起来，完全听不出到底是什么曲子。

玲斗松开了抓着优美胳膊的手。优美明白玲斗已经默许，便靠近洞口。玲斗跟在后面，祈祷着她千万别发出声响。守护人的使命感败给了好奇心。

优美站在树洞口，悄无声息地向里窥视。玲斗也伸长了脖子。烛火辉映，两个人从斜后方勉强看清了佐治的身影，只见他手上似乎捧着一样东西，但烛光太暗，看不细致。那东西没有发光，不像是手机。

"哼——哼哼——哼哼——哼——"佐治哼唱完一段，歪着脑袋急躁地挠起了头。从后背的起伏可以明显看出，他重重地叹了口气。

玲斗拍了拍优美的肩膀，示意她适可而止。优美意会，决定离开神楠。玲斗用手电筒照着脚下，沿来路折返。两人良久无语。

"这下心满意足了吧？"回到神社院内，玲斗问道。

优美一脸不满，用力摇了摇头。"一点也不！那算什么？越来越不明所以了。夜晚祈念都是那样吗？"

"我也不知道……我也是第一次看到祈念的样子。"

"他哼的是什么？怪瘆人的。"

"我哪儿知道。还是先说说你吧，你是怎么回事啊？不是说了晚上不能随便进来吗？"

优美瞪了玲斗一眼。"你自己不还是一样偷看了？"

"那是因为……"玲斗悔不当初，无法辩驳，只好用一声干咳掩盖心虚，"你先和我说说到底是什么情况吧。"

"和你说了，你会帮我吗？"

"看你说的是什么了。"

"从哪儿开始说呢……"

"也是。"玲斗用下巴指了指值班室，"这里太冷了，到里面去吧，喝杯可可。"

"我最喜欢可可了！"优美满心欢喜地拍起了手，说话的口吻让玲斗觉得，她似乎已经把他看作朋友了。

"真好喝，全身都暖了！"优美喝了口可可，右手握着杯柄，左手扶着杯子暖手，开始诉说她的故事。

佐治家离这里约三十分钟车程。佐治寿明继承了父辈创立的建筑公司，优美不清楚自己家里是否算得上富裕，但作为独生女，她从未在钱上发过愁，只是，家里也有其他问题——为了照顾住在一起的祖母，一家人身心俱疲。

"只是卧床不起倒还好,但奶奶的认知障碍越来越严重,而且格外精神。且不说照顾她的饮食有多辛苦,喂她吃药她还会吐出来,输液时也会自己乱拔,身边简直一秒都不能离开人。我偶尔会去帮忙,但最辛苦的自然是妈妈,她时刻都身心交瘁。"

今年春天,一切算是告一段落。因为病情恶化,祖母的身体不能动弹,他们找到了一家看护机构。优美偶尔会去探望,可祖母的认知障碍如今已严重到大多时候都认不出她。全家人都觉得离分别的时刻不远了。

"我们恢复到了正常的生活,妈妈可以把时间用在自己身上,我也不用时时惦记家里,还可以兼职去挣点零用钱。这样的生活持续了一段时间……"说到这里,优美压低了声音,"家里又起风波……"优美说的正是父亲的可疑举动。"我得知这件事情是在大约三个月前。从那时起,爸爸经常会有一些奇怪的行为。"

"奇怪?"玲斗把送到嘴边的杯子放回了桌上。

"我是听山田叔叔说的,他是我爸爸公司的老员工。他告诉我,最近我爸爸总是漫无目的地出去溜达,也不知到底去了哪儿。公司有规定,外出时要在留言板写明目的地。有一次,他打不通爸爸的电话,就联系了留言板上的地址,得到的答复是'佐治先生今天没有来过'。之后他找爸爸确认,爸爸解释说临时有事改变了计划。类似的事情发生了好几次,据山田叔叔回忆,大约每两个星期就会有一次。"

"的确很可疑。你母亲知道吗?"

"应该不知道。我没说过,山田叔叔也说没告诉她。"

"那为什么要对你说起?"

"我也不清楚,大概是忍不住想跟谁聊聊吧。"

玲斗点点头,多少可以明白那种心情。"后来呢?你雇了私家侦探？"

玲斗本想开个玩笑，没想到优美面色凝重地点了点头。"的确想雇，可我没那么多钱，所以决定亲自调查。大学刚好放暑假，有的是时间。"原来优美还在上大学。

"怎么调查？"

"我先在家里的车上安装了 GPS 定位器。"

"定位器？"玲斗瞪大了眼睛，"你来真的啊！"他听说，为了掌握孩子的位置或追踪失智老人，不少家庭都会使用 GPS 定位器，可还是头一回碰到有人真的在用。

"我当然是认真的！"优美说她用的定位器可以在智能手机上实时确认位置，根据环境，位置精确度大约只有五十米的偏差。

"这世界变得越来越便利了。可为什么要安装在车上？"

"公司就在我家隔壁，停车场也在一起。我听山田叔叔说，爸爸行踪不明时会用家里那辆车。所以只要在家里的车上藏好定位器，就能知道爸爸大概去了什么地方。充一回电，电池能坚持一整天。"

"原来是这样。那你查到了吗？"

优美放下杯子，比出胜利的手势。"安装后的第一个周五，爸爸就有了异常行动。如山田叔叔所说，他在工作时间离开公司，开上家里的车出门了。我追踪他的行动轨迹，发现最后车停在了吉祥寺站附近的一处投币停车场。一个多小时后，爸爸开车离开停车场，径直回了公司。"

"哦？那关键就在他停下车后去了哪里。"

"聪明。"优美朝玲斗一指，"其实，把定位器藏在爸爸的衣服里效果最好，可这样有可能会被他发现，所以只好直接跟踪了。这样一来，我就必须在爸爸抵达那个神秘停车场前找个地方藏好。

于是，我在吉祥寺站附近找了家咖啡厅，决定在那里等。"

"每天吗？"

"每天我可做不到，就每周四和周五去。我总感觉在这两天中一定会有收获。"这就是女人的直觉吧。

"结果怎么样？"

"装上定位器之后第二周的周五，我以为又要白等了，一看手机，爸爸竟然行动了。"优美双眼炯炯有神，开始讲述。

佐治家离吉祥寺开车约三十分钟，那家咖啡厅到停车场徒步则要十分钟左右。优美确定父亲朝吉祥寺方向过来后，便离开咖啡厅前往停车场。路上，为了不让父亲发现，优美戴上口罩，压低了特意买的棒球帽。

优美在阴影里藏好，观察着停车场的动静。不一会儿，佐治开车出现了。车子径直通过停车场入口的栏杆，感觉很是轻车熟路。

佐治下车后大步流星地前行，步伐没有半分迟疑，显然路线已烂熟于胸。几分钟后，他来到一座米色公寓前。公寓看上去很新，有五层高。他对着门铃的话筒说了句什么，门开了。

公寓附近有一家老式咖啡厅，优美进店后用手机上网查了查这座公寓。房屋中介的信息显示，里面几乎每户都是一居室，专有使用面积足足有四十多平方米，而且建筑年龄相当短，刚建好五年，再加上徒步到车站仅需几分钟，每月的租金超过十五万元。

过了约一个小时，优美返回公寓附近，在不远处找了个地方，开始监视公寓大门。根据山田叔叔的话和上次的经验，优美判断父亲差不多该出来了。若运气好，说不定和父亲见面的那个人也会现身，她期待着。

和预想的一样，没过多久，佐治出现了，身边没有跟着任何人。优美觉得父亲的表情显得有些春风得意。

"真是太可疑了。"听到这里，玲斗打了个响指，"是女人！你父亲一定是包养了情人。工作时间就溜出去快活，胆子可真不小。"

"看你得意的，别像发现了新大陆似的好不好？我从一开始就想到了这种可能。"优美不服气般皱了皱眉，"我感觉在周四或周五会有发现，是因为在这两天妈妈都会出门，周四去练瑜伽，周五去花艺教室。爸爸一定是不想让妈妈知道他开家里的车出去，才会选在这两天。"

"这样啊。又是瑜伽又是花艺的，简直是贵妇般的生活啊。"

"辛苦照顾老人那么多年，凭什么不能奢侈一下？"

"我可没有埋怨你母亲……那不就是板上钉钉的事情了吗？虽然不太好意思说，但能想到的只有这个。你父亲出轨了。"

"嗯，我也觉得这个可能性最大。正因如此，我才没法向妈妈透露这件事。我必须掌握确凿证据，在妈妈察觉前好好教训爸爸，让他和那个坏女人分手，决不手软！"这番话说得相当有气势，玲斗不禁瞠目。难以想象优美在她那精致的面容、小巧的身形下竟有如此强硬的性格。优美端起杯子呷了一口可可，歪着头说道："不过，爸爸竟然没有备用钥匙，算是一处疑点。"

"什么意思？"

"爸爸对着门铃的话筒说了话，对方才给他开的楼门，就是说，对方没有给他配钥匙。如果是情人家，这有些不合常理。"

"那也不一定，有可能是两个人的关系还没亲密到去配钥匙的地步。"

优美把杯子放回桌上，扑哧笑出了声。"那是不可能的。"

"为什么？"

"真是情人的话，你觉得是谁出房租？明摆着是我爸爸啊。既然掏了钱，不多配一把钥匙说不通吧？"

"出房租的不一定是你父亲啊。"

优美摇摇头,仰头望向天花板,似乎认为玲斗无药可救了。她再次看向玲斗。"他肯定得出,不光房租,生活费应该也一并负担了,否则不会有人给一个糟老头子当情人。"

或许他们之间是真爱——玲斗本想辩解,但他预感这么说肯定会被优美当成白痴,只好敷衍了一句"也是"。"也有可能是故意不随身带着情人家的钥匙,担心被你或你母亲发现。"

"你总算说了一个像样的理由。"优美叹了口气,"的确有这种可能。可是,大多数出轨的男人占有欲特别强,疑心格外重,担心情人再去出轨,所以肯定会随时带着情人家的钥匙。"

优美说得太过绝对,但也不是没有道理。"所以,你认为你父亲去找的不是情人?"

"还不能断定。按常理说,最值得怀疑的当然是出轨。可爸爸没有备用钥匙,所以事情似乎没那么简单。"

"如果不是出轨,还能是怎么回事?"

"正因为想不出,所以我才调查啊。对了,我还发现了爸爸的一个古怪行径。以前他晚上经常会出去聚餐,大多情况下都喝得醉醺醺的。当然,这种时候他不会开车。可最近一阵子,他一个月总有一两次晚上开车出门,回来之后身上却闻不到酒气。他解释说拜访的客户不能喝酒,可又躲躲闪闪地说不出对方的名字。我觉得奇怪,便像之前一样用定位器查了他的去处。你猜他去了哪里?先是拉面馆,然后是电影院……"

"你父亲怎么回事?难道他每次都是先去拉面馆填饱肚子,然后一个人去看电影?"

"我还没说完。他离开电影院一般是在九点半左右,之后还会去一个谁都想不到的地方。"

玲斗瞬间明白了优美的想法，指着地板问道："难道就是这儿？有一棵大楠树的无人神社？"

优美用力点了点头。"去拉面馆和电影院应该只是为了消磨时间，如果出门时间太晚，我和妈妈一定会起疑。我上网查了一下，发现这里被一些唯灵论者当作能量景点，备受追捧。准确地说，受追捧的是神社里一棵巨大的楠树。据说，只要进入树洞许愿，愿望就一定会实现。可我完全不明白爸爸为什么要来这种地方。他并不是那种虔诚的人，何况还是在三更半夜……"

"你就是为了查清楚这件事，才跟着他的吧？"

"没错。"优美点点头，"接着又想偷窥一下，现在你明白我的心思了吧？"

"要真是这样，倒也可以理解。"

"可到头来还是一头雾水。爸爸哼的那首曲子到底是什么？太瘆人了。"

"谁知道呢……"玲斗耸了耸肩，"我也没听过。我说过我做这份差事还没几天……你等一下。"玲斗从办公桌旁的文件架上抽出一本文件夹翻阅起来，那里面记录着所有预约夜晚祈念的人的姓名、抵达时间和祈念时间等信息。"……根据这本记录，你父亲大约是从半年前开始来，有时候一月一次，也有像这个月连着来两次的情况。"

"半年前正好是把奶奶送到看护机构的时候。这两件事会不会有什么关联……"优美双臂环抱，环视狭窄的值班室，"喂，楠树的传闻其实就是迷信吧？"

玲斗一时语塞。说心里话，他有同感，但又觉得以自己的身份这么说不太好。

"喂，是不是啊？"优美追问道。

"这个嘛……"玲斗把文件夹放回原处，挠了挠后脑勺，"我在网上查过，好像是有人说过许愿之后考上了理想的学校、疾病痊愈了什么的……"

"这些我知道。但你不觉得，那也许只是一分耕耘一分收获，或者纯粹是运气好吗？只是这么写太没意思了，才故意编出点神秘的故事。"

"也许吧，我也不好说什么。"

优美撇了撇嘴，似乎对玲斗的回答不甚满意。"那你告诉我，为什么白天任何人都可以自由祈祷，晚上却要预约，还不许没预约的人靠近那棵树？"

"你问我我也不……我只能说这是规定……"

优美扭过头，显得有些恼怒。"我就是想问你为什么会有这种规定。难道晚上效果更好？夜里去许愿，愿望就真的会实现？"优美问话的语气已经近乎逼供了。

"我真的不知道。都说了好几遍了，我刚被雇到这儿没多久。我倒是听说过，正规的祈念都是在晚上进行的。"

"果然是这样。爸爸知道了这个情况，才大半夜跑到这里。他要许什么愿？为什么要哼那首奇怪的歌……"优美的问话逐渐变成了自言自语。

"白天我不是建议你直接问他本人吗？那样最有效。"

优美长叹一口气，似乎对玲斗的不理解十分无奈。"如果我直接提问就能得到如实的回答，我还用从一开始就偷偷摸摸地调查吗？我觉得爸爸一定有什么事情瞒着我和妈妈，如果傻乎乎地去逼问，不仅得不到真正的答案，说不定还会让他加强戒备。"

"确实。"玲斗低声表示认同。他看看时钟，心下一惊。时间竟已过去了这么久，佐治差不多该出来了。他提醒优美，优美显得极不情愿,缓缓站起了身。

"都说到这个地步了,你肯定会帮我吧?"

"帮是可以帮,但我该做些什么?先说好,神社有规定,不能询问祈念的内容。"

优美皱起眉头,将视线投向地板。"这一时半会儿我也想不出,等我再考虑考虑吧。"

"好。"

"还有一件事我能问问吗?"优美竖起食指。

"什么?"

"刚才我一直在想,为什么一定要说'祈念'?许愿的话,一般不是说祈祷吗?"

"不知道。"玲斗歪了歪脑袋,"祈祷、祈念都差不多吧。但这里好像都说祈念,我也就跟着这么说了。"

"哦……"优美看起来有些难以释怀,随即说了一声"算了",没有再深究。

交换了联系方式后,二人走出值班室。优美开着她家公司的小货车离开神社没几分钟,佐治就从树林中现身了。

"您辛苦了。"玲斗低头致意,"祈念还顺利吗?"

"嗯,不错。"佐治露出满意的笑容。

玲斗想知道佐治为什么要哼歌,却问不出口。在访客祈念时接近神楠是禁忌。

"下个月我应该也预约了。"佐治说道。

"是的,我会在此恭候。"

"晚安。"佐治说完便离开了。

目送佐治的背影远去,玲斗回想起他哼唱的歌。余音在耳边萦绕。优美说那歌声瘆人,玲斗却觉得旋律并不难听。

5

　　翌日清晨，玲斗看了眼手机，发现外祖母昨夜发来了邮件。近来垃圾邮件成灾，玲斗甚至连邮箱都懒得打开了。他想让外祖母使用社交软件，可转念一想老人家已年近八十，能用邮件联系，自己就该知足了。

　　邮件内容如下：

　　　　晚上好。身体怎么样？
　　　　和千舟姨妈相处得好吗？
　　　　你有一阵子没联系我了，我就想发邮件问问。
　　　　遇到什么难事，记得跟我说。
　　　　　　　　　　　　　　　　　　　外婆

　　内容朴素简短，但外祖母一定是戴着老花镜一字一句吃力地打出来的。

　　玲斗略加思索，回了邮件：

外婆早，邮件收到。
没什么难事，一切顺利。
我跟千舟姨妈相处得不错。
您也要注意身体。

玲斗

成功发送后，玲斗把手机塞进作务衣口袋，像往常一样拎着清扫工具走出值班室。新的一天仍旧从打扫落叶开始。

玲斗扫着落叶，眼前浮现出外祖母的脸。外祖母看到他这副模样，一定会大吃一惊吧。

从警察局出来那天晚上，玲斗见过一次富美。在酒店和千舟会面后，玲斗联系了她，说自己已重获自由。富美开心极了，说想见见他，于是玲斗前去看望。

富美家位于江户川区，是座约有五十年房龄的破旧的木质建筑。这幢老屋是外祖父留下的为数不多的财产之一。直到高中毕业，玲斗都生活在这里。

据富美说，当时玲斗没能详细解释被逮捕的前因后果，她心里七上八下，于是决定先联系千舟，没有多想就打了电话。之前千舟说过，柳泽家有家规，亲戚如果做了不光彩的事情，必须通知她这个一家之主。富美联系她也是在遵守这条家规。但实际情况是，当时富美脑中一片空白，毫无心思去考虑什么家规，不过是再没有其他人可以商量了。

"我才知道我竟然还有一个姨妈。"玲斗说道。

"美千惠去世的时候，你见过她一次，但我当时没跟你解释清楚……"富美脸上满是歉意。

"您怎么也没跟我说说啊？"

"你这孩子，这件事……"富美顿了顿，继续说道，"当时发生了太多事。说起来，咱们和千舟都已经不是一个姓氏了。我想你也听说了，你外公是离开了柳泽家后才和我结婚的，而千舟一直留在柳泽家。咱们跟她的关系已经疏远了。家里有大事的时候自然也会见上一面，可毕竟算不上一家人了。千舟和你妈虽说是同父异母的姐妹，可足足相差了二十岁，彼此自然不会太亲近。"

玲斗跟富美提起，千舟交给他一份令人匪夷所思的差事。富美表示从未听过"神楠守护人"这个说法。

"我把你被警察带走的事告诉了千舟，两天后她给我回了电话，说已经做过调查，如果把这件事交给她处理，或许可以让你免于牢狱之灾。所以呀，我就拜托了千舟。不过她说有个交换条件，就是等你获释后要先交由她管教，还说一定会先征得你的同意。我问她要你做什么，她不肯说，但保证不会让你去做坏事，我这才同意。我一直在纳闷她会让你做什么，原来是神楠守护人啊。这到底是怎么一回事？"

第二天，玲斗就被千舟带到了神社。当晚他给富美打了电话，说明了白天的情况。

"管理神社和神楠？为什么要让你做这些事情呢？"富美的口气中充满疑惑。

"我也不知道，就先做吧。"

电话那头传来叹气声。"嗯，既然千舟特意让你去，肯定是有用意的。你呀，就好好听她的话，踏踏实实干活吧。"

"我知道了。"玲斗挂断了电话。这次通话后祖孙二人没再联系过，直到这天玲斗收到外祖母的邮件。

守护神楠的事，外祖母恐怕完全不了解。她此前从未提起过千舟，想必是有什么耐人寻味的过往。玲斗模模糊糊地感觉到，其中的秘密或许还和他的身世有关。

自玲斗记事起，生活中就没有父亲的身影，亲人只有母亲美千惠和外祖母富美。她们告诉玲斗，父亲在他很小的时候就去世了。

一家的生活全靠美千惠一个人支撑。一到傍晚，美千惠便开始化妆，在晚饭前出门，回来时经常已是深夜。早上，小玲斗一睁开眼睛，就会看到躺在身边沉睡的母亲。母亲一定疲惫不堪，可小玲斗顾不得那么多，总要把母亲摇晃醒。母亲总会微微睁开眼，微笑着道一声"早安"，有时还会把小玲斗紧紧搂在怀中。

在玲斗上小学低年级的时候，母亲去世了。有一段日子，美丽开朗的母亲突然变得憔悴消瘦，反复住院、出院。终于有一天，母亲不再呼吸了。玲斗已忘了具体时间，但清晰地记得此前他已很确信母亲将不久于人世。母亲去世那天，他独自在教学楼楼顶抽泣很久，小小的他在心里告诉自己，决不能在母亲和外祖母面前掉眼泪。

当时没人告诉玲斗美千惠患的是什么病，他后来才听富美说那是乳腺癌。如果早一点发现，美千惠其实本可能得救。

美千惠离开后，只剩下富美和玲斗祖孙两人过活。一直以来，在玲斗的印象里，家里从没有因为钱而太过发愁。然而母亲去世后，餐桌上的菜突然有了一百八十度的转变，富美也开始穿二手衣服。虽然年幼，玲斗仍懵懂地察觉自己成了穷人家的孩子。母亲在世时总是喝酒喝到深夜才回来，玲斗开始埋怨自己当时为什么总是对醉醺醺的母亲很反感。

玲斗上初三时才知道原来父亲并非去世了，而是名不正言不顺。中考要提交户籍复印件，玲斗发现父亲那一栏竟是空白的，他觉得奇怪，便去问了富美。

"我一直想找个机会告诉你……"富美诉说了事情原委。玲斗的父亲是美千惠店里的常客，因为已经结婚了，他不能给美千惠正当的名分。不过，父亲一直照料着全家的生活。遗憾的是，在玲斗年幼时他离开了。

玲斗想了解更多父亲的情况，比如他的名字、住址、职业，可这些富美都没能透露。"没办法，我知道的只有这些。你妈妈也没和我仔细说。她告诉我怀了孩子的时候，我劝她不要生下来，可她说那个男人虽然不能认这个孩子，却能在生活上接济。这种话怎么能信呢？她还说那个男人有责任感，无论如何也不退让，就算将来那个男人帮不上忙了也是天意，就算是她一个人也要竭尽全力把孩子养大。她坚持要生下你，不肯堕胎。都说到这个地步了，我也没法反对……"大概富美想说，美千惠并非随随便便地选择成为单亲母亲，而是经过了深思熟虑。

然而，玲斗怎么也想不通，若非随随便便，为什么没有再多活几年？为什么没有构筑一个幸福的家庭？为什么让独生子过苦日子？为什么扔下儿子去了另一个世界？这太没有责任心了。玲斗心里清楚，发这些牢骚太不近人情，母亲又不是自愿患上乳腺癌的。可他还是想不开。他认命了：我就是个孤儿，从生下来就是孤零零一人，没有人可以依靠，只能形单影只地活下去。

初中毕业后，玲斗想学点技术，进了当地的一所工业职业高中，随后就职于千叶县的一家食品加工企业。选择这家企业倒不是因为玲斗对菜肴和食品感兴趣，而是公司可以帮员工找到低价公寓。当时他心里十分焦虑，不想再让外祖母为他受苦，希望尽早搬出去独立生活。

玲斗被分配到设施部，主要工作是维护检修生产线上的食品加工机。那些机器大都陈旧不堪，时不时就要出些故障。食品加工企业都有供货期，维护人员必须在规定日期前把机器修好，如果修不好，则要叫来厂家的技术人员现场作业。通宵修理后，第二天还得在机器旁观察一整天，看是否正常运转——玲斗当时常常就是这种连轴转的作息。

工作虽累，做得倒也开心。干完一天的活儿，老员工总会带玲斗去喝上一杯。他那时还没有成年，其实不能喝酒，可又有谁会在意呢？

然而，进入公司的第二年，发生了一起异物混入的安全事故——包装用的塑料袋残片掺进了食品中。正常情况下，传感器应该会感知到异常，公司因此判定问题出在机器维护不力和检视不足上，而当时的负责人正是玲斗。

玲斗不服，主张是其他原因导致这次事故，比如极有可能是生产线上的操作人员故意关掉了传感器——老员工为了赶工期常常这么做，这一点人尽皆知，可所有人这时都沉默了。他向上司抗议，上司却说"没有证据就不要乱说话"。

没过多久，玲斗就被调到了其他岗位，负责空调设备和工业用水管线设备的运行管理、滤膜和真空管的更换、整个厂房的清扫等。玲斗倒不觉得这些工作比以前差，他气不过的是，自己明明没有在任何一道工序偷过懒，公司却不再让他碰食品加工机。

就在心灰意冷的时候，他遇到了高中同学佐佐木。当时他正在街上闲逛，突然听到有人喊他。令他吃惊的是，佐佐木身着一身西服，还开着一辆豪华进口车。

佐佐木高中毕业后就职于一家运输公司，工作不合心意，没两天就辞职了，之后便在船桥市的夜总会做起了服务生。车是老板的，佐佐木偶尔充当司机，所以可以开出来。

玲斗抱怨了工作中的不满，佐佐木劝道："把那破工作辞了吧。赚钱的地方满大街都是，何必在那种地方受窝囊气？"佐佐木还说工作的店里正在招新人，可以帮玲斗介绍，工资是现在的两倍以上。

玲斗表示要考虑一下，便道了别。日子一天天过去，他越发动摇了。他很想知道夜总会到底是什么样子。母亲曾在夜总会工作过，但他对具体情况一无所知。此外，他在公司的处境也迟迟不见好转。异物混入事故最终还是判定为由机器维护负责人玲斗的失误所致，公司官方网站上发布的道歉信同样是这样解释的。公司所有人都开始有意躲避玲斗，极力避免与他扯上关系，曾经称兄道弟的酒友们也一个接一个地疏远他。他心中已不再愤怒，只觉得可笑。

他联系了佐佐木，询问是否真能去店里工作。佐佐木迅速回了短信，让他尽快过去面试。他抱着试一试的心态参加面试，没想到轻轻松松就定了下来，当晚便向佐佐木借了衣服，作为见习生开始工作。一切进展得太快，他脑中一片空白，感觉完全跟不上节奏，光是领会别人的意图就已精疲力竭。

夜晚的世界富丽堂皇且充满活力，但玲斗很快领略到了生存竞争的激烈和职场的残酷。花枝招展的女人们可以在一瞬间转换面孔，这让他佩服得五体投地。

在夜总会工作三天后，玲斗向公司递交了辞职信。上司没有流露出丝毫挽留，仅问了一句找没找到下家。玲斗回答是餐饮店，上司哼了一声。

玲斗开始正式当夜总会服务生了。清扫店面、收拾厕所、外出采购……仅是开门营业，需要做的工作就很多，杂事简直堆积如山；等开始营业后，更是像一场硝烟弥漫的战争，整理餐台、备齐酒水、引领客人、代管随身物品、跑腿、送客、打扫地板、收拾……动作稍慢一点就会招来一顿臭骂。店里地位最高的当然是客人，其次是领班和女招待，店长的地位要比她们低得多，至于服务生，任何人都可以对他们颐指气使。但在玲斗看来，服务生的工作强度远不及女招待。女招待间的激烈竞争甚至让玲斗没有勇气置身其中。她们其实都是个体业主，只是租下了店里的餐桌，通过招待更多的客人来提升业绩。每家夜总会里都有许多同行在竞争。

一想到母亲曾在这样的环境中战斗过，玲斗心中便五味杂陈。母亲凭借性别为男人营造恋爱的假象，获得酬劳，维系生活，而他正是靠母亲如此挣来的钱活下来的。这样一想，如今他在这个世界充当最底层奴仆也算合情合理。

女招待形形色色，不乏缺少职业素养的，玲斗不幸成了其中一人的猎物。那个女人让玲斗送她回家，然后把玲斗拽进了屋子。面对突如其来的吻，玲斗不知所措。

"我听佐佐木说了，你还没做过？"

面对如此赤裸裸的问题，玲斗张口结舌。

看到玲斗这副样子，女招待满心欢喜。"来吧，我都教给你。"

玲斗的心狂跳不止，不知该怎么办，只好说老板再三叮嘱绝不允许和女招待发生关系，说完就往外跑。

"那都是说给外人听的，你不说没人会知道，要保守秘密哦。还是说你只是不想和我做？"女招待说着，丰满的身体贴近玲斗，脸无限接近他的双唇。

面对经验丰富的女招待烈火般的诱惑，从没与异性有过肌肤之亲的年轻人怎么可能坐怀不乱？况且玲斗对于性早已极其好奇。结果可想而知，他沦陷得没有招架之力。这次体验让玲斗如坠雾中，其后好几天都过得迷迷糊糊，时常回过神来才发现，自己的目光紧紧地黏在那个女招待身上。

很快就有人提醒玲斗那是个陷阱。一天,佐佐木把玲斗约了出来,在咖啡厅见面后,玲斗吃了一惊——佐佐木竟然剃了光头。"都是你害的!"佐佐木恨恨地说道,"你是不是睡了娜娜?"

玲斗哑口无言,问佐佐木怎么知道。

"你怎么能信女招待说的话?"佐佐木说道,"就算事情曝光了,她们也什么事都不会有,只有男人会被扫地出门!"

据佐佐木说,娜娜在社交软件上发了一条消息,写的是:"好久没品尝到时鲜了,味道果然更加可口呢。"了解她的人马上就明白她又和处男发生了关系,接下来的问题就只剩那人是谁了。

"你们怎么知道是我?"

佐佐木一脸无奈地摇了摇头。"你在店里的那副样子,再迟钝的人都能看出来。还有,你盯着娜娜的眼神明显和看别人时不一样。店长有意无意地试探了娜娜,她既没明确承认也没彻底否认,店长立刻确定你违反店规了。"

玲斗双手在头上一通乱挠,央求道:"就那么一回,我保证以后谁勾引我我都不上钩了!"

佐佐木再次摇了摇头。"你是不是以为夜总会就随随便便?你呀,可不能小看这个圈子。你现在在这儿已经毫无信用可言了。实话告诉你,我差点也被轰走,就因为负有连带责任。"原来佐佐木是剃了光头谢罪才幸免于难。

"对不起。"玲斗说道。

"你不用向我道歉。"佐佐木说道,"自己吃剩下的菜,还有脸端给客人?世界上有这样的饭店吗?你伤害的是那些客人。"

玲斗无言以对。

佐佐木叹了口气。"今天我请客。这个月的工资你就别想了,没罚你钱就算走运了。"他拿起账单起身离开。

遭受如此一击后,玲斗久久站不起来。他并不是因为被解雇受打击,而是佐佐木说的全部命中要害,他无可反驳。玲斗自认为没有看不起夜总会的工作,可心中某处确实隐隐觉得低人一等。反正登不上大雅之堂——这种意识令他消弭了对于职业的尊重。倘若不是这样,又怎么会被娜娜诱惑?

之后两个月,玲斗都无所事事,存的钱很快就花得精光,连房租都交不起了。房东让玲斗立刻搬走,因为他拖欠过好几次房租,如今任何借口都已行不通。玲斗不得不出去找份营生。就这样,他到了丰钿机械。他看中了这家公司提供员工宿舍,但搬进去才知道屋子小得可怜。

最终,这家公司也待不下去了。玲斗早已不想在黑心老板手下干活,所以并没有多么悔恨,只是对于未来更加不安了。

岩本律师的话至今犹在耳边。"丰井社长对我说:'存在缺陷的设备,再怎么修理还是会发生故障。那小子也一样,说到底就是个残次品。我敢断言,将来他一定会错得更离谱,总有一天会进牢房。'"他还补充道,"希望你用今后的人生证明这个预言是错的。"

当时玲斗小声嘀咕:"我要怎样活下去呢?"

那时,此刻,玲斗都没有找到答案。

6

快到正午时,柳泽千舟出现了。她斜挎小包,双手分别拎着黑色托特包和纸袋。

"我想着午餐要不要一起吃。"千舟递过纸袋,里面是高档鳗鱼饭。玲斗已经很多年没有吃过鳗鱼饭了。

"要!真开心!"玲斗接过纸袋,欢快地跑向值班室。

玲斗和千舟面对面吃了起来,因为太过美味,玲斗差点热泪盈眶。虽然心里不忍太快吃完,筷子和嘴却怎么都停不下来,一眨眼工夫食盒就见底了。

"不嫌弃的话,吃我的吧。"千舟把还剩大半的鳗鱼饭推给了玲斗。

"真的可以吗……"

"我已经是老奶奶了,吃不了那么多。"

"那我就不客气了!"玲斗将食盒拉到跟前,重新握紧筷子,正要大快朵颐,听到千舟说了一声"筷子"。"嗯?"他不禁抬起头。

"筷子怎么拿的?"千舟冷冷地盯着玲斗的右手,"你的握法很奇怪。"

"哦,这个呀。"玲斗将筷子打开又合上,"偶尔会有人说呢,说我筷子用得灵巧。"

"灵巧?简直不像样。快改过来。"

"啊?我都这么大了,还要改?"

"筷子拿得这么不体面,美千惠不会骂你吗?"

"我妈吗?没有……我不记得她说过我。其实我们都没怎么一起吃过饭,她要出去工作……"

"富美阿姨呢?"

"她对我可好了,怎么会说我呢?"

"真是娇生惯养。"

"娇生惯养?可能吧。"

"不管怎么说,现在马上改过来。"千舟拿起刚才用过的筷子,伸到玲斗面前,"看,照这样学。"

"没必要学吧?拿个筷子而已,也不影响吃饭。"

"举止至关重要。你也不清楚什么时候要在什么身份的人面前用筷子,是不是?别废话了,赶紧改过来。"千舟催促着,上下晃动筷子。

玲斗叹了口气,重新拿起筷子。其实他知道正确的握法。

"你看,这不是没问题嘛。"

"可我觉得不舒服。"

"习惯成自然。好好记住,今后要是再拿得那么难看,休想吃到鳗鱼饭。"

"知道了知道了……"

"'知道了'只能说一遍。"

"……知道了。"玲斗笨拙地用着筷子吃起饭来。

千舟从挎包里掏出一本黄色封面的手账，打开扫了一眼。"习惯这里的工作了吗？"

玲斗吞下饭，答道："马马虎虎……就是清扫落叶有点累。"

"我问的不是白天，而是晚上。你已经一个人值夜班值了两个星期了，感觉如何？"

刚来神社的那段时间，玲斗与千舟一起值夜班。玲斗先在一旁观摩千舟如何待客，差不多学会要领之后，变成了千舟看、玲斗做，而他一个人当班大约是从两周前开始的。

"晚上也还好。神楠守护人换了，有些来祈念的访客会感到困惑。我一跟他们说是柳泽女士的亲戚，大家就都理解了。"

"嗯。"

"对了，趁我还没忘……"玲斗打开抽屉，拿出装有香资的信封放到千舟面前，"您收好。"

千舟没有伸手。"这个就由你保管吧。"

"什么？"

"守护神楠有时会有些意想不到的花销，你也需要生活费，就用香资抵吧。"

"我可以随便用吗？"

"可以，但是如果不够，我也不会支援你。"

玲斗迟迟不知该如何回答，一时判断不出这是不是好事，姑且说了一声"知道了"，把信封放回抽屉，继续吃饭，千舟喝起了瓶装日本茶。玲斗忐忑不安，匆匆吃光。"谢谢您的鳗鱼饭。"

千舟没有回应，也未移过视线，仿佛在思考着什么。

"谢谢您款待的鳗鱼饭。"玲斗重复了一遍。

千舟倏地回过神，眨了眨眼，转过脸来左右看了看，拿起一旁的手账打开，定睛看了一会儿后看向玲斗。"你会用电脑吗？"

"得看是什么软件,要是没用过的,可能得花些时间学。"

千舟拎起地板上的黑色托特包放到桌上,取出一台笔记本电脑。"一直以来,记录都是手写,着实不便于管理。做成数据既可以检索,整理起来也便捷。我打算把过去的记录都输入电脑,可平时太忙,完全没有进展。所以我想让你来帮我。"

玲斗将电脑挪近,开机查看。桌面上有一个名为"神楠祈念记录"的文件夹,里面有几个文档,打开其中一个,只见齐刷刷地显示着一长列名单,还记录着到访日期和联系方式。他抬头看了看立在墙边的文件架,上面整齐地排列着许多旧文件夹,每本上面都写着"神楠祈念记录",下面标记着年份,一本文件夹对应一年。"您想要把这些都输入电脑里吗?"

"对。怎么样?"

"敲敲键盘倒是没什么难度,就是——"玲斗再次抬头瞥了一眼文件架,"就是量有点大。"

"这些并不是全部。我家里还保存着更早的记录,有几十年的。这样吧,你先帮我输入最近十年的,我不设期限,就交给你了,可以吗?"

"好,我做做看。"玲斗看了一眼电脑屏幕,"那个……我可以问您一个问题吗?"

"什么?"

"我看过去的记录,发现夜晚祈念的预约时间很集中,大体都是隔两个星期出现一个高峰,而中间这段时间几乎没人预约。"

"的确如此。你知道原因吗?"

"我有一个猜想。"

"说来听听。"

"会不会是和月亮有关?昨天夜里佐治先生来祈念的时候,望着月亮说有很好的预感。昨夜恰好是满月。我查过记录，发现每月的预约都集中在满月前后那几天，佐治先生每次来都是这段时间。"

"你总算有点开窍了。"千舟看着玲斗，眼神中似乎带着试探，"但一个月只有一次满月，而你刚刚说每隔两周就会迎来一个预约高峰，前后矛盾了。"

"您说得对。我又查了另一个预约高峰时间与月亮的关系，终于弄清楚了。那是在看不到月亮的新月夜。我是不是猜对了？"

千舟满意地点了点头。"没错。新月夜和满月夜最适合祈念，访客们都清楚这一点，所以集中在这两天预约。"

"最适合是什么意思？"

"就是字面上的意思，祈念会产生效力。"

"是指许下的愿望会成真？"

千舟稍作停顿后点头说道："可以这样认为。"

玲斗双臂环抱，犹豫片刻。"访客们是发自内心相信吗？我是说……他们真的相信只要向神楠祈念，愿望就能实现？"

千舟挺直后背，缓缓做了个深呼吸。"听你的语气，是不相信？"

玲斗稍作思索，考虑应当如何回答。思来想去，他觉得无须回答得模棱两可。"老实说，我不相信。怎么说呢，感觉有点迷信，挺可疑的……这种事情怎么可能呢？就算叫神树，说到底也就是棵长得粗一点的树嘛。对着树许愿，愿望就能实现？这种事根本说不通。"玲斗明显感觉到千舟的表情阴沉起来，但他依然说了下去，"信则有，不信则无。到了新年，我也会去参拜，往香资箱里扔硬币，合掌许愿。要说许了愿就能成真，我完全不相信。可这些来向神楠祈念的人，给我的感觉和一般许愿的人完全不同，不知该说是虔诚还是走火入魔，总之一个个都庄重得可怕。我是负责引导的,这些话本不该说,可我真的会时不时地感到这些人有点不妙,令人毛骨悚然,所以才想向您求证,他们是不是真的发自内心相信神楠。"

千舟靠在椅背上,抬起视线,表情恢复了平和,但依然目光如炬。玲斗觉得她似乎要下定某种决心,但仍有些犹豫。良久,她看向玲斗。"你知道为什么是两次吗?"

"两次……"

"每个月向神楠祈念的次数。你也察觉了,祈念会在新月夜和满月夜进行。你知道这两次有什么不同吗?"

"不知道。难道有什么区别吗?"玲斗摇头。

"有。"

"不都是在晚上向神楠许愿吗?"

"并不是那么简单。"

"那他们在干什么?"

千舟挺了挺胸,鼻尖向上一扬,说道:"祈念。"

玲斗耸起的双肩瞬间像泄了气般垂了下来。"所以,我想问到底什么是祈念,需要做什么。"

"我再解释也是徒劳,现在你一定不会相信,但只要一直守护神楠,总有一天会明白。今天就到这里吧。"千舟站起身,准备将手账收回包中,仿佛又想起了什么,手在半空停了一瞬后再次打开手账。"今晚也有访客来祈念吧?"

"是的,访客是……"玲斗从文件架上抽出最新的文件夹,确认预约表,"大场壮贵。"

"大场家和柳泽家是世交。你听说过'匠屋本铺'这家日式点心企业吗?"

"好像听说过,招牌点心是……奶油铜锣烧?"

"经营那家企业的就是大场家。"

"这样啊。"

"大约三个月前,担任最高负责人的会长去世了。会长生前每年都会来祈念几次,说是想找回曾经的自己。今晚的访客是他的家人,千万不可慢待。"

"好的,我一定尽力……"

千舟盯着玲斗,目光稍显冰冷,神色中透着怀疑,似乎并不确定是否可以交给他,但还是把手账装回挎包,说了声"拜托",准备离开。

"他会哼歌吗?"

快要走到门口的千舟顿时停下了脚步。"哼歌?什么意思?"

"昨天从神楠里传出奇怪的哼歌声,我以为祈念时都要哼……"

"你!"千舟转过身追问道,"你偷看访客祈念了?"

"不,呃……事出有因……"

"一开始我就提醒过你吧?访客祈念时,绝不允许其他人靠近神楠,你也不能。这些话你都忘了吗?"

"没忘,我都记得。真的是事出有因……"

"到底是什么原因?快说!"

"因为……"玲斗险些说出优美的事,赶忙将话咽了回去。立刻说清楚显然能取得谅解,可他担心千舟了解情况后会不让他再帮助优美。"当时,我看到一个人影。"玲斗思考片刻后答道,"佐治先生祈念时,有个人影往神楠的方向走。我认为必须要去阻止,才慌忙跑过去。"

"然后呢?"千舟的语气略带怀疑。

"谁、谁也没看到。"玲斗舔了舔嘴唇,"我想那个人影会不会跑到了树洞里,就张望了一眼,可里面只有佐治先生一人。或许

55

是我出现幻觉了。就是那时,我听到佐治先生在哼歌,所以有点好奇。"

"你确定佐治先生没发现你吧?"

"应该不会,后来我就悄无声息地溜回来了。"

千舟稍稍松了口气。"你说的这些都是真的?不是编了个无中生有的谎话吧?不会是太好奇了,忍不住想看看祈念到底是什么样子吧?"

"绝对没有!"玲斗拼命摆手。

千舟以锐利的目光直视玲斗,眼中的怀疑丝毫未减,但还是点了点头,看表情似乎并不打算进一步盘问。"好吧,姑且相信你一次,今后你一定要小心。这份工作诚信第一,要是有访客举报你在祈念的时候偷窥,你就没有资格做神楠守护人了。到时不光我难办,你也不好过。别忘了,为了把你从警察局里弄出来,我可是花了不少钱,到时候那笔钱你就不得不还了。"

"我知道,我没忘。"玲斗小鸡啄米般频频点头。

"眼睛产生幻觉是因为你没有集中精力守护神楠吧?是不是玩游戏玩得太兴奋了?"千舟指了指玲斗身边的手机。

"哎呀……被您说中了。"玲斗挠挠头。虽说与事实不符,但如果能让千舟相信,倒也乐得轻松解决。

"简直不可救药。"千舟难掩失望,撇了撇嘴,再次叮嘱道,"真的交给你了啊。"

"好的。那个……我能再问一个问题吗?"

"什么?"

"为什么要说祈念,而不是祈祷或许愿呢?"

"不合你意吗?"

"不,我只是不明白为什么一定要用这个词。如果没有特殊含义，倒也无所谓……"

"有特殊含义。"千舟当即答道，"只不过我现在不说更好。如果你能自己找到答案，就再好不过了。"

"哦……"

"你给我打起精神来，好好工作。"千舟留下这句话，离开了值班室。

7

晚上十点，玲斗守候在值班室前，只见两道光从神社入口射了进来。在玲斗的记忆里，除了优美偷偷跟着父亲来过，今晚是第一次有多名访客一同前来。

两个男人来到玲斗面前：一个是身穿风衣的小个子老者，另一个是染着金发的年轻人，看起来二十岁左右，和玲斗年龄相仿或者更小一些。

"请问……是大场先生吗？"玲斗来回看了看二人，问道。

"是的。"老者应答了一声。

玲斗确认手机中的记录。"预约祈念的是大场壮贵先生，请问是哪位？"

"是我。"金发年轻人没精打采地微微抬了抬右手，眼睛仍盯着地面，似乎并不打算看玲斗，像是在闹情绪。

"我是陪同的。时间太晚了，他还没成年。"老者说完递出名片，上面写着"匠屋本铺常务董事 福田守男"。"可以的话，"福田脸上浮现出讨好的笑容，"祈念时我也想在场。"

玲斗摇了摇头。"那可不行。预约时应该已有人提醒过您。"

"提醒过，但可以通融一下吗？你看，他还是个孩子嘛。"

"这是规定，和年龄没关系。"千舟严格要求过，每次只能一个人进入树洞祈念，没有例外。

"别那么死板嘛。求求你了，小伙子。他说一个人会害怕。要是不能进神楠，我就在外面等。你看……"说着，福田从大衣内兜掏出两个信封，"我连香资都准备了两份呢。"

一瞬间，玲斗有些心动。这真是个充满诱惑的提议，毕竟香资他可以自由支配。"这是规定，实在抱歉，您还是放弃吧。"

笑容从福田脸上消失了。"无论如何都不行吗？"

"抱歉。"玲斗鞠躬道。

福田重重地叹了口气，像是在叹给玲斗听。他把一个信封递给了年轻人。"壮贵少爷，您也听到了，还是行不通。您就鼓起勇气自己进去。还记得预约时柳泽女士介绍过程序吧？"

年轻人显得毫无干劲，接过信封。"我只能试试，弄不好可别怪我。"

"您别这么说，用心做，一定要相信自己可以做到。拜托您了，壮贵少爷。"

年轻人沉默不语，皱了皱鼻子。

玲斗拿起装着蜡烛和火柴的纸袋递给壮贵，并说明了用法。"您预约的是一个小时，请问时间没问题吧？"

壮贵依然一声不吭，似乎无法做出判断，朝福田看去。

"就这样吧，暂且一个小时。"福田反问玲斗，"超时一会儿没关系吧？"

"没关系，不过纸袋里的蜡烛只能烧一个小时左右，如果要延长时间，我可以再准备一根。"

"就这个吧。"壮贵扬了扬纸袋，"一个小时后，不管怎样我都会结束,可以吧?"他问的不是玲斗,而是福田。

"当然。"福田答道。

"那么,请跟我来。"玲斗打开手电筒,迈步前行。壮贵和福田紧随其后。三人往神社深处走去,在祈念入口停了下来。"这里是入口。看到那条小路了吗?沿着它走就能看到神楠。"

"好。"壮贵答道。

"请小心火烛,留心脚下,衷心祝福您的祈念可以打动神楠。"

"您要用心祈念啊。"福田鼓励道。

壮贵绷着脸,轻轻点了点头,向树林深处走去。玲斗和福田一起目送他微驼的身影离开。

"真不容易。"福田嘟囔道,"希望一切顺利。"

"可以请教您一个问题吗?"玲斗问道,"您又是鼓励,又是惦记着是否顺利,祈念都要这样吗?"

福田目光锐利地直视玲斗。"我听柳泽女士说神楠守护人换了。你就是她外甥吧?"大概是因为壮贵不在,福田的语气随意了不少。

"我姓直井,请您多多指教。"

"柳泽女士嘱咐过我,说她外甥可能会问与祈念有关的事,让我绝对不要透露什么。我当时还觉得奇怪,看来你果然对祈念一无所知。"

"重要的信息,姨妈都没有告诉我。"

"是吗?这样也可以当神楠守护人?嗯……有意思。"福田笑得双肩晃动,他凑近玲斗,眼中光芒闪烁,"不如我们做个交易吧?"

"交易?"

"很简单。如果接下来我无论做什么你都当作没看见,我就把我知道的关于祈念的事告诉你。我自然会对柳泽女士保密。如何？这个交易不错吧？"

"接下来您要做的，是去神楠那里，和里面的人一起祈念？"

"没错。你也看到了，我家少爷完全靠不住。我要是不陪着，他什么也做不好。"

"或许您说得没错，可还是算了吧……"玲斗歪头思考片刻，摆了摆手，"真的不太好。"

"不行吗？"

"被发现就糟了。"

"怎么会呢？你我不说，有谁会知道？"

您家那位少爷会知道啊——话到了嘴边，玲斗还是咽了回去。"抱歉，这交易我不做。"

"那我也没法告诉你祈念的秘密喽。"

玲斗挠挠眉梢，耸了耸肩。"只好这样了。"

福田咂了一下嘴，抚摸着尖尖的秃头。"真死板。"

"实在不好意思。"玲斗致歉道，"咱们往回走走？您可以在值班室等候。"

"屋里能抽烟吗？"

"禁止吸烟。"

福田愁眉苦脸地说道："我回车上等吧，一小时后我再过来。"

"好的，您慢走。"

福田双手插入大衣口袋，渐渐走远了。

直到福田的身影消失在视野里，玲斗才转身走回值班室。他坐在椅子上，担心福田会偷偷溜回来，便没有玩手机消磨时间。他回味起福田和壮贵的对话。看来，祈念并非徒有其表的仪式。福田为什么坚持要一起去祈念呢？难道是为了达到某种目的，又担心壮贵一个人做不好?

归根结底,只要祈念,就一定可以得到什么。那既不是个人的心理满足,也不是装装样子给别人看,绝对是一种更具体、更实际的东西。愿望可以实现——真是这样吗?不是迷信或谣传,真的会有这样的奇迹吗?如果确实如此,一万元香资实在不算多。别说二人份、三人份了,就是付百人份也划得来。

如果愿望真能实现,我该求点什么呢?玲斗开始心驰神往。最想要的还是钱,我要当亿万富翁!彩票中的奖金总有一天会见底,要是有花不完的钱就好了。天天躺在家里,不用出去工作,钱就哗啦哗啦地往家里灌……要是有这种神力就完美了。比如,睡一觉就可以化身天才画家,随意涂抹几笔就能卖上几十万,不,几百万;或是不经意间就有灵感降临,然后成功申请专利,无数企业都来恳求授权,什么都不用操心,每年银行账户里都有大笔专利费入账……

玲斗忍不住笑了。自己的想法像小孩子一样天真,简直跟阿拉丁神灯似的。现实中怎么可能存在这种童话呢?祈念究竟是怎么一回事?那个叫壮贵的年轻人正在神楠里做什么?

玲斗呆呆地望着树林,突然发现有灯光摇曳,惊得一下子跳了起来。他看了一眼手机,还不到一个小时。难道有人想接近神楠?按理说,应该没有人进入神社才对。他一路小跑,靠近后才发现树林中现出的人影是壮贵。壮贵看到他,停下了脚步。

"已经结束了吗?好像时间还早……"

壮贵默不作声,摇了摇头,看上去很不高兴。

这家伙怎么回事?连应答都不会吗?玲斗心里暗骂。

"给。"壮贵递过纸袋。

玲斗接过打开一看,里面有半截蜡烛和火柴。看来吹蜡烛他还是会的。"您辛苦了。"玲斗照例说道,"祈念还顺利吗?"

壮贵还是一声不吭。玲斗将此理解为对方不想回答,便要转身返回值班室。"能顺利才怪呢。"突然,壮贵的话传来,语气中充满漫不经心。

"嗯?"玲斗转过头。

壮贵瞥了玲斗一眼,嘟囔了一句"我说我自己",再次扭过脸去。

玲斗盯着年轻人的侧脸,忖量起这句话的意思。这时,视野的一角有了动静。是福田,他正拿着手电筒从神社入口往这边走。

"咦?已经结束了吗?"福田略显意外。

壮贵再次陷入沉默。

"是的。"玲斗代为答道。

"这样啊……壮贵少爷,您感觉如何?"

壮贵依旧无言,不耐烦地摇了摇头。

福田眼中神采顿失,浮现出沮丧,但仍微笑着,轻松地说道:"哎呀,没关系。"接着,他便催促壮贵离开,似乎还从背后推了推。"今晚就先回去吧,下个月还可以预约。咱们车上再细说,走吧。"

"晚安。"玲斗向远去的二人说道。

福田和壮贵都没有回头,渐渐消失在黑夜中。

8

祈念记录的输入工作，是从千舟吩咐完的第二天着手的。玲斗决定拿出午饭后的两个多小时专门做这项工作。

他随手翻看过往的记录，发现每个月祈念的访客有十几位，一年有二百多位。光是输入名字就已经不轻松，如果记录里还有联系方式和家庭住址，则必须一并归档。先把最近十年的输入进去吧——千舟说得轻松，可大致要花多长时间，玲斗心里也拿不准。

他正在输入的是五年前的记录。选择从这一年开始并没有特别的理由，只不过随手抽出了这一本文件夹。

两个多小时后，玲斗打算告一段落，目光无意间停留在记录中的一个名字上——佐治喜久夫。联系方式一栏记录着一家名为"青柠园"的机构的地址和电话，备注栏写着"向坂春夫先生介绍"。佐治这个姓氏实属罕见，玲斗在担任神楠守护人之前从未见过，现在也只认识佐治寿明和佐治优美，因此很是在意。

玲斗再次查看这份记录，想确认佐治喜久夫这个名字是否还出现过，但没找到。他双臂环抱，陷入沉思。最终，他拿起手机，给优美发了一条短信："我是直井。你认识佐治喜久夫吗？我发现这个人五年前来祈念过。"

没过多久，优美便回复："我想起一些事，马上就查。"

玲斗拎着清扫工具走出值班室。在神楠周围打扫一个多小时后，他收到了短信。看到内容，他不由得瞪大了眼睛。"佐治喜久夫是我的伯伯。我想问你一下详细情况，还有些事想商量，一会儿可以去你那儿吗？"

玲斗回复道："可以，但我也说不出更有用的信息。"

优美表示傍晚五点过去，玲斗回答没有问题。

"嗯……原来五年前的四月十九日那晚，伯伯来过。"优美双手支着面颊，看着五年前的祈念记录文件夹说道。

"那个人真的是你伯伯？"

"应该没错。一收到你的短信，我就想到了这种可能，于是偷偷溜进爸爸的房间，翻出了以前的住址簿和信件。那些东西爸爸都收在房间里。"

"找到线索了吗？"

"我从奶奶的遗物中找到了这个。"优美操作了几下手机，将屏幕转向玲斗。屏幕上显示着一张卡片的照片，上面写着"妈妈，生日快乐！您平时辛苦了，谢谢！喜久夫"，字是手写的。

"生日贺卡？"

"我偶然听爸爸提起他有一个大他两三岁的哥哥，但小时候就分开了，后来再没有见过。可妈妈说那可能不是实话，因为奶奶还健康的时候有时会去和那个人见面。爸爸不可能不知情，或许他也和伯伯见过几次，只是并不频繁。"

"既然是亲兄弟，为什么会分开呢？"

"不知道。妈妈也不清楚伯伯的具体情况。似乎谁都不能提起他，他也从没来过我家。爸爸妈妈的婚礼他没参加，好像连爷爷的葬礼都没出席。"

"算是佐治家的忌讳吗？"

"感觉是。"

"那你伯伯现在怎么样了？也不知道吗？"

"或许已经去世了，妈妈是这么推测的。"

"怎么回事？"

"四年前秋天的一天，爸爸和奶奶穿着丧服出门了，说是去参加熟人的葬礼，但妈妈觉得应该是伯伯去世了。之后过了好久，有一件事让我恍然大悟：妈妈或许猜对了。"

"什么事？"

"大概就是在那个时候，奶奶的认知出现了问题。说得直白点，就是脑子糊涂了。她会说些不明所以的胡话，在夜里走来走去，甚至喊错爸爸的名字。这些事我原本都忘得差不多了，看到你的短信才突然想起来。对了，奶奶偶尔还会叫我爸爸喜久夫……"

原来这就是优美在短信里说想起来的事。

"你伯伯去世时多大年纪？"

"不清楚，怎么了？"优美歪头说道。

"我倒不是对年龄感兴趣。"玲斗展开文件夹，指给优美看，"联系方式留的是青柠园，我查了，在横须贺。官网显示这是一家看护机构，不是短期康复中心，入住者在那儿可以一直待到去世。"

优美拿起手机快速操作起来，大概是在搜索青柠园。她很快找到了官网，认真地注视着屏幕，不时划动。"真的呢。"她轻声说道，"伯伯可能生了什么病。"

"不清楚你伯伯是什么时候住进那家机构，但说不定你奶奶就是去那里和他见面的。"

"有可能。"

"你父亲今年多大年纪？"

"嗯……应该是五十八岁。"

"这么说来，如果你伯伯现在还在世，应该六十多岁。如果是四年前离世，顶多五十五六岁。这个年纪就住进那种机构，莫非患了什么疑难重症？说不定这就是他和你父亲分开的原因。听说过去经常发生这种事，为了不传染给其他孩子，生病的孩子会被送走。"

"我也听说过，可这都什么年代了，太离谱了吧？爸爸出生时都已经是上一届东京奥运会前夕了。"

"昭和①三十年代吧？那时候应该还是有很多老古董的。"

"是吗？"优美歪了歪头，显得难以理解。

"那你说为什么会分开呢？"

"我怎么知道。"

"问问你父亲？"

"不行。不是说了这是家里的忌讳吗？"优美用指尖点了点文件夹，"这个先放一边，我更想知道，爸爸每月来祈念和伯伯五年前来这里这两件事之间是否有关联。你觉得呢？"

玲斗慢慢环抱起双臂。"我也一头雾水……"

"你到底是不是这里的工作人员？"

"我和你说过很多遍了，我就是个见习生，连祈念是什么都没人告诉我。不过，我觉得你父亲和你伯伯来祈念的目的和内容或许都不一样。"

"为什么？"

---

① 日本昭和天皇在位期间使用的年号，起讫为1926年到1989年。

67

"具体我还不清楚。祈念似乎分为两种。"玲斗向优美说明每月有两次祈念的最佳时机,分别是新月夜和满月夜。"你父亲是每月的满月夜来祈念,而你伯伯是五年前的四月十九日来的,我上网查了一下,那天是新月。"

"兄弟二人都来过,但也可以理解为纯属巧合?"

"兄弟俩都听过神楠的传说,便前来祈念——这么想并无可疑之处,只不过两个人的目的有所不同,又间隔了五年,这种可能性会不会更高?"

"你说得也对。"优美长舒了一口气,"那就没必要在伯伯的身上费心思了。"优美合上文件夹,"好,不去想他了,反正情况又有变化。"

最后半句话引起了玲斗的注意。"有什么进展吗?对了,你在短信里不是还提到有事要商量?"

优美皱着眉,噘起了嘴,看上去在犹豫是否要告诉玲斗。良久,她说道:"昨天傍晚,我爸爸行动了。"

"行动?又去了吉祥寺那座公寓吗?"

"对。"优美点了点头,"前天夜里他不是来这儿了吗?当时我就觉得他快采取行动了。我知道他要去哪儿,所以多少有预感,便去那里查看情况,结果让我撞了个正着。"优美瞪圆了眼睛。

"撞到什么了?"玲斗探身问道。

"爸爸正巧从公寓楼门出来,而且不光他一个人。"优美攥着手机,轻巧熟练地点了几下,将屏幕转向玲斗。

"啊!"玲斗不禁惊呼。

屏幕上显示的正是身穿宽松夹克的佐治寿明,身边还有一个身材曼妙的长发女子,身穿轮廓细长的大衣,墨镜遮住了面容。直觉告诉玲斗,那一定是个美丽的女人。

9

优美这天没有开车,而是搭列车再换乘公交车来的。过了傍晚六点,玲斗打算去吃晚饭,于是决定和优美一起离开。不过,玲斗是有"专车"的。看到他从值班室后面推出自行车,优美忍不住笑了。"这是什么?能骑吗?"

"没办法,只有这个,已经是升级版了。"

来到这里的第二天,玲斗在值班室后面的仓库里发现了这辆自行车。它本来是米店用来运米的,不仅轮胎厚,车架和车把也很笨重,车身已经锈迹斑斑。玲斗拆过一回,除锈上油后重新组装好,推去车行打了气,总算能将就骑起来了。他想过换掉轮胎,但因囊中羞涩,只好作罢。

"重点还是沉,"玲斗推着自行车走下神社的台阶,"上台阶实在够呛。平时又不能停在台阶下边。虽说破破烂烂的,没人傻到偷它,可如果生锈再严重点,就真的骑不了了。"

优美看到车筐里放着一个塑料袋,便问道:"这是什么?"

"洗浴包。"玲斗答道,"我想吃完饭去一趟公共浴池。值班室里没有洗澡的地方。"就是有点贵,洗一次要花四百七十元,两天才能奢侈一回。

"没想到你要住在那间小屋子里。很不方便吧?"

"习惯后还好。房租、水电费都不用交,夜里也安静。"

"你是从最近开始才守护神楠的,对吧?你为什么想做这份工作?"

"算是顺其自然吧。不是我想做,但总得有人接手,是不是?"

"继承家业?"

"可以这么说。"

两个人总算下完了台阶。平时,玲斗会立刻跨上自行车,今天有优美一起,他便推着车与优美一起走到公交车站。优美看着时刻表,"啊"了一声,显得有些失望。

"怎么了?"

"上一趟刚走,还要等二十分钟左右。太不方便了。"

"没办法,这里坐公交车的人少,当然和大城市不一样。"

优美思索片刻,往坡下看去。"骑车到火车站要多久?"

"十分钟吧……难、难不成……"玲斗看向优美,"你想让我载着你骑下去?"

"叮咚。"优美竖起食指,"猜对了,载我到火车站吧。"

"那怎么行?骑车载人违反《道路交通法》啊!"

"你说什么傻话?"优美往后一仰,"这乡下地方,你能找到交警?"

"找不着……"

"就是嘛。走吧,快上车!"

玲斗只好跨上自行车,优美随即侧着坐到了后座上。"你至少跨坐啊,又没穿裙子。"

"后座太宽了,不好跨。没事,反正怎样都是违法。"

玲斗咂了下嘴。"如果被逮到，罚款必须你来交啊！"

"我都说了没事。出发！"优美喊完，搂住了玲斗的腰。一股温暖柔软的触感从后背传来，玲斗感到体温似乎上升了。记得上一次骑车载人还是小学的时候。

自行车的好处在于走起小路来畅通无阻，遇到单行线和路障也能自由穿梭。一路都是绿灯，玲斗顺畅地蹬车向前。红日已不见踪影，路灯也只是零星地点缀着街道。好在两侧多是民宅，窗中透出的暖光可以微微照亮前路。

"这是近路吧？要是我肯定记不住。"优美说。

"我一开始也迷路了好几回。这里没做道路规划，估计以前就是田间小路。"

"周围都是住宅，你在哪儿吃晚饭？"

"火车站前的小饭馆。"

"什么嘛，原来你也要去火车站啊。"

"是的……"

他们穿过住宅区，来到宽阔的行车道。前面便是全镇最大的十字路口。

"派出所就在附近，我们得从这儿走过去。"

优美闻言，摆出一副不情愿的表情，跳下了自行车。

玲斗推着车走过人行横道，前面就是站前街。街道两侧的小商铺鳞次栉比，仍在营业的大多是饭馆，其他商铺几乎都已拉下卷帘门。玲斗在一家店前停下脚步。这家店的玻璃门上拼接着木格。"我就是准备在这儿吃饭。"

优美望了一眼店面，问道："这家店卖什么？"

"就是家常套餐，有烤鱼、土豆饼之类的。"

"哦。"优美面无表情，但又似乎有些兴趣，"好吃吗？"

"还不错,要不要尝尝？"

优美托着脸颊思考了片刻,摇摇头说:"今天算了吧。"

"好,那你路上小心。"

"谢谢,再见。"优美轻轻挥了挥手,转身离去。

目送优美走远后,玲斗停好自行车,走进小饭馆。店里空荡荡的。他坐在角落的餐桌边,嚼着酱煮青花鱼,回想优美说的话——

佐治寿明和同行女子从吉祥寺的公寓出来后,优美跟了上去,见二人来到投币停车场上了佐治的车,随后离去。

"如果是电视剧里,会马上出现一辆出租车,我拦下它,对司机说跟上前面那辆车,可现实中无法这么顺利。"

优美无计可施,眼睁睁地目送父亲的车越来越远,只好回家等待。GPS定位器显示,车停在了涩谷的一座立体停车场。

大约两个小时后,佐治再次发动汽车,又过了一个小时回到家中。佐治和那个女人在涩谷做了什么呢？优美调查了停车场周边的情况,发现有几家可以提供钟点房的酒店,还有不少经营多年的情人旅馆。

"不会去酒店吧？想那个的话,在公寓不就可以……"玲斗尽量避免表达得过于直白。

"也许他们是想偶尔换换心情。"

玲斗没想到优美能说得如此轻描淡写。他没什么经验,从未想过这一点,难道优美经验丰富？"可能只是一起吃饭购物。"

"当时还不到饭点,况且如果在外面吃过饭,按说就不会再吃晚饭了,可爸爸到家后照常吃了晚饭。购物也不太可能,工作时间出去就为了和情人逛街？万一被熟人撞到不就糟了？"

"你已经断定是情人了啊。"

"爸爸在工作时间偷偷跑到一个女人家里,不是去见情人是什么？你就别安慰我了。"

这种情形的确很难让人想到其他可能。玲斗默不作声。

"哼！"优美从喉咙深处挤出声音，"我祈祷过千万别是真的，结果还是成了现实。出轨啊……这算什么！浑蛋老爸，我真看错你了！"优美咚咚捶打着值班室的桌子。

"如果佐治先生出轨了，那和他来神社祈念有什么关联吗？"

"问题就在这里，想和你商量的也是这个。"优美指了指玲斗，"下一步必须要查出那个女人的身份。你能帮我吗？"

"帮你……我要怎么做？"

"我想过了，爸爸很可能就是为了他和那个女人的事情去向神楠祈念的。"

"向神楠……"玲斗歪着脑袋，"祈念什么呢？"

"比如，"优美扬起下巴，"和妻子离婚，娶这个女人。"

"啊？"

"不过，离婚要给妻子精神损失费，和那个女人再婚也很有可能遭到女儿的反对，不，是一定会反对！所以，最干脆利落的做法，就是祈祷妻子死掉。"优美突然十指在胸前交握，望着斜上方，"楠树之神，求求您，马上让我老婆死于非命吧——"

玲斗苦笑道："怎么可能发生这么荒唐的事。"

优美保持着祈祷姿势瞪了玲斗一眼。"你凭什么这么肯定？"

玲斗微微抬起双手。"祈念可是很神圣的。一般都是祈祷垂死之人早日平安无事，怎么会祈祷别人去死呢？"

"你这是相信人性本善，但世界上并不是只有好人。如果祈念真的能实现愿望，一定会有人祈祷绊脚石赶快消失。"

玲斗受到了冲击，他从未有过这类想法，但又觉得优美的话有道理，一时想不出该如何反驳。"或许吧……可佐治先生不像那种人。"

"我当然也希望如此,不过非常遗憾,我现在对爸爸的信赖程度低得令人绝望。"

看着神情严峻的优美说出这种话,玲斗只是隐约觉得事态很严重。他没有父亲,那个让母亲美千惠怀孕的男人已有家庭。那个男人的孩子一定对夺走父亲的美千惠恨之入骨。

"所以,我得想办法在爸爸祈念的时候再偷看一次,确认他到底在祈祷什么。"

"不行!"玲斗急忙摆手,"这真的很难办,我不可能睁一只眼闭一只眼。抱歉,我帮不了你。"

"怎么都不行吗?"

玲斗双臂在胸前摆出一个叉号。"死心吧。我的工作就是在有人祈念时不让其他人接近神楠。"

"那在爸爸祈念前后,你让我去神楠那边转一圈,行吗?"

"祈念前后?"

"嗯,这样不算违反规定吧?"

玲斗注视着优美的大眼睛问:"你要去做什么?有什么目的?"

优美漫不经心地说:"你没必要知道。"

玲斗的大脑飞速运转起来。她应该是想打探父亲祈念的内容。接近神楠后,她打算怎么做?她已经清楚地表明,自己是个为达目的不择手段的女孩,甚至偷偷安装过GPS定位器。想到这里,玲斗眼前一亮。"我知道了!"他打了个响指,"你是要去装窃听器吧?"

优美浮现出意味深长的笑意。"被你看穿了,其实我更想安装摄像头。"

"太胡来了!我决不允许你那样做。"

"为什么？难道有规定说不允许安装窃听器吗？"

"或许没有，可是想想就知道不行。"

"没关系吧……又不会给别人添麻烦。"

"佐治先生要是发现了怎么办？"

"绝对不会，有一种特别小的。"优美用拇指和食指比出一厘米左右的长度。

"万一被发现，我工作就丢了。"

"那又怎么样？工作不是到处都有嘛。"

"我借了一笔钱，如果辞掉这里的工作，就必须还清那笔钱。"

"多少？"

"一大笔，大到我肯定还不起。"

优美啧了一声，撇了撇嘴。"你真是……"

"反正你的作战计划行不通，放弃吧。"

"我知道了。"优美恢复冷漠的表情，扭过脸去，"再也不理你了，我自己想办法。"

"你打算怎么办？"

"不告诉你。"

望着优美的侧脸，玲斗再次陷入沉思。估计她还没放弃安装窃听器的打算。"你不会要自己偷偷去安装吧？"

优美面部肌肉一颤。"不告诉你。"

"果然被我猜中了。你就是想背着我去神楠那里安装，等佐治先生祈念结束，再溜回去取走。"

优美看向玲斗，板着的脸上露出笑容。"还有一个办法。你知道吗？最新的窃听器，电池可以撑上几十个小时呢。我白天先去安装好，第二天再拆走。白天任何人都可以接近神楠吧？当然，我动手时一定不会让你看到。"

"别闹了,算我求你了。要是有人看到你安装的窃听器,会引起骚动的。"

"或许吧,不过和我也没什么关系。如果被人发现,再想别的办法。"

玲斗愁眉苦脸,双手抱头央求道:"饶了我吧……"

"我家都要被拆散了,哪还管得了用什么手段。"

玲斗放下手,抬起脸说道:"就算窃听到了祈念的内容,也不一定能了解到什么。你是认为佐治先生会说出情人的名字,还是会说'希望我老婆早点死掉'?"

"我也不清楚。不过,我爸爸不是出声了嘛,你也听到了。"

"我听到的只有奇怪的哼歌声,没听到他说话。"

"他哼歌前后可能会说些什么。拜托了,帮帮我吧。"优美双手合十,认真地看着玲斗。

玲斗叹了口气。看来很难让优美改变主意,既然如此,他必须想办法阻止优美擅自安装窃听器。"我有个条件,万一窃听器被佐治先生发现了,你要负责解释来龙去脉。还有,你必须说服他不要闹到我的雇主那里去。这些办得到吗?"

优美摆出一副思考的样子,接着轻轻点了点头。"OK!当然办得到,买卖成交!"她站起身来,要和玲斗握手。

这算什么买卖,分明是强买强卖!玲斗这样想着,还是握住了优美的手。

10

从站前街拐进一条小巷，就可以看到"福汤"，这是全镇唯一的公共浴池。邻镇有一家温泉乐园，成年票要九百元，这样只能三天泡一次澡了。

福汤是家老店，没有桑拿、电子按摩池和淋浴间，墙壁上画着巨大的富士山。

玲斗洗净身体后来到浴池一角，刚泡进去就听到有人搭话："你是神楠守护人吧？"说话的是一位老者，泡在池子里的身体瘦骨嶙峋。

"是的。"玲斗看着老者，感觉在哪儿见过，但一时想不起来。

"前些日子的一个上午，我想着好久没去问候神楠了，就去了一趟，看到一个没见过的小伙子正在打扫院子，我还有点纳闷。那就是你吧？"

"您好。"玲斗颔首，"我姓直井，请您多多指教。"

"你不姓柳泽啊？"

"我是柳泽家的亲戚，但不同姓。"

"原来是这样。柳泽家的直系亲属越来越少了，我还担心将来怎么办呢。那就好，那就好啊！还好有你。"老者晃着细瘦的脖子频频点头，似乎总算放心了。

"您一定熟知柳泽家和神楠的事吧？"

"谈不上熟知，不过我家确实祖祖辈辈都受到神楠的恩惠。我去年还去神楠寄存了呢。上了年纪腰酸腿疼，干什么都不方便，我的日子也快到了。"

老者的话引起了玲斗的注意。"寄存？您寄存了什么？"

"你这个年轻人啊，寄存给神楠的还能有什么，不是明摆着嘛。"老者笑着说完，忽然严肃地打量起玲斗，"难道你还不知道神楠的力量？"

"我并不了解详情，只被告知只要一直守护神楠，总有一天会知道的。"

老者开怀大笑起来。"没想到神楠守护人竟对祈念一无所知！说不定这反而是好事呢。"

"您能和我说说到底是怎么回事吗？"

"还是算了吧。对于不了解神楠奥秘的人不能多嘴，否则好事就成坏事了。而且也很难说清楚，我即便说了，你恐怕也不会相信。千舟说得没错，只要一直守护神楠，总有一天会知道的。你就好好期待着吧。"

这算什么啊！玲斗心中愤懑不已。怎么人人都这么喜欢吊人胃口？这时，一个主意在脑中闪现。"能请教一下您的姓名吗？"

"当然，我姓饭仓。"老者说清楚汉字写法后，又说自己名叫孝吉。

饭仓说他去年去祈念了，玲斗想一会儿回到值班室翻看记录，至少要确认来访时间是在满月夜还是新月夜。"饭仓先生，您相信神楠的传说吗？大家都说，只要向神楠许愿，愿望就可以实现。"

"我刚才不是说了吗？这件事不能多嘴。"饭仓露出微笑。

"您不用说祈念的事，我只想知道您是否相信。"

"好吧。"老者稍微坐直了身子，细瘦的锁骨露出水面，"我相信神楠的力量，毕竟我亲身体会过。可是，愿望是否能够实现，我不大清楚，因为这件事无法凭一己之力实现。"饭仓瞥了一眼玲斗，嘴角的笑意更浓了，"这个话题就聊到这里吧，可不能告诉你太多。"

这个回答实在意味深长。亲身体会过神楠的力量是什么意思？他又说不清楚愿望能否实现……简直像禅宗问答一样，再问下去，估计也不会得到任何答案。

"我想再问最后一个问题。"

"好，但我不一定会回答哦。"

玲斗环视四周，确认没有其他人在听，随后问道："向神楠祈祷希望一个人死掉，这种事有可能吗？"

"什么？"饭仓震惊地瞪大了眼睛。

"有人祈祷让讨厌的人或妨碍自己的人死掉——您有没有听说过这类事情？"

"你为什么问这个？"

"我每天看守神楠，就好奇大家都在祈念什么，偶尔也在想，会不会有些人祈念的是一些见不得人的事呢？"玲斗将右手伸出水面摆了摆，"我不应该这么说，怎么会有那种人嘛。神楠这么神圣，祈念龌龊的事一定会遭天谴。对不起，您就当我没问吧。"

饭仓也环视四周，然后把身体深深沉入水中，直到水没过下巴尖。他往玲斗身边靠了靠。"最近有没有我不太清楚，听说以前确实有那样祈念的。"

"真的吗？"

79

"人这一生啊，怎么可能从头到尾都是美好的？特别是人和人之间的关系，更是一团乱麻。要是因为某个人导致自己或家人遭受折磨，当然会希望那个人从世上消失，这也是人之常情。"

"向神楠祈念这种事都能成真吗？"

"谁知道呢，没准真有实现的。"饭仓说完站起身，"就到这里吧，我要是信口开河说得太多，千舟知道后该批评我了。"

玲斗想起饭仓已经提过一次千舟的名字。"您一定很了解千舟姨妈吧？"

"很了解哦。巴掌大的镇子，我们小学和初中又在同一所学校，我比千舟高两届。千舟从小就是名人，是柳泽家的独生女，学习成绩还特别优秀。镇上的人都说，她虽是女儿身，但只有她才能撑起柳泽家。后来也的确如此，她一手把柳泽集团经营起来。没有她，酒店业务哪能做得那么成功啊。"

玲斗有些困惑。千舟这么厉害吗？虽说见过几面，但他完全没有关注千舟取得过什么成就。他只要知道千舟是母亲同父异母的姐姐，但此前没有来往，就足够了。

"你姓直井，对吧？神楠就拜托你了。"饭仓抬手致意后离开了浴池。

"谢谢您，晚安。"玲斗目送老者离开。

出了福汤，玲斗在便利店买了果味烧酒和薯片，回到月乡神社。今夜没有访客预约，玲斗在值班室喝着烧酒，用手机上网查询千舟的情况。网上竟有不少信息，还有详细介绍千舟履历的网页，玲斗着实吃了一惊。

从家乡的高中毕业后，千舟考入一所名校的法学部，毕业后进入柳泽集团旗下一家重要的不动产公司工作，在公寓经营管理方面崭露头角。二十世纪八十年代，她进军酒店业，通过并购和集团化发展获得了极高的地位和知名度。她不仅是集团内部多家公司的董事,有时还担任首席执行官,二〇〇五年到二〇〇九年间在业内被尊称为"女帝"。

网上可以查到的信息大抵如此。玲斗从抽屉里取出千舟的名片,上面写着"柳之公司顾问 柳泽千舟"。千舟应该将近七十岁了,或许已经引退,但此前的经历已足够辉煌,饭仓说的没有半点夸大之处。

玲斗从架子上抽出文件夹,查看去年的祈念记录。八月三十日的记录中出现了饭仓孝吉这个名字,上网一查,那天是新月。

11

满月已过，新月未至，祈念的访客越来越少，特别是中间的一周几乎无人到访。漫漫长夜，玲斗把时间都用在了祈念记录输入工作上。

连续输入完几年的记录，玲斗发现一些端倪：某个人祈念后，同一姓氏的另一个人也会来祈念，间隔大多是一两年。或许只是碰巧，但这种情况实在多得有些不寻常。玲斗猛然想到了佐治寿明。寿明的亲哥哥喜久夫五年前曾来祈念，因时隔太久，他认定两人的祈念之间没有关联。事实的确如此吗？

这天，千舟来到月乡神社时，玲斗正恍惚地思考着这些事，清扫着院落。

"你有压箱衣吗？"千舟抬头问玲斗。

"压箱衣……"玲斗重复了一遍，"那是什么？"

千舟瞪大了眼睛。"你不知道？"

玲斗捂着肚子问道："是胃肠药之类的吗？"①

---

① "压箱衣"和"胃肠药"在日语中发音相近。

千舟瞠目结舌，双肩泄了气似的松弛下来。她长叹一口气，说声"跟我来"，朝值班室走去。进了值班室，她径直往里走，打开了卧室的门。开门的一瞬间，她倒吸一口凉气，迅速转过头，瞪大眼睛责问道："这是怎么回事？像什么样子！"

"哎呀……那个……我想着一会儿再收拾……"玲斗挨骂不无道理——被子没有叠，当作睡衣的T恤和短裤随手扔在一旁，空酒罐倒在榻榻米上，薯片撒了一地。

"打扫神社之前，不先打扫干净自己的房间怎么行！"

"您说得对，我马上打扫。"

玲斗刚要弯腰叠被子，千舟一把揪住他的肩膀。"过会儿再收拾，你先把压箱衣拿出来。"

"压箱衣……"玲斗嘟囔道。

"嗯，快点。"

"我……"

"怎么了？"

"刚才我就问什么是压箱衣……"

"压箱衣——"千舟做了个深呼吸，"就是你所有衣服里最心爱的，比如和女孩子约会时才舍得穿的。"

"啊！"玲斗半张着嘴，"这样啊！"

"你没听说过吗？"

"没有。"玲斗歪着头说道。

"无所谓了。你总归有一件吧？"

"没有。如果一定要选，就是我来这儿时穿的T恤和夹克，还有就是运动衫了。"

"你的行李确实很少。"

"被赶出宿舍时差不多都扔掉了，净是些又旧又破的衣服。"

"来这儿之后没再买新衣服?"

"没买,有这个就够了。"玲斗拽了拽作务衣的领子。这是玲斗在这里生活后千舟带来的,还有一身可以替换。工作自不必说,玲斗去镇上也是这身装扮。

千舟双手抵腰,轻叹了口气。"好吧,我知道了。你收拾一下,准备出门。这身衣服可不行,先换上那件脏兮兮的夹克吧。"

"要去哪里?"

千舟抬头望着玲斗。"给你买衣服。"

约两个小时后,玲斗和千舟来到新宿。玲斗走进了从来不敢接近的名牌男装区,还试穿了西服。

千舟打量着玲斗,哼了一声。"还算合身。"

"谢谢。"玲斗扬起下巴顽皮地说道。

看到他这个动作,千舟皱起了眉头。"难得穿了上档次的西服,显得挺精神的,就不要做那种动作了,看起来不稳重。点头时态度要恭敬,下巴微收,直视对方的眼睛。"

"好的,我知道了。您看是这样吗?"玲斗按照千舟的指示点了点头。

"对,这不是能学会嘛。以后要注意。"

站在一旁的中年女店长微笑着称赞道:"真的非常合身。后背挺得笔直,站姿也特别帅气。柳泽女士的亲戚果然仪表不凡。"说最后一句话时,她转向千舟。

这家店似乎与柳泽家一直来往密切。刚进店时,千舟便介绍玲斗是她的外甥。

"之前上班时穿过西服吗?我听说你被辞退前在一家处理二手设备的企业工作。"

"是这样,但在那之前我做过另一份工作,那里的工作服和西服差不多……"

"还有这回事？那是什么地方？"

"一家餐饮店……"

"当侍者吗？"

"嗯，差不多。"玲斗不敢说他曾在夜总会做过服务生。

"不错嘛。这套西服怎么样？喜欢吗？"

玲斗再次转向穿衣镜。深灰色修身西服恰到好处地贴合着身体，看到镜子里的自己，玲斗竟感到气宇轩昂起来。整理整理发型，刮一刮邋遢的胡茬，再戴上一副平光镜，俨然是一名叱咤风云的商界精英。"喜欢是喜欢，但真的要买给我吗？"

"我们不就是为这个来的吗？西服就定这套吧。"千舟转向店长，"裤脚锁边，傍晚前可以做好吗？"

"没问题，请您交给我吧。"店长两手叠在身前，深鞠一躬。

玲斗换回衣服，来到千舟和店长身旁。"两位久等了。"

"啊……"千舟看着玲斗，指了指他的胸口，欲言又止。

"我叫玲斗。"玲斗以为千舟忘记了他的名字。

"我知道。"千舟瞪了他一眼，大概是没料到他会这么说，"我在犹豫该叫你玲斗先生，还是玲斗君。"

玲斗这才意识到千舟还从未直呼过他的名字。"叫玲斗就行。"

"好，玲斗，咱们去下一家店吧。衬衫、领带、腰带，还有鞋，必须置办齐全。"话音一落，千舟便离开了这家店。

"感谢您的光临！"店长恭送道。玲斗慌忙追了上去。

他们用了约一小时买了衬衫、领带和腰带，又花三十分钟定了皮鞋。西裤锁边还需要一些时间，皮鞋柜台里侧正好有一家咖啡厅，他们决定休憩片刻。

"哎呀,真是不得了！"玲斗看着放在邻座上的购物袋感叹道，

"一次竟然买了这么多东西,我有生以来还是头一次。"

"你和你母亲……美千惠,没一起买过东西吗?"

"没有,我妈在我上小学时就死了,外婆也没带我逛过街。衣服嘛,基本上都是邻居家送的。"

千舟端着茶杯注视玲斗。"你吃了不少苦啊。"

"没办法,谁叫我是女招待和有妇之夫生的孩子呢。"玲斗故作开朗地说。反正千舟对他不体面的出身了解得一清二楚,他想让千舟知道自己有自知之明。"所以我不用努力学习,也不知道什么是压箱衣。"

千舟默然不语,喝了一口红茶,把杯子放回茶托,冷冷地盯着玲斗说道:"这是自甘堕落,也可以说是用你母亲当挡箭牌。"

千舟的话像是一柄利剑刺中了玲斗的心。他觉得受到了巨大的打击,无言以对。

千舟从放在身旁的挎包里拿出手账,打开看了许久后抬起头。"明晚六点柳泽集团举办答谢会,宴会上招待的都是平时关照集团的贵宾,你要和我一起出席。"

玲斗吃了一惊,险些把刚喝的可乐喷出来。"我也要去?"

"你是神楠守护人,我必须向家族的亲友介绍,所以才给你购置西服。不然你觉得是为什么?难道以为我一时兴起,想要将你打扮一番?"

"不,我隐约觉得有什么理由,但没想到……"

"明晚六点,不许忘记。"

"这也太突然了。"

"你有安排了?明天应该没有访客预约祈念。"

"没什么安排……可真的没关系吗?我这种人也有资格去吗?"

"为什么没资格?你也是我的亲戚。"

"您这么说，我很开心……"玲斗一口气喝光可乐，又将旁边杯子里的水一饮而尽。他抬起头，目光正巧碰上千舟的视线。"您怎么了？"

"真的吗？"千舟反问。

"什么？"

"你说很开心，这是你的真心话吗？"

"我没骗您。"玲斗不明白千舟为什么这么问，"如果没有您，我还在监狱里呢。您给我找了住处和工作，我打心底里感谢您。有您这么好的亲戚，我当然很开心。"

千舟垂下眼帘，双手抚摩膝盖。"你母亲有多辛苦，我也多少想象过——独自抚养和已婚男人生下的孩子，实在太不容易了。可我从没帮过她哪怕一次，甚至尽量避免和她产生任何联系。我很担心你会因此恨我，埋怨我为什么不早点出现，为什么不在你母亲还在世时提供帮助，而直到今天才来帮你。"

玲斗擦了擦鼻头。"我想您一定有什么苦衷吧。提到这件事的时候，外婆总是吞吞吐吐，不愿意说清楚。我只想告诉您，我从来没恨过您。"

"这我就放心了。"千舟视线停留在半空，微微点点头，似乎下定了什么决心。"明天我必须让你和柳泽家的人见面，如果你一无所知的确不太妙，今天我就和你详细说说你和柳泽家的关系吧。"

"我特别想知道这个！"玲斗正襟危坐。

"为了讲清楚来龙去脉，我得先说说自己。不过你也知道，上了年纪的人一聊起从前的事就会没完没了，越是以前的事记得越是清楚。"

"没关系，我想多听一些。"

"好，那得再点一杯饮料。"千舟向女服务员招手。

12

回到值班室已是晚上九点多了。玲斗把购物袋放到卧室，先接了杯水喝，又从冰箱里拿出一罐果味烧酒坐到椅子上喝了起来，长舒了一口气。桌上摆着一盒从百货商场地下的食品店买的寿司。肚子已经饿了，但他并没打算打开。

离开值班室时刚过正午，至今已过了八个多小时。虽没走太多路，但玲斗多少有些困乏，精神上更是倍感疲惫。

千舟一讲起来就滔滔不绝。聊到一半，他们去取了锁好边的西裤，又去另一家店继续之前的话题，等全部说完，已过了晚上七点。千舟也显出了疲态，没有提出和玲斗一起吃饭，二人在食品店各自买了晚餐。

谁能想到千舟居然会从她出生前的事情开始讲啊——玲斗望着烧酒，一阵苦笑。

据千舟说，柳泽家是当地远近闻名的大地主，靠林业起家，从千舟的外祖父彦次郎那一代开始涉足建筑业和不动产业。柳泽家近几代生的多是女孩，彦次郎和妻子靖代生下的两个孩子也不例外。为了本家的存续，身为长子的彦次郎只能让其中一个女儿继承家业。长女恒子的丈夫直井宗一做了入赘女婿。宗一是东京一所高中的老师，虽不是本地人，但家人都是公务员，也算门当户对。宗一是家里的次子，父亲在战争中死去，两家的父辈有过同窗之缘。宗一和恒子的孩子就是千舟。大概是体弱多病的缘故，恒子之后再没有生下孩子，柳泽家再次面临继承家业的问题。

"孩提时代的我，根本没有意识到那么重大的责任将压到我肩上。因为家底殷实富足，我学习了各种技艺，在优美的自然环境中无忧无虑地度过每一天，属于典型的成长在温室中的大小姐。"千舟露出自嘲的笑容。

"可是您学习很好啊。"玲斗说道。

千舟皱了皱眉，似乎十分诧异。"你听谁说的？"

"您上学时的学长饭仓先生，我们在公共浴池认识的。"

"啊。"千舟像是想起来了，"我们两家也是老交情了。"

"饭仓先生说您特别优秀，虽是女性，可您成为继承人，没有任何人不放心。"

"那是后话了，真正的考验到来之前，我真的是不谙世事。"

"真正的考验？"

"在我十二岁那年的秋天，母亲去世了。"千舟的母亲患有心脏病，有一天病情突然恶化，在家里昏倒后，只过了三天就在医院停止了呼吸。事情太过突然，直到出殡当天亲眼看到棺木中母亲冰冷的遗体，悲伤才真切地侵袭千舟的心房。一想到再也看不到慈母的身影，盈满心中的苦水顿时化作泪水决堤而出。"从那时起我意识到，可以支撑起柳泽家的人，或许只有我自己了。"千舟望向远方，娓娓道来。

对千舟的思想影响最大的人是父亲宗一。

因为外祖父母都健在，千舟一家一直住在宅邸里的偏房，其实也是独栋房屋，生活上没有任何不便。恒子去世后，千舟和宗一依然在这里生活。宗一虽是男人，但很擅长做家务，还亲手为千舟烹制菜肴。

宗一常对千舟说："你是要继承柳泽家的人。"亲戚聚会时，宗一绝不会引人注目，总是站在千舟和岳父岳母后面。他在人前平和少言，尽量不让自己过于显眼。千舟虽小，也开始察觉到父亲在家族中的处境很为难。宗一与柳泽家没有血缘关系，恒子离开后，可以维系他与柳泽家关系的人便只剩下千舟。外祖父母不时会叫千舟去主房玩。不知是否因为心思细腻、有所顾虑，宗一很少前去。外祖父母没有把宗一当外人，而且对他充满感激——他不仅入赘柳泽家，还一直照顾体弱多病的恒子，直到恒子临终都废寝忘食地守护左右。

"真希望宗一能快点再遇到个合适的人啊……"有一次，外祖父这样说道。"是啊。"外祖母附和道。当时千舟正在主房和他们一起吃晚饭——每当宗一晚归，千舟都是如此。上初中后，千舟明白了外祖父母的对话，原来他们在说父亲再婚的事情。她不愿想这些，因为她仍希望父亲永远属于自己最爱的母亲。

可现实总是残酷的。千舟高中毕业前的一天，宗一终于说出了"有重要的事要和你商量"这句话。父亲有了喜欢的女人，正在考虑再婚。外祖父母已知道详情并表示赞同。"不过，千舟要是不愿意，爸爸会重新考虑。千舟的心情对爸爸而言始终是第一位的。"宗一没有忘记加上这一句。

听完细节，千舟大吃一惊。对方是父亲以前的学生，才二十七岁，比父亲小二十二岁，大千舟不到十岁。千舟心里有过抵触，一是因为对方太年轻，二是得知父亲心中竟还残留着男性的欲望，她很受冲击。那时宗一年近半百，在千舟看来已算老人，男性的欲望应该早已消失。

宗一说再婚后会恢复原姓氏，并打算搬出柳泽家。"不过，爸爸说的只是爸爸自己的事，没想要强迫千舟和爸爸一起。千舟保持现状或许最好，不用特意去改姓氏，也可以继续住在宅子里。"

千舟从中听出父亲再婚有两层含义：一是想和深爱的女人在一起，二是想尽早从柳泽家的桎梏中逃离。千舟知道父亲在柳泽家活得很拘束，喘不过气来。她想过，如果父亲是为了自由而再婚，她决不能反对，否则父亲既会失去可以容下他身体的家庭，又会失去可以接受他心意的女人。祖父母早已去世多年，父亲和直井家的亲戚已形同陌路。

"好的，"千舟答复道，"爸爸按照自己的心意去做就好。"

"可以吗？爸爸不着急，你再好好考虑考虑。"

"没那个必要，我不会反对的。"

"真的可以吗？你跟爸爸说心里话。"宗一反复追问。

"真的，我觉得这样对爸爸最好。"最后补充的这句话究竟是发自内心还是出于一时倔强，千舟也不清楚，但她希望父亲幸福的心意没有半点虚假。

不久，千舟和父亲的再婚对象相见了。她名叫富美，身材纤细小巧，是传统意义上的美人。或许是因为身着和服，她散发出相比年纪更加沉稳的气质。千舟觉得眼前这个优雅恬静的女人一定可以疗愈父亲枯槁的灵魂，或许父亲真的遇到了合适的人。在年轻的恋人面前，父亲再次展现出男性的一面，自称时也用上了更亲近的表达方式。千舟意识到父亲已决意走上一段新的人生旅途，也领悟到总有一天这个男人将不再是自己的父亲。

宗一没有举办婚礼。办理完入籍手续的那天晚上，宗一和富美带着千舟和富美的双亲一起吃了晚餐，权当喜宴。千舟明白，外祖父母不可能出席，这场喜宴宣告父亲和柳泽家就此一刀两断。她心里空落落的。

宗一在工作的学校附近租了一处房子，和富美开始了新生活。千舟则搬出偏房，到主房和外祖父母一起住。

高中毕业后，千舟考入大学法学部。彦次郎问她将来是不是想当律师，她说并非如此，只是想把法律运用到经营家族产业中。"一直像现在这样沿用传统的方式，必定无法跟上未来的商业竞争。欧美国家都是契约社会，合同支配一切商务活动。口头约定、惯例、默认、过去的情分……仅依靠这些，一定会被时代淘汰。这么说可能不太好听，但目前柳泽家族中有人熟悉法律吗？只怕我们稍一马虎就会被人算计。为防患于未然，必须拿起法律这个武器，这就是我选择法律专业的原因。"

听了千舟慷慨陈词，彦次郎拍拍后脑勺，苦笑道："这一局算我输了。"说完，他恢复严肃的神情，"千舟，柳泽家就交给你了。"

"您放心。"千舟的话语中充满力量。

千舟几乎没有踏入过父亲的新居，不仅因为大学生活异常充实，时间远不够用，也因为她不想打扰这对新婚夫妇。后一种心理实则更为强烈。千舟不讨厌富美，但不清楚富美如何看待她，即便觉得她碍眼，她也无可奈何。

宗一不再来看千舟了，他的心理并非无法理解：前妻的娘家，又怎么能登门呢？

时光流逝，彦次郎因蛛网膜下腔出血而昏倒，随后离开了人世。那时恰巧是暑假，守灵时来了许多亲戚朋友，宗一的身影也在其中。千舟已经很久没有见过父亲了。

吊唁的客人散尽后，父女二人在彦次郎的遗像前探问对方的近况。得知千舟在大学过得非常充实，宗一眯起眼睛，露出心满意足的笑容。

"爸爸怎么样？和富美阿姨过得好吗？"千舟问道。

"还行吧。"宗一简短地答了一句，表情似乎欲言又止。

"发生了什么事情吗？"

"没什么。你要好好照顾外婆。"

"我明白，您不用操心。爸爸过得幸福就好。"

这话似乎让宗一有些感伤。"还是不想和爸爸一起生活吗？"

"嗯，我觉得最好不要吧，这样对我们双方都好。"

"好吧。"宗一看上去彻底放弃了。

宗一的新家将要迎来新成员一事，千舟是在彦次郎七七后得知的。周围没有其他人时，宗一亲口告诉千舟，富美已经怀孕三个月了。

意料之外的消息扰乱了千舟的心。尽管知道这件事可能会发生，但千舟从未想过。父亲与年轻妻子的生活是怎样的，千舟一直强迫自己不去思考。她回想起守灵那天父亲曾欲言又止，想说的恐怕就是这件事，只是觉得在那时提起对不起逝者，便没有说。

"虽是同父异母，也算是千舟的弟弟或妹妹了。"宗一说这句话的时候，表情显得很不自然。

千舟内心没有泛起任何涟漪，就算是弟弟妹妹又能怎么样？但她立刻明白了宗一想要的是什么。"恭喜爸爸，真是太好了。"千舟道出了父亲期待她说出的贺词，尽管她自己都听得出那话并非出自真心。

宗一会心地笑了，说了声"谢谢千舟"。看到父亲的笑容，千舟瞬间醒悟——曾经预感到的日子已经来临，这个人再也不是自己的父亲了。

那天晚上，千舟对靖代说起宗一又有了孩子的事。"我已经决定了,我和爸爸现在的家没有任何关系,他们一定觉得我是个多余的人,今后我会一直住在这里。外婆,可以吗?"

"什么多余,你父亲肯定没有那样想过。至于千舟想一直住在这里,这当然没问题,外婆高兴还来不及呢。"靖代蓦地又露出凝重的表情,"借此机会,有件重要的事情想告诉你。"

靖代说的正是月乡神社的神楠。传说那是一棵可以实现愿望的树,千舟从小就听说过。神社一直由柳泽家管理,神楠则由千舟的外祖父母来守护。

"你外公已经不在了,只能让我继续守着。这样也没什么不好,但我也有死去的一天,到时候我希望你能接我的班,怎么样?"

千舟哭笑不得。她本以为是更了不得的事情,已经做好了心理准备,所以感到些许扫兴。"没问题。"千舟想都没想就爽快地答应了,"外婆偶尔会去清扫吧?从今天起我就可以给您打下手了。"

靖代频频点头。"谢谢千舟,你能帮忙真是太好了。守护神楠的工作可不光是打扫卫生,还有更重要的事情。神楠的正式祈念必须在夜晚进行,其中又属新月夜和满月夜最为适宜,祈念之际一切都要由神楠守护人周密安排。这才是我想让你接手的工作。"

"终于等到了!"玲斗探出身子,以为总算可以听到关于神楠祈念的详情了。

"对不起,恐怕要辜负你的期待了。关于神楠的事情,我不想多说。"千舟面无表情地泼来一盆冷水,"说到这里,难免会涉及神楠。但我重复过很多次,神楠祈念究竟意味着什么,必须由你亲自去探索、掌握。不用担心,总有一天你会明白的。过去也没有人对我讲过神楠的事,都是我自己一点一点理解清楚的。唯有一点要说的是：神楠守护人肩负着重大责任，必须有坚强的意志。正因如此，这份工作并非任何人都可胜任。你要做好一切准备迎接那一天。这一点必须记在心里，明白了吗？"

"好……"玲斗扬起下巴。

千舟瞬间脸色阴沉下来，敲着桌面说道："我刚说过不要做这种不稳重的动作，这就忘得一干二净了吗？"

"啊，对不起，一不留神就……"

千舟无奈地叹了口气。"回到刚才的话题。"她继续说了起来。

那一年四月，千舟升入大二。一天，她接到宗一的电话——孩子出生了，是个女孩。千舟回了一句"恭喜"。她其实并没有感到十分高兴，但倘若死产，她心里肯定更不是滋味。母女平安总归是件好事。

"你不过来看看吗？年纪是差得有点多，可终归是你妹妹啊。"

"嗯，过两天就去。"挂断电话，千舟萌生出一种奇妙的感觉。她完全没有意识到自己已经很久没有和父亲说过话了。

大约两个月后，千舟见到了同父异母的妹妹。宗一数次邀请她，连靖代都催她最好去见一见。她很不情愿，最后还是到访了宗一和富美的家。相差十九岁的小妹妹是个可爱的婴孩，脸蛋粉扑扑的，大眼睛炯炯有神。确定妹妹和自己长得一点也不像，千舟心里像是有一块石头落了地。考虑到以后的人生，她希望没有人能看出自己和这个妹妹有血缘关系。

"吃完晚饭再走吧。"面对父亲的热情挽留，千舟执拗地拒绝，离开了直井家。直到临走，千舟和富美也没有任何交流。

又过去六年左右，千舟和名叫美千惠的妹妹再次见面了。宗一邀请千舟为美千惠升入小学庆祝，千舟很不情愿，但靖代又从背后推了她一把。"即便只是一段时间，你父亲也曾是柳泽家的人。

虽然他恢复了旧姓，但这个时候不去祝贺未免太过冷酷无情，你可不能这么做。作为柳泽家的一家之主，了解亲戚的生活状况也是你的职责之一。如果对方家出了事，就算我们再怎么撇清关系，外人也不会理解，毕竟血脉相连。"

那时，千舟帮助外祖母守护神楠已经有一些时日，外祖母开始交接给她一些具体事宜。千舟在家族中的地位越来越高，责任越来越重。大学毕业后，她就职于柳泽集团旗下的不动产公司，负责公寓板块业务，由于工作繁忙，全然没有时间去看望宗一一家。

美千惠的入学宴定在新宿的一家中餐馆。妹妹已经六岁，长着一张瓷娃娃般紧致的小脸，是个漂亮的小姑娘。千舟的心扑通直跳，美千惠似乎也因初次见到千舟而显得很紧张。

宗一询问千舟的近况，得知她正在参与大型公寓开发计划时十分惊讶。大概宗一想当然地认为，千舟靠柳泽家找到的工作只是端茶倒水或前台之类的闲职。宗一说，四月份他就要到一家大型补习学校在上野设立的新分校去工作了，校长专程聘请他过去任教。他在江户川区购置了一处二手独栋房屋，已经搬完家。美千惠上的小学就是那一区域的公立学校。

"转眼间就要到花甲之年了，想要重新出发还是得趁早。"

"太好了，加油。"

"嗯。"宗一举起盛着绍兴酒的玻璃杯呷了一口。

父女俩都感到彼此在逐渐疏远，但谁都没有说出口。千舟依旧不知该和富美聊些什么。看到富美不时帮六岁的女儿整理碗筷、为宗一说的话做补充、倒酒、布菜，她感到在父亲建构的新家中，富美或许是个非常称职的主妇，而那个家不可能为亡妻的女儿留出位置。

后来每隔一两年，千舟都会与宗一一家见一次面。千舟很希望能和宗一在外面单独一聚，但宗一总是劝她来家里，千舟只好登门造访。每次富美都在家，美千惠则不一定，据说她报了好几个课外班。就算姐妹相见，两人也几乎没有说过话。千舟从没听到美千惠叫过她"姐姐"，一直都是"千舟姐"。上了初中后，美千惠的措辞中更是多了一分恭敬。

时光飞逝，日本的经济发展迎来了前所未有的强劲势头，公司业绩持续攀升，无论在工作上还是生活上，千舟都沉浸在没日没夜的忙碌中。转眼间，她忽然意识到自己已三十五岁，同年龄段的朋友大多已经成家。千舟并非没有结婚的想法，也交往过几任男友，但没有遇到可以让她下定决心托付终身的人。

守护神楠一事，千舟完全交还给了白发苍苍的靖代。一天晚上，千舟回到家，发现靖代蹲坐在厨房。靖代说起身时突然一阵眩晕，之后便无法动弹。

千舟以为只是贫血，可从那天起靖代食欲严重减退，每顿饭都只吃两三口，行动也日渐缓慢，睡眠时间却越来越长，身体每况愈下。千舟送她去医院检查，并未查出问题，非要说有什么症状，便是所有器官的机能都在下降。靖代已近九十岁，衰老不过是自然规律。

又过了一个月，靖代离开了人世，死亡证明上记录的是"自然死亡"。在离世的两天前，靖代用微弱的声音说道："神楠就拜托给你了。"那是千舟听到外祖母说的最后一句话。

葬礼结束后，千舟在火葬场模模糊糊地感到，她这一生或许要孤独终老了。千舟的预感应验了。她再未能遇到命定之人，一直形单影只地生活。但她丝毫没有后悔，她清楚自己的禀性，比起追求普通女人想要的幸福，她更适合做柳泽家的一家之主，成为神楠守护人。

流年似水，将近四十五岁时，千舟与宗一一家的关系发生了巨变。宗一被诊断患有食道癌，经手术治疗后不见好转，改为药物治疗。病情与预期背道而驰，宗一只好住院。到了这个地步，千舟无法坐视不管。探望已远远不够，还必须和富美母女商量治疗手段和医疗费用等事宜。美千惠已经长大成人，三个女人首次在宗一不在场的情况下会面了。

　　谈话过程中，千舟了解到宗一一家的生活并不富裕，积蓄少之又少。宗一早已辞掉工作，家里一直在依靠他的养老金和富美打零工挣的钱度日。美千惠高中毕业后就职于家电商店，微薄的收入难以支撑拮据的生活，因此她晚上会去夜总会兼职。千舟询问夜总会在什么地方，美千惠怯生生地回答"在银座"。千舟稍微放心了一些——银座多是高档会所，总归比一般的夜总会好很多，美千惠也足以在那里立足，因为她具备与银座相符的气质、美貌与光芒。同父异母的两个人在相貌上竟有如此大的差异——对比自己与美千惠的容貌，千舟不由暗暗感叹。或许因为年龄相差很大，千舟并未心生忌妒。

　　千舟明确提出，治疗的一切费用由她承担。她确信富美和美千惠会无微不至地照顾宗一，作为亲生女儿，她当然要在经济上给予支持。千舟每个月去探望两三次，每次见到宗一，都眼看着他在逐渐消瘦。宗一似乎已意识到生命即将走到尽头，却没有唉声叹气，只是每次看到千舟都会有气无力地说"爸爸对不起你"。

　　宗一终究启程前往另一个世界了。千舟没有见到父亲最后一面，接到通知时，她刚好在仙台出差。

　　守灵、葬礼、七七等一系列法事结束后，千舟与富美、美千惠见面的机会骤减，再次相见时已是宗一去世两周年的忌日了。一周年忌日时，千舟有工作在身，未能成行。临近两周年忌日的一天，富美联系千舟，表示在做法事前有话想对她说，希望她可以提早到场。在祭拜的地方见到美千惠和富美时，千舟吃了一惊——美千惠竟然抱着一个孩子。

"怎么回事？这是谁的孩子？"千舟问道。

"是我的……"美千惠声音微弱地回答。

千舟不禁焦躁起来。"我知道！我问的是这孩子的爸爸是谁？做什么的？孩子入籍了吗？"

"没有入籍……情况有些特殊……"美千惠难为情地说。

一旁的富美神情痛苦，一声不吭。看到她俩这个样子，千舟恍然大悟。"不会……有家庭吧？"

美千惠轻轻点了点头，把孩子抱得更紧了。

"那人是做什么的？银座店里的客人？"见美千惠又点了点头，千舟感到头晕目眩，转向富美问道："您为什么没有反对？"

"我知道的时候已经晚了，而且美千惠说想生下来……"富美说最后几个字时，声音小得几乎听不清。

千舟这才知道，宗一去世没多久，美千惠就搬出去一个人住了，母女二人偶尔会打电话聊上几句，但见面的机会越来越少。等富美察觉时，美千惠已经怀孕四个月了。

对方是个企业家，四十八岁，在东京经营着几家餐厅，和妻子、上高中的女儿住在世田谷区一幢独栋房子里。但这些都是那个男人说的，是否属实无从知晓。他从未告诉过美千惠详细住址，联系方式也只有手机号码。

美千惠对那个男人坦承怀了他的孩子，男人并不赞成把孩子生下来。他表示不想放弃现在的家庭，倘若孩子在这样的情况下出生就太可怜了，但如果美千惠坚持，他也不强行阻止，会尽全力提供帮助，并与美千惠说定绝不与孩子相认。

"为什么没和其他人商量？"

面对千舟的质问，美千惠的回答很简洁："反正不会有人同意。"

"你就那么想生下来吗？"千舟问道。

"是的。我也答不上来理由。发现怀孕时，我的确也曾慌了手脚，可日子越久便越舍不得，况且……"美千惠犹豫片刻，接着说道，"他说虽不能认这个孩子，但如果我生下来，一定会照顾我们。"据美千惠说，那个男人从刚交往时就在经济上支援她，一直持续至今。"前几天他还来看我们，给宝宝换了纸尿裤。所有的约定他都遵守了，对我们母子也一直很好。"

孩子是男孩，名叫玲斗。

看到同父异母的妹妹目光如此短浅、对待人生的态度如此漫不经心，千舟怒不打一处来。有没有考虑过孩子的未来？难道打算一辈子都靠那个男人养活吗？凭什么相信他会一直给钱？千舟一通诘责。

"你的担忧合情合理。"富美开口道，"你们不是一个肚子里生出来的，但毕竟是姐妹。妹妹生了有妇之夫的孩子，你一定也很困扰。我们考虑到了这一点，才想早点见面坦诚地说出来，也好商量一下今后的打算。"

"今后的打算？"

富美转头看向美千惠，示意她接着说。

"生下这个孩子时，我就下定了决心。"美千惠说，"我知道千舟姐一定会骂我，认为还不如没有我这样的亲戚，所以，我想和千舟姐断绝关系。"

"断绝关系？"

"是的。"美千惠回答得干脆利落，"千舟姐就把我的事全都忘掉吧，权当这个世界上从来没有过我这个人，就算有过，也和你没有任何关系。其实，千舟姐从未把我当作妹妹看待，不是吗？在你心里，我只不过是抢走你父亲的女人生下的孩子。这么想也是人之常情，我甚至觉得你不恨我已经很好了。我任性地生下了孩子，对方还是有妇之夫，任谁都会看不起我，这些我都明白。所以，干脆我主动提出断绝关系，以后我们不再有任何来往，这样对双方都好。"

千舟终于明白，美千惠是不愿让同父异母的姐姐难堪，但背后恐怕还有另一种更加强烈的想法：你和我的关系又没有那么亲近，何必对我的人生指指点点？归根结底，美千惠想说的是"别管我了，我的一切与你无关"。既然美千惠心意已决，宣判两人再无关系，自己又何必强求她回心转意呢？

"我明白了，既然你已经下了这么大的决心，我也无话可说。今后我不会再联系你们，也不会干涉你们，这样可以吗？"

"嗯。"美千惠抱紧孩子，鞠了一躬，"对不起。"

随后，两周年忌日的法事开始了。只有寥寥几个富美的亲戚到场，他们见了美千惠的孩子，什么也没有说。千舟到最后也不清楚富美是如何跟亲戚们解释的。

自那以后，美千惠便几乎杳无音信了。因为宗一的事情，千舟偶尔会和富美联系，但话题中再也没有出现过美千惠。

千舟兼任柳泽集团多家公司的董事，完全没有休息时间。月乡神社只好雇专人来管理，唯有夜晚的祈念没法委托他人，身为神楠守护人的千舟仍在亲力亲为。偶尔因工作无法分身，她便只好拒绝访客的预约。

就这样又过去了八年。一天，突如其来的噩耗传来——美千惠死了。富美说一切从简，守夜和葬礼安排在同一天。听到消息，千舟立刻赶到殡仪馆。

富美憔悴至极，尽管才六十多岁，却已散发出暮年的气息。美千惠死于乳腺癌，发现时已是晚期，病情严重恶化，用尽一切治疗手段也仅延续了几天生命。

千舟询问了这八年的情况，不出所料，单身母亲美千惠没有一天是安然度过的。

玲斗的父亲给的钱越来越少，到最后就没有了。玲斗刚出生时，他的父亲的确常来看望母子二人，但之后出现的频率越来越低，最终不再露面。没过多久，银行账户里再也没有生活费打进来，那时玲斗还未满三岁。告到法院当然是一条路——通过DNA鉴定证明血缘关系，这样一来，无论那个男人是否愿意认玲斗，都可以向他索要抚养费。然而美千惠对此知之甚少，她一直认为，男人已经说过不会与孩子相认，是她自己坚持要生下来，那么事到如今也就没有权利提出任何要求。况且，即使告到法院，也很有可能一无所获。后来美千惠得到消息，那个男人生意失败，变卖了所有家产，带着家人躲了起来。就算真能找到他，又能得到什么呢？总之，美千惠走投无路，只能独自养育玲斗。她带着孩子回到富美身边，白天打零工，晚上在夜总会陪酒。她不在家的时候，玲斗就由富美照看。富美称，虽然仅凭母女二人照顾一个男孩并不轻松，但生活仍算得上幸福。

美千惠向富美提出身体不舒服大约是在一年前，但她感到不适其实是在更早之前。有一段时间，美千惠突然瘦得不成样子，她对富美解释说这是减肥的成果。

"可能……"富美说道，"这孩子不能接受自己没有乳房这件事吧。"

美千惠是个瓜子脸美人，体态丰盈，丰满的胸部即便隔着衣服也散发出魅力。不难想象，这是她作为女招待最犀利的武器。

如果真得了乳腺癌，医生一定会建议美千惠摘除乳房，或许正是为了避免走到这一步，她才迟迟没有去体检，确诊后也依旧坚持不接受手术治疗。

"我知道，这孩子一直觉得自己一无是处。为了能好好抚养玲斗长大，她到死也不愿放弃作为女人的魅力。"富美笑着说，笑容看上去透着些许凄凉。

玲斗已是小学生了，正值淘气的年纪。也许是目睹了母亲与病魔斗争的日日夜夜，面对母亲的遗体，他并没有哭闹。富美向他介绍千舟是"曾经帮过妈妈和外婆的阿姨"，他听后立刻鞠了一躬，眼角微微带笑的模样与美千惠很像。

恐怕今后再也没有机会见到这个孩子了——那时千舟这样想。

13

翌日下午，玲斗正在收拾卧室，接到了千舟的电话。

"今天你要去趟理发店。昨天临别时本想嘱咐你，结果一直聊天忘记了。难得准备了压箱衣，头发乱蓬蓬的可不行。胡茬也要刮干净。"

"好的，我知道了。"玲斗挠着头应道。

"今天的安排还记得吧？"

"嗯，大致记得。"

"大致记得？这回答太让人不放心了，说给我听听。"

"嗯……"玲斗回忆道，"下午四点半和您在火车站会合，然后坐快速列车去新宿站，下午六点抵达举办答谢会的酒店。"

电话那头传来松了口气的声音。"嗯，我们可能会早到，时间充裕些总没坏处。"

"万一迟到了，给柳泽家的人留下的第一印象不好。"

"这不是挺明白的嘛。那么，四点半见。"

"今天就拜托您了。"玲斗挂断电话，有些不安，预感到这将是紧张的一天。他一点也不想去答谢会，又不敢违背千舟的命令。

何况，千舟连要穿的西服套装都为他买好了。

大约三小时后，玲斗穿上雪白的衬衫和那套压箱衣，系上腰带，打好领带，蹬上锃亮的皮鞋走出值班室，还往钱包里放了两张万元纸币，以备不时之需。他推着那辆旧自行车下了台阶，骑到车站，朝进站口走去时手表的指针显示是四点二十五分，一切依计划进行。

坐在候车室的长椅上、身穿焦糖色风衣的人正是千舟。玲斗来到她身边，打了声招呼。

千舟抬头看向他，用力眨了眨眼睛。"果然人靠衣装，这套西服跟你非常相称，清爽的发型也很适合你。"

"谢谢。"

忽然，千舟用右手捂了一下嘴，仿佛想起了什么。"糟了，忘了买大衣，你冷不冷？"

"没关系，这个温度我没问题的。"

"我还想着一定要买一件……"

"真的没关系。您要是再买件大衣送我，我就太过意不去了。"

"好吧。会场人多，可能你会觉得闷热，不过走在户外时一定要注意。如果因为冷缩起身子，气质就全没了。"

"知道了。"

"好，我们走吧。"千舟站起身。

开往新宿的快速列车空荡荡的，玲斗和千舟并排而坐。

"那个……昨天太感谢您了。"

"是指买衣服的事吗？我可不想把穿得邋里邋遢的人介绍给柳泽家的人。"

"您特意买衣服给我，当然要感谢，但我最开心的其实是听您说了许多以前的事。很多与我妈有关的事我都是头一次听到。"

"我还以为你早就听烦了,老年人聊起往事来总是没完没了。"

"绝对没有。也许这么说不太合适,可我当时听得津津有味。我外公……宗一先生和比他小那么多的学生再婚,还生了一个比您小二十岁左右的妹妹,您一定感觉人生如戏吧?"

"说得好像事不关己一样,这出戏的大结局就是你啊。"

"确实……"玲斗歪着头,"这一点我还是很难有切身感受,总感觉您在说别人。"

"不用有任何怀疑,绝对就是你,所以我才说给你听。"

"嗯,不过我更喜欢听关于您的那部分——您离开亲生父亲生活,还继任了神楠守护人……"

"还是那句话,关于祈念的事我是不会告诉你的。"千舟竖起食指,左右晃了晃。

"我知道,不过最近我发现了一些新线索。"

"哦?什么线索?"

"在新月夜祈念的人和在满月夜祈念的人之间可能存在某种联系。"玲斗将输入祈念记录时发现的情况说了出来——访客在新月夜祈念后,拥有相同姓氏的人就会在满月夜前来祈念,几乎都是如此。"这两个人一定是家人或亲戚,他们的祈念之间一定有某种关联。怎么样?我的推理是不是已经接近正确答案了?"

"嗯……"千舟略作思考,"关于这一点,我仍然无可奉告。你的着眼点很好,但重点是新月夜和满月夜的祈念有何不同?新月和满月有什么关系?难道只是代表着阴阳、正负、善恶吗?我希望你能凭自己的力量找到答案。"

"知道了,我会努力。"玲斗答道。千舟没有直接否定他的猜测,这让他感到一丝喜悦。

"对了,我有一样东西要给你。"千舟从包里掏出一个扁平的蓝色皮夹,"这个拿好。"

玲斗接过,只见里面装的是名片。看到上面印着"月乡神社值班室管理主任 直井玲斗",他吓了一跳。"主任……神社明明只有我一个人。"

"这个世界上,只有社长一个人的公司不知道有多少家。你是值班室的负责人,自然需要有符合身份的头衔。"

"啊?我是负责人?"

"对,不然你觉得是什么?"

"我还以为是见习生……"

"是见习生,但也是负责人。你要严格要求自己。"

"明白了。"玲斗双手将名片夹高举齐眉,致谢后装入西服内兜。最近,千舟总是不遗余力地激励他。

列车驶入新宿站。玲斗跟着千舟从车站出来,感觉天气异常寒冷。他的身体突然僵硬起来,这并不仅仅是因为气温低。"千舟姨妈,糟了。"

"怎么了?"

"我开始紧张了。"

"真没出息。"千舟停下脚步,严肃地看着玲斗,"拿出男子汉的气概来!"

"可我还是第一次出席这种场合。"

"神经不必绷得那么紧。你要相信自己参加这场宴会名正言顺,只要不卑不亢就好,不过不要虚张声势。相较于虚张声势的人,人们更害怕泰然自若的人。彻底放松,明白了吗?"

"好的,我尽量做好。"

"做好之前,先把两只手从裤兜里拿出来。简直不像样!"

"啊,对不起。"玲斗缩缩脖子,慌忙从西裤口袋里抽出了手。

会场位于一家顶级酒店。玲斗不自觉地耸起了肩,但一想到千舟的话,他就挺直脊背昂首阔步起来。仔细一想,他今天所穿西服的档次其实和这家酒店的档次不相上下。

宴会厅门前已经聚集了大批宾客,看起来都拥有十分显赫的社会地位,站在那里落落大方地相互攀谈着。

"我去签到,这个交给你了。"千舟脱下风衣,递给玲斗。

"好的。"玲斗接过风衣,继续打量四周。

"磨蹭什么呢?"千舟催促道,"快去存好。"

"啊?存到哪儿?"

"衣帽间啊。"

"衣帽间?"

"那里。"千舟指向一个窗口,里面的服务员正在帮宾客存放随身物品。

玲斗总算明白了,他还以为千舟只是让他帮忙拿一下风衣。存放好后,玲斗回到千舟身旁,发现她正和一个体格健硕的男人聊天。

"玲斗,我来给你介绍。这位是胜重,我的从表弟。"

"从表弟……"这个称呼玲斗倒是听说过,但并不清楚含义。

"千舟姐的母亲是我父亲的表姐,比我父亲大两岁。"男人说完,递来一张名片,"请多关照。"

"您好。"玲斗接过名片,上面印着"柳之公司专务董事 柳泽胜重"。玲斗盯着名片发呆,听到千舟轻咳一声,抬头看去,见千舟皱着眉头目光犀利地示意他看向胸前。他这才回过神来,慌忙取出皮夹,抽出一张名片递给对方。"请您多多指教。"

胜重的左侧嘴角微微上扬,笑着接过名片瞥了一眼。"值班室管理主任,"他念出了声,"这个头衔很响亮嘛。"明显是在嘲讽。

"您过奖了。"玲斗鞠躬道。

"他知道作为神楠守护人意味着什么吗？"

"我还没告诉他，你也清楚，这没法用言语说明白。"

"您想让他自己摸索啊，没问题吗？虽说有血缘关系，可千舟姐也是最近才找到他吧？"

"所以才像今天这样，让他多跟我在一起相处啊。"

"这就够了吗？神楠守护人可不是轻易就能当的。"

"我当然再清楚不过了。"千舟断然道，"谢谢你的关心。"

胜重用力抿了抿嘴，对玲斗说道："加油干吧。"说完，他转身准备离开。

"胜重，"千舟叫住了他，"我听说晚宴结束后有个非正式的高层会议？"

胜重回过头，表情如乌云笼罩般阴沉下来。"您是从哪儿得知的？"

"我是顾问，当然会知道。主题是什么？"

"一处度假区的开发计划，方向已经确定了，这次是再讨论一些收尾工作，还不需要劳烦千舟姐。"

"我听说是要讨论如何处理柳泽酒店。"

"这也是内容之一。"胜重用指尖挠了挠眉间。

"为什么不知会我一声？我可是筹备那家酒店的总负责人。"

"那不都是四十年前的事了吗？"

"是三十八年前。就算时隔多年又怎么样？"

胜重的脸色变得十分难看，似乎下一秒就要说出些不好听的话，略作停顿后，他的表情又由阴转晴。"会议八点半开始，在地下一层的中心酒吧，订了单间，在门口说是柳泽家的人就可以了。"

"喝着酒开高层会议？真优雅啊。"

"非正式会议嘛。"胜重说完，轻轻挥挥手，走开了。

"稍一放松，就有人想把我踢开。"千舟说道，"这就是所谓的眼中钉吧。"

"柳泽酒店是……"

"那是柳泽集团进军酒店业后创建的第一家酒店，位于箱根，当时由我全权负责。酒店的规模并不大，但凭借上等的服务和优良的品质颇受政界和商界大人物的偏爱。当然，在普通客人中也很受欢迎。有段时间，如果不提前半年预约，根本订不到房间。这么好的酒店，现在却有人想关掉它。"

"为什么？不是说因为外国游客越来越多，各地的酒店都生意兴隆吗？"

"那指的是大城市的城市酒店和商务酒店。大约从十年前起，柳之公司也开始转变经营方向，主攻城市酒店业务。你应该也听说过柳之酒店吧？"

"与其说听说过，不如说到处都能看到。这么说来，对柳泽酒店而言，形势还真是严峻啊。"

"其实柳泽酒店的经营状况并不差。箱根是个独一无二的好地方，虽说外国游客有所增加，但大部分游客还是来自首都圈。今后日本总人口会逐渐减少，但首都圈不会有太大变化，因此，箱根的商业价值仍有进一步提升的空间。"

"那为什么还要关掉？"

"柳之公司的人提出要在箱根开发大规模度假区的商业计划。"

"就是说先停业一段时间，再重新开业？"

千舟面无表情地摇了摇头。"中标的地皮和柳泽酒店不在同一处，所以不算重新开发，而是从零建起。不过，随之而来的问题就是要如何处理柳泽酒店。柳泽集团的高层在大方向上已经逐步达成一致，打算将其关闭。这些人真是愚蠢，那可是柳泽集团的起点啊。"

"所以您想提出反对意见,据理力争?"

"我现在只是顾问,实质上可以算是已经引退了,不知还有没有人愿意听我的意见,可该说的还是必须要说清楚。"千舟目光坚定。

此时,宴会厅的大门缓缓打开了,人们纷纷拥向门口。玲斗随着人潮和千舟一起进入。酒店的服务员位列两侧,向宾客推荐着饮品,玲斗瞄了一眼,原来是免费的!他犹豫着到底该选威士忌、红葡萄酒、白葡萄酒还是乌龙茶呢?

"磨蹭什么?赶紧拿一杯。"千舟斥责道,手中端着杯乌龙茶。

"我在想喝哪种最值……"

"随便你喝多少,没什么值不值的。在这里堵着会妨碍后面的人。就这个吧。"千舟把自己的乌龙茶塞给玲斗,又拿了一杯,催促道,"走吧。"

玲斗跟在千舟身后,环视宴会厅,不禁在心中感叹,所谓的富丽堂皇指的应该就是这种地方吧。宴会厅空间之大让他屏住了呼吸,这地方简直大到可以打少年棒球赛了!缤纷奢华的吊灯发出耀眼的光芒,雪白的圆形餐桌整齐地摆放着。绅士淑女们三五成群地聚在桌旁,男士锦衣华服,女士珠光宝气。餐台在墙边,上面有玲斗最爱吃的寿司、荞麦面和烤鳗鱼,只是远远望一眼,肚子就快要叫出声了。

"各位到场的来宾,"一个清澈的男声响起,应该是主持人,"大家久等了。为衷心感谢长期以来惠顾、支持柳泽集团各公司的嘉宾,集团特地举办了此次答谢会,诚挚希望各位嘉宾今夜能在此开心尽兴。首先,有请集团代表、柳之公司社长柳泽将和致辞!"

站在台上的男子个子不高,举手投足间却散发出威严的气势。乌黑的头发可能是染过的,但足以显示出青春与活力。在列车上,千舟给玲斗看过邀请函,上面写的正是这名男子的名字。

"感谢各位百忙之中莅临此次答谢会。时光飞逝,柳泽集团答谢会今年迎来了第三十个年头。能够如此,全凭各位鼎力相助。"

男子未凭借任何提示,便能这样流畅自然地致辞,这让玲斗佩服得五体投地。这一点对于企业顶层的大人物来说可能并非难事,但对于玲斗来说,在数百人面前他恐怕连声音都发不出来了。

"这位是刚才介绍过的胜重的哥哥。"千舟说道,"他对全面进军城市酒店领域做出了巨大贡献,劳苦功高,引领集团走向成功。他从不受传统思维的束缚,勇于不断挑战禁忌,被称为柳泽集团的坂本龙马。"

玲斗不禁发出感叹。"太厉害了!"

"他的确充满智慧,而且善于交际,从他在台上的发言就能看出来,但仅凭这些是无法获得巨大成就的。"

玲斗觉得千舟话里有话,看了看她的侧脸,问道:"您为什么这么说?"

"没什么,"千舟依旧面向台上,微微摇了摇头,"就当我在自言自语。"

"今天的晚宴蕴含了柳泽集团引以为傲的待客之道,敬请各位用自己的双眼、双耳和味蕾去发现、品味。很抱歉竟说了这么多,请各位海涵。感谢聆听!"柳泽将和致辞结束,在一片掌声中走下台,散发着尊贵无比的气场。

接着,一位不知是何头衔的老者来到台上,带领大家一起干杯后,宣布晚宴正式开始。

终于可以尽情品尝佳酿美食了,玲斗将盛有乌龙茶的玻璃杯放到一旁的桌子上,便要直奔餐台。

"你要去干什么?"千舟叫住了他。

"那个……我想先吃点寿司,您的那份我也会取过来的。您喜欢吃什么鱼?"

千舟皱起眉说道:"竟然还惦记吃寿司,待会儿随你吃个够。好了,快跟我来。"她转身朝一张圆桌走去。

围着圆桌的几个人中有刚结束致辞的柳泽将和,旁边那位优雅的女士应该是他的夫人。柳泽胜重也在,同样带着夫人。他们都手持高脚杯和众宾客寒暄,没人去碰菜肴。

柳泽将和正在跟一人谈笑风生,千舟毫不迟疑地向他走去。将和仿佛察觉到有人靠近,转过脸来,看到千舟后睁大了眼睛,显得有些意外,但瞬间便笑了起来。

"真是盛大的晚宴啊。"千舟说道。

"托您的福。"将和回应道,"刚才我听胜重提起,说一会儿您也要出席高层会议。其实也谈不了什么正经事,还要劳您大驾。"

"推倒柳泽集团的一座里程碑不是正经事?看来我们的看法存在巨大的分歧。我不打算对经营方针指手画脚,只想在高层会议上提一些建议,算是作为充分了解柳泽集团创业初期情况的老人的忠告。"

"真是难得,届时我一定洗耳恭听——这位先生,"将和看向玲斗,"就是您的外甥吗?"

"没错,刚刚也向胜重介绍过了,今天想让他见见家族的人。"千舟转身对玲斗说道,"玲斗,介绍一下自己。"

"好的。"玲斗再次掏出皮夹取出一张名片,走到将和面前。"我叫直井玲斗,请您多多指教。"玲斗深鞠一躬,递上名片。

"哦?"将和接过名片,努了努嘴。

"刚才也给了我一张。"胜重从旁插嘴道,"还真是个响亮的头衔呢。"

"的确。"将和抬起头盯着玲斗观察片刻,然后问千舟,"抱歉,您父亲的名字是……"

"宗一。"千舟答道。

将和点点头,似乎回忆起来了。他将视线挪回玲斗脸上。"我至今还记得宗一先生的容貌,最后见到他应该是在我伯伯的葬礼上。看到你,我能想起他来。"

"这样啊。"对于将和的感叹,玲斗只能如此附和。他从未见过外祖父,只在千舟那里看到过一张老照片。

"那棵神楠是柳泽家族的宝物,拜托你了。"说着,将和把名片收进口袋。他面带笑容,目光却十分锐利。

"好的。"玲斗的声音略显干涩。

"介绍一下,"将和把手搭在了身旁女子的肩上,"内人元子。元子,这位是之前跟你提过的千舟姐的外甥,名叫玲斗。"

元子面带微笑地致意。"初次见面。"

玲斗鞠躬道:"请多关照。"

随后,玲斗同胜重的夫人以及周围柳泽家的人一一致意。所有男人都在柳泽集团担任要职,他们纷纷介绍了自己的头衔,可玲斗一个也没记住。

"玲斗上的哪所大学?"将和问道。

玲斗闻言浑身一紧,转而又告诫自己要不卑不亢。"我没上过大学,是高中学历。"

旁边几个人的表情起了变化,但将和依然镇定自若。"这样啊。学历也没什么大不了的。那你高中毕业后做了什么?"

"很多,先在食品加工企业上班,后来又去了餐饮店……"

"简而言之,就是没在一个地方踏踏实实干过,对吧?"

"那是因为——"玲斗不知如何回答。

"好了,"将和抬手打断了他,"过去的都过去了,重点是将来。你对今后的人生有什么规划?不会想要一辈子守着神楠吧?"

"我……"

"让我听听你描绘的未来是什么样的。"

玲斗深吸一口气,瞥向千舟。千舟望着前方,完全不看他,仿佛在告诉他:我不会帮你的。玲斗平复了一下呼吸,面向将和说:"说实话,我没有清楚地描绘过什么未来。"他注意到将和脸颊一侧的肌肉抽搐了一下。"我只会捣鼓一点机器,既没学历也没过人之处,一件可以用来闯荡人生的武器都没有,我就是这么活到现在的。从一生下来,我便一无所有,打懂事起就没有父亲,母亲也很快去世了,我在无依无靠的环境里长大,只能自己保护自己。过去如此,未来恐怕也不会改变。但我仍有决心,既然一无所有,也就不害怕失去。我会认真过好当下的每一个瞬间,前面有石头落下来,我就闪身躲开;有河流挡住路,我就纵身跳过;倘若跳不过去,我就从水里游过去;若是河水流得太快只能随波逐流,漂到哪里,哪里便是我的人生。我打算就这样活下去,直到死的那一天。我的未来,只要有一样属于我自己的东西就好,不一定是钞票、房子或土地那样丰厚的家底,即使是一身破破烂烂的西服,或一块不再走动的手表,也都没问题。我生下来的时候什么也没有,当我离开这个世界的时候,只要有一样东西在身边,我就算赢了。"这些都是玲斗平日里的所思所想,今天一口气说了个痛快。他长舒一口气。"这样描绘,您觉得可以吗?"

将和怔怔地盯着玲斗,收起笑容。"立志要做一棵无根草啊。你很能言善道,话语中颇有些打动人心的地方。"

"谢谢您的夸奖。"

"你回答我一个问题。如果你的前方是死胡同,你会怎么做?

原本打算径直向前,可前面立着一道高墙,旁边有两条路,一条向左,一条向右,你会选择哪边?是凭感觉判断,还是像近来那些年轻人一样,将问题上传到社交软件,等陌生人给出解答?"

"不,我在那种时候一般……"玲斗本想说"掷硬币",却又把这句话咽了回去,脑海中闪现出岩本律师说过的话——"下一次做出重大决断时,要用头脑去思考,坚定了信念之后再给出答案。硬币正反面之类的是靠不住的。"

"怎么了?站在人生的十字路口进退不得了吗?"将和表情轻松了许多,看了看周围人的反应。几个人随即露出谄媚的笑容。

玲斗舔了舔嘴唇,良久后说道:"我会依靠以往的经验,思考之后再做决定。"

将和撇了撇嘴。"经验?一棵无根草能积累多少经验?"

玲斗顿时哑口无言,他感到被侮辱了,却无言以对,因为将和并没有说错。

"我来说说我的答案吧。在基于智慧和经验思考这一点上,我的答案和你的大致相同。或许这样说会显得我不够含蓄,但我和你的根本不同之处在于背景。如果需要进一步谋求建议,我会询问周围的人,我也拥有这样的智囊团。我会在做好一切准备之后再思考如何抉择,但既不是向左也不是向右。"将和指了指玲斗的胸口,"我会想尽一切办法,在前面的墙上打开一个洞口,思考能不能在前进的方向上开拓出一条坦途。"

玲斗想了又想,也没能说出一个字。他完全被将和的气势所震慑,愣在原地。

将和咧嘴一笑,用右手指尖敲了敲左腕上的手表。"稍稍超时了。晚宴才刚刚开始,还有的是时间,好好玩玩吧。"说完,他转过身去。

14

"我就说这里不是我这种人该来的地方嘛。"离开将和等人所在的圆桌后,玲斗嘟囔道。

"这种程度就沮丧了?这对他们来说,不过是拳击中最基础的刺拳罢了。打起精神来。"

"什么?"玲斗心想,如果这样都只是刺拳,要是给我一记直拳,我怕是马上就被击倒了吧。

"好了,把你介绍给了柳泽家的人,也算完成任务了。"

"那……我可以去取好吃的了吗?"

"去吧,别狼吞虎咽的,太不体面。"

"知道了。"嗯……先取点什么好呢?玲斗决定还是先冲向寿司。望向寿司餐台时,他不禁惊呼出声。排队取餐的人中竟有一张熟悉的面孔。

"怎么了?"

"我看到了一个来过几次神社的人,可以过去打个招呼吗?"

"当然。接下来不如分头行动吧,我也看到几个想问候的朋友。"

"嗯,行。"

晚宴结束后,千舟还要去参加高层会议,玲斗自然不可能一同出席,所以早晚都得各自回去。

"对了,这个给您。"玲斗从口袋里掏出一个刻有数字的塑料牌,那是衣帽间的号码牌。

"别喝太多。"千舟接过放入包中,嘱咐完便离开了。

玲斗走向寿司餐台,佐治优美正接过寿司拼盘。她身着苔绿色连衣裙,腰间装饰着蝴蝶结。玲斗第一次看到她穿裙子的样子,清新满溢在玲斗眼中。优美恰好转身,与玲斗四目相对,似乎没意识到眼前的人是谁,错身之后才猛然停下脚步,面露诧异,不停地眨着眼睛。

"嗨,"玲斗打了声招呼,"没想到你也来了。"

"吓我一跳。我才想问,你怎么会在这里?"优美不住地打量玲斗,大概是因为她只见过玲斗身穿作务衣的样子。

"这个……我也不知道该怎么解释,简单来说,我算是柳泽家的亲戚吧。"

"哦,这样啊。"

"你一个人吗?"

"不是,我陪爸爸来的。他本应该带妈妈来,可妈妈患了感冒。"

"这样啊。"

来到附近的一张圆桌旁,优美放下了寿司餐碟。桌子中央摆放着瓶装啤酒和玻璃杯,两人先干了一杯。空空的肚子更能感受啤酒的凉意。

"你父亲的公司和柳泽集团有业务往来?"

"过去应该没有。他是为了建立业务往来才来这儿的。"

玲斗歪了歪头,问道:"什么意思?"

"听爸爸说,他偶然认识了柳泽集团的顾问,听说今天要举办答谢会，便表示特别想参加。我们俩不是被邀请来的，而是老老实实地交了入场费呢。"

玲斗打了一下响指。"那位顾问就是我姨妈。他们应该是因为神楠祈念认识的。"玲斗解释道，先前负责预约祈念的人就是千舟。

"原来如此。先通过祈念认识，顺便再让柳泽集团的人记住自己的长相和名字，爸爸原来这么想发财。"

"你父亲在哪儿？"

"就在那边，我猜他正拎着啤酒瓶给别人倒酒、发名片呢。"优美环视宴会厅。"在那儿呢。"她伸手指了指。

玲斗望了过去，果然看到了拎着啤酒瓶的佐治，只见他正满面笑容、点头哈腰地和一个男人说话。

"不好，"玲斗小声说道，"佐治先生如果看到你和我在一起，一定会纳闷我们怎么会认识。他还不知道你经常去月乡神社。"

"啊，对！说不定还会猜到我跟踪过他。"

"我们还是装作不认识吧。"玲斗稍微和优美保持了一段距离，脸朝向其他地方，"宴会结束后有什么安排？和你父亲回家？"

"他还要请客户吃饭，让我到时先回去。"

"正好，我一会儿也是一个人。我们找个地方开作战会议怎么样？"

"同意。去哪儿呢？就在这里的消费区？"

"这里太贵了。我记得旁边有家咖啡厅，去那里吧？"玲斗说出了店名。

"嗯，一会儿见。"

"好。"玲斗走向摆满美食的餐台。

玲斗先是吃了几种像糕点一样五颜六色的前菜，又吃了寿司拼盘、荞麦面和鳗鱼饭。一口气喝下一杯兑水威士忌后，他环视会场，又在人群中发现两个熟悉的面孔，是匠屋本铺的大场壮贵和福田守男。福田的职位好像是常务董事，千舟曾说大场家与柳泽家是世交，想必两家也有业务往来。壮贵和福田正依次和每张桌子旁的宾客寒暄。福田找到想攀谈的人，便把壮贵介绍给对方。穿着西服的壮贵明显不习惯这身打扮，头发染回了黑色，看起来无精打采，不情不愿地寒暄着。

玲斗叹了口气，有些同情壮贵，看来日式点心老店的少爷也不好当。

突然，一个声音从一旁传来："咦？你是……"

玲斗回头一看，吓了一跳。是佐治寿明，他大概给想认识的人发完名片了。

"真的是你，你是在月乡神社守护神楠的……"

"直井。"玲斗鞠了一躬，"晚上好，佐治先生。"

"对，直井。我想起来了，你说过你和柳泽女士是亲戚。"佐治立即明白了为什么玲斗会出现在这里。

"平日承蒙关照。"

"你抢了我的台词啊。对了，下个月我也预约了满月那天和前一天的晚上，拜托你了。"

"好的，恭候您前来。"

"嗯。"佐治应了一声，环视宴会厅，"场面真宏大啊，柳泽集团果然名不虚传。我因为神楠才认识了柳泽女士，听她说有今天这场宴会，能够参加实在太幸运了。"佐治的感慨印证了优美刚才说的话。

玲斗脑中突然跳出一个疑问。"佐治先生……我想问您一个问题，您是借由什么契机知道神楠祈念的？"

"契机？"正要喝白葡萄酒的佐治似乎感到很意外，"没什么特别的啊。我看了遗言，因此就要在满月夜去祈念，一般不都是这样的吗？"

"遗言？"玲斗脱口而出，"谁的遗言？"

"谁的？就是……"佐治满脸疑云，紧接着闭上了嘴。

"啊，不好意思，您不用回答我。"玲斗慌忙说道。向当事人询问祈念的事是神社的禁忌。

"说起来，"佐治用空出的那只手抵着下巴说道，"上次预约祈念的时候，柳泽女士嘱咐过我，说见习的年轻人虽然在守护神楠，但还没有对他透露祈念的具体情况，因此我在祈念时可能会遇到一些不便，让我不要介意。原来如此，你还不知道祈念到底是怎么一回事吧？"

"是的……"玲斗缩了缩脖子。

"真有趣啊。像我这样满月夜去祈念的，无论是否愿意，都会有所体会。你是不是还没去祈念过？"

"还没有。"

"你的父母呢？"

"都在我小时候就去世了。"

"真是不容易，那祖父母他们呢？"

"只有外祖母还在世。"

"她是柳泽家的人？"

"不，和柳泽家没有任何关系。"

"这样啊。那你可能很难有机会去祈念了。"

佐治的话意味深长，玲斗很想问清楚，但还是没问出口。

佐治好像意识到了玲斗的想法，显得有些尴尬。"我可能说了些不该说的话。柳泽女士再三叮嘱，让我别对你说祈念的事。今天的话你就当作没听过吧，至少别说是听我讲的。"

"我明白。"

"那咱们下个月见。"佐治一口气喝光了白葡萄酒,把空酒杯放回桌上,离开了。

玲斗目送着佐治的背影,反复回味刚刚听到的信息,发现有几处地方值得留意。按照佐治的说法,只要在满月夜祈念一次,马上就能明白那到底是怎么一回事,但他又说玲斗可能没有机会体验了。谜底到底是什么?为什么每个人都故弄玄虚,不说出真相?玲斗感到心烦意乱。

"各位可能还未尽兴……"没过多久,宴会厅响起了主持人的声音,宣布宴会已近尾声。接下来由一位老者主持拍手环节,这位老者自称是某个协会的会长,协会的名称极长,似乎和柳泽集团有些关系。他身形瘦削,满头白发,声调却很高亢。"接下来,让我们共同鼓掌一次结束晚宴,请各位嘉宾用力拍一下手!"他高呼一声"哟",全场跟着一声轰鸣。玲斗第一次经历这样的场面,不禁觉得宴会的环节实在太琐碎。最后,主持人补充道:"我们会继续为各位嘉宾提供丰富的美酒美食,各位还可以尽情享用。"但宾客们已开始朝门口走去。

玲斗随人流往外走,寻觅着千舟和优美的身影。他看到优美和佐治说了几句话后,朝不同的方向走开了。正如优美所说,佐治还要请客户吃饭。看不到千舟的人影,她可能提前去中心酒吧参加高层会议了。

走出宴会厅后,玲斗感觉到一阵尿意,于是向洗手间走去。似乎很多人都有同样的感受,洗手间人满为患。小便后,玲斗来到水池洗手。抬头一看,面前的镜子里映出一张熟悉的脸,是大场壮贵。壮贵也看到了他,微微张了张嘴。

"晚上好。"玲斗问候道。

壮贵回了一声"你好"。

"您今晚也是和福田先生一起来的吧？我看你们一直忙着，就没过去打招呼。"

壮贵撇撇嘴，耸了下肩。"我都说了，把我介绍给那些大人物也没用，可那老头就是听不懂。"他口中的"老头"应该是指福田。

出了洗手间，玲斗试着打听："壮贵先生，我不太了解详情，但听说您是匠屋本铺的继承人？"

壮贵停下步子，双手往裤兜里一揣，歪头说道："算是吧，所以我很烦。"

"算是？"

"乱七八糟的事情太多了。"这句话的言外之意是别问那么多。

"我看您好像很忙，还要向神楠祈念。"

壮贵咂了下嘴，皱起眉头。"是啊。下个月还要硬着头皮去，真是受够了！"

"有那么痛苦吗？"

"太痛苦了。根本不可能的事，非要逼着我去做。"

"为什么那么肯定？"

"非常肯定，虽然不能告诉你理由。"壮贵从裤兜里伸出右手边抠耳朵边盯着玲斗说道，"你们的手续明显有漏洞。"

"什么手续？"

"预约祈念的手续啊。你们只检查了户籍复印件，这种做法明显有问题。"

玲斗完全摸不着头脑。"哪里有问题呢？"

"不就是——"说到一半，壮贵看向玲斗身后，闭上了嘴巴。

"壮贵少爷！"

背后传来一个声音，玲斗回过头，只见福田正快步走来。

"您在这儿啊。我们赶紧过去吧,大家已经在去下一家店的路上了,让老主顾等我们可就太过意不去了。"看来,他们接下来也要应酬客户。

壮贵皱着眉头说:"我就不去了,交给福田叔了。"

"您可别这么说。这次聚会就是专门为壮贵少爷您设的,求您了,快走吧。"

"行了,我去还不成嘛。"壮贵挠着头说道。

"下个月恭候二位前来。"玲斗先后看了两人一眼说道。

福田看了看玲斗,似乎没时间再寒暄客套,点头致意后便推着壮贵后背离开了。

来得真不是时候,玲斗轻轻咬了咬嘴唇。大场壮贵的警惕性不高,似乎并不知道不能透露祈念的事,下次套一套他的话,说不定可以打探出更多信息。

户籍是怎么回事?壮贵刚才提到,申请祈念时须检查户籍复印件。负责检查的人无疑是千舟,为什么她要这么做呢?壮贵还说这种做法有漏洞……玲斗思前想后,仍无法得出答案,只好继续绞尽脑汁思索着,走出了酒店。

玲斗和优美约好在咖啡厅见面,走在路上,他明显感觉情绪高涨起来。一想到马上可以见到优美,步伐变得无比轻快。理由很简单,他喜欢上优美了。自己因偷看了佐治寿明祈念而被千舟责骂,但宁愿撒谎也不肯说出优美的名字,就是出于这个原因。当然,玲斗对佐治寿明的秘密也有些兴趣,但他最渴望的还是能尽量多创造一些和优美共处的机会。

优美实在很漂亮嘛,玲斗想为自己的喜欢找到借口,但也做好了随时放弃的准备:她不可能没有男朋友吧?而且,她是大学生,我只是高中毕业,正常情况下她根本不会多看我一眼,只是因为我在守护神楠,她才会来找到我。

到了咖啡厅,只见优美已经坐在最里面的桌子旁了,正低头摆弄手机,完全没有注意到玲斗,他决定先在吧台买好饮料。

玲斗端着大杯拿铁来到桌旁。时间已经不早了,店里人影稀疏,周围没有其他客人,倒是方便说话。优美感到有人走过来,抬起了头。"啊,你来啦。辛苦了。"

"你也辛苦了。"玲斗拉开优美对面的椅子坐了下来。从晚宴开始一直站到结束,他的确感到有些"辛苦"。"那种宴会有什么好玩的?东西倒挺好吃,但要一直站着,一点都不自在,还得和不认识的人打招呼,简直身心俱疲。"

"哪有人为了吃东西去那种地方啊。大多都和我爸爸一样,是想多认识些人,社交嘛。"优美语调轻松,在玲斗看来却有一副大人模样,这不仅仅是因为她今天的连衣裙散发出成熟的气息。

"你经常参加这种宴会吗?"

"那倒没有,不过我很了解他们的心理,因为我爸爸就是这样,脑袋里只有赚钱。"优美用吸管搅动杯中的拿铁。

"除了赚钱,不是还惦记着其他事情吗?比如神楠。"

"对,咱们说正事吧。"优美放下杯子,右手食指上下晃了晃,"我爸爸的大脑已经有一部分被那个女人占据了,我今天老老实实地跟着他来,就是盼着能得到一些关于那个女人的线索。但是很遗憾,白来一趟。"

"上次之后有什么进展吗?"

"我也说不好算不算进展。后来他又去了涩谷,和上次一样不知在哪儿待了两个小时就回来了。奇怪的是他没有先去吉祥寺,我觉得他可能和那个女人直接约在了涩谷。"

"又去涩谷的酒店,没在那女人家里?看来他们对……还挺上瘾的啊。"玲斗咽回了"在情人旅馆那个"这几个字。

优美哼了一声,用吸管喝起拿铁,陷入沉思。"还有件事让我不解。"

"什么事?"

"不知从什么时候开始,我爸爸听起了音乐。他现在每天都把耳机插在手机上,就那么呆呆地听着。我问他在听什么,他告诉我是昭和时代的老歌,可我从不知道他对听歌那么痴迷。如果他是最近突然有了这项爱好,你不觉得有些奇怪吗?"

"你可以跟他说你也想听听昭和的老歌。"

"我说过啊,结果他说我侵犯他的隐私,不肯让我听。"

"隐私?"

"他说什么音频和图像、影像一样,是宝贵的个人信息,就算对女儿也不能随便暴露兴趣爱好。这是什么歪理,你说奇不奇怪?"

"嗯……"玲斗嘀咕道,"听起来有点道理,又没道理……"

"然后我就说他听的不是老歌,而是不可告人的东西,你猜他是怎么回答?"

"他说什么?"

"他先是说我怎么能这样看他,后来又说随便我怎么想。"

"怎么跟气急败坏了似的。"玲斗觉得的确可疑。如果只是老歌,为什么不能给女儿听呢?

优美噘起嘴说道:"肯定有问题!"

"你觉得跟佐治先生在祈念时哼的歌有关系吗?"

"嗯,"优美点点头,歪着脑袋说道,"可能有关。"

"有件事我也觉得可疑,就是先前提过的佐治喜久夫先生。"

"我们不是说了,伯伯的事情先搁置吗?"

"当时我们是认为两者间可能没有关联,但后来我又有了一些新的头绪。"玲斗对优美说起他的发现——关系是家人或亲戚的两个人，一人在新月夜祈念后，隔一段时间另一人就会在满月夜祈念。"我仔细查阅了记录，祈念者大多都是如此。目前还没看到像佐治先生和他哥哥那样相隔五年的情况，但有几个家族隔了两三年。我问过姨妈，她不愿意告诉我详情，但她说我揣摩的方向没错。所以我觉得，佐治先生的祈念和他哥哥的祈念应该有一定关系。"

优美双臂环抱，皱了皱鼻子。"跟我说这些我也不能……我一点都不了解伯伯，也无法直接去问爸爸，奶奶又糊涂了……"

"有没有可以找到线索的物品呢？比如相册之类的。"

"我可以找找，但相册里能找到什么呢？"

"这……啊，对了，有没有遗书之类的东西？"

"遗书？"

"我听佐治先生说，他开始祈念是因为看了遗言。会不会是你伯伯的遗书？"

"你说遗书啊……我奶奶还在世，爷爷很久以前就去世了，能给爸爸留下遗书的人的确只有伯伯了。"

"嗯，那封遗书肯定藏在某个地方。"

"明白了，我去找找。"优美拿起放在桌上的手机点了几下，可能是怕忘记这项任务，记在了记事本应用里。

"等等，我还想到一件事情。"等优美放下手机，玲斗接着说道，"你还记得青柠园吗？"

"青柠园……怎么那么耳熟？"

"佐治喜久夫先生住过的看护机构，在横须贺。"

"啊！"优美似乎想起来了，"怎么了？"

"不如试着去那里打听打听？如果喜久夫先生是在四年前去世的，也许还有工作人员记得当时的情况，比如他是个怎样的人、患了什么病、去世时的状况如何等等。"

"嗯,说不定能有收获。可横须贺有点远啊。"优美的表情显得并不兴奋,似乎不太想去。

"要不我一个人去?"

"你一个人?"优美用力眨了眨圆睁的双眼,"为什么你要特意跑那么远?这又不是你的事情……"

"你父亲的私事确实和我没什么关系,可如果能查清喜久夫先生的事,或许我就能明白祈念到底是什么了。这么想来,多少也算我的事情。"玲斗用大拇指戳了戳胸口,"说实话,我并不觉得这事跟我一点关系都没有。从未露过面的亲戚为什么会突然和我的人生有了交集,就这一点而言,我比你还想弄明白。只不过我的亲戚不是伯伯,而是姨妈。"

优美皱起眉头。"怎么回事?"

"我和姨妈是在一个多月前才遇到的。"玲斗诉说了自己的离奇经历,但并未透露自己被捕一事,只解释说姨妈帮他还了欠款,作为条件,他不得不听从姨妈的命令。

"原来还发生过这些事。你说过欠了别人的钱,看来你也肩负重担。"

"倒不至于说成重担。最近正好处在新月和满月之间,来祈念的人很少,偶尔一天不在神社没关系。只是我和佐治家毫无关系,去青柠园打探一定会引起怀疑。我想这样向对方解释:'佐治喜久夫先生有个侄女,她没见过伯伯,但最近突然很在意,想来询问情况。可学校实在太忙了,她便委托我这个朋友前来。'你觉得怎么样?"

"嗯……"优美疑惑地瞥向玲斗,"不太自然。你要如何证明你是我的朋友?"

面对犀利的质疑,玲斗不知如何作答。"我知道了!"他用右拳捶了一下左掌,"只要有张我俩的合照就行了。我可以拿给对方看。"虽然只是昙花一现的灵感,但竟找到了一个能跟优美合影的好借口,玲斗心中窃喜。

"为什么有合照就可以?那里的工作人员根本不认识我,你怎么证明一起合影的女生就是佐治喜久夫的侄女?"优美沉着冷静地提出质疑。

"不然就把你的学生证或驾照也照下来,佐治这个姓氏不太常见,对方应该会相信吧。"

"当然不行,图像很容易被修改。如今,区区一张照片根本证明不了什么,这已经是常识了吗?"

优美的意见句句在理,玲斗无可辩驳,只得沉默。他冥思苦想,希望找到替代方案,但脑海中始终浮现不出完美的理由。

优美好像突然想起了什么,又拿起手机点了几下,盯着屏幕陷入沉思。"如果要去,"她注视着手机,"你打算哪天去?"

"青柠园吗?"

"当然了。"

"就这两三天最合适……"

"明后天?"

"明天可能不行,还有不少工作要做。"

优美抬起头说:"后天吧。"

"嗯?"

"就后天吧,我也去。"

"一起去吗?"玲斗感到身体一阵发热,"可你刚刚还说远啊。"

"就因为远,我才不能依靠别人,毕竟是我的……我家的事。爸爸有个哥哥,我竟然完全不知道,这太奇怪了。我自己去,再亮出证件，对方肯定会相信我的。"

"我知道了，就这么办。"玲斗喝了一口渐冷的拿铁，故作平静，内心激动不已。可以和优美单独远行了，真是意外之喜。

两人商量了详细计划，决定租车前往。优美会先在家附近租辆车，然后去接玲斗。他们查到走高速需要将近一个半小时，于是将出发时间定在正午后。

"希望能有收获，真期待啊。"

"虽然我也很想了解伯伯的事情，"优美把手机放到桌上，表情凝重，"但最想知道的还是爸爸和那个女人的关系，还有他们到底在涩谷的什么地方做了些什么。如果真的是去了酒店，那就必须当场逮住他们……"

相较于佐治喜久夫的事，优美更想打消怀疑父亲出轨的念头，玲斗对此非常理解。"干脆偷偷在佐治先生的手机里装上定位软件，怎么样？"

优美扑哧一声笑了出来。"那不成犯罪了？一旦暴露就完了，而且不大可能成功。你忘记我刚才说的了吗？我爸爸连手机上的老歌都不让我听，怎么会允许我碰他的手机？"

"那……用上次找到吉祥寺公寓那一招呢？我们先埋伏在涩谷附近，等佐治先生出来后，赶在他之前到达停车场就行了。"

"那招只有掌握他行动的时机才管用。当时我摸清了他会在周四或周五的傍晚行动，而且那时我正好放暑假，时间也比较充足，可这次他行动的日子很分散，没有规律。"

"确实，也不能一直守在涩谷。"

"你不要小看我，我平时可是很忙的。"

"忙着约会吗？"玲斗若无其事地试探道。

"倒也有。"

优美答得云淡风轻，玲斗心里却暗潮汹涌。果然有男朋友了！他的兴奋之情顿时冷掉了一半。

离开咖啡厅，二人决定去新宿站。经过答谢会的酒店时，玲斗无意中看了一眼大门，差点叫出声来。千舟正站在那里，只穿着套装，没有披风衣。玲斗停下脚步。

"怎么了？"优美问道。

"我姨妈站在酒店门口，可能发生了什么事，我过去看看。"

"好，那今天就到这儿吧。"

"嗯，后天见。到时候麻烦你来接我。"

"但愿是晴天。"优美面露笑容，轻轻挥手告别。

玲斗将视线从优美的背影移到千舟那边，跑了过去。千舟正盯着摊开在手中的手账，似乎少了几分平日的从容。

"千舟姨妈。"玲斗喊了一声。

千舟从手账上挪开目光，循声望去，表情看上去有些恍惚，眼神游移。"玲斗……你刚才去哪儿了？"

"晚宴时遇到一个朋友，我们去喝了杯。千舟姨妈，高层会议已经结束了吗？柳泽酒店的事情讨论得怎么样？"

玲斗说到一半时，千舟的脸抽动了一下，眼神很快恢复了往日的生气，变得坚定起来。长长吐出一口气后，千舟说道："看来我已经是过去的人了，没人把我放在眼里。"

"发生了什么事？"

"我提前到了，可等了很久那些人都没出现。我很纳闷，打电话询问，才得知会议临时取消了。我问为什么不通知我，对方却说以为有人会通知——嘴上向我道了歉，心里的真实想法就不得而知了。"

"太过分了，简直不尊重人！"

"虽说我是顾问,可他们就没把我当回事。生气也是徒劳,咱们赶紧回去吧。"千舟将手账收进包里。

"我帮您去取风衣,您把号码牌给我。"玲斗说着伸出右手。

"哦,差点忘了。谢谢。"千舟从包里取出放到他手上,"去吧。"

"外面冷,您在里面等我吧。我马上就回来。"玲斗一路小跑穿过酒店大堂,来到电梯间。宴会厅在三楼。

拿到风衣后,玲斗来到电梯前等候。不一会儿,电梯门开了,几个人迎面走了出来。玲斗的心扑通一跳,走在最前面的是柳泽胜重,柳泽将和跟在他身后。他们也看到了玲斗。胜重的脸色瞬间阴沉下来。

"你怎么还没走?"问话的是将和。

"我听千舟姨妈说高层会议取消了,是真的吗?"

胜重刚要开口,将和扶住他的肩膀以示制止,随即说道:"是啊,不可以吗?这和你没关系吧?"

"你们刚才在其他地方做了什么?"

"喂!"胜重脱口而出。

将和再次按住胜重的肩膀。"大人有大人的事情,"将和目光冷峻地看向玲斗,"总有一天你会懂的,等到你真正长大成人的时候。抱歉,我们很忙,先走了,替我问候千舟姐。"将和不等玲斗回答,便催促胜重一起离去,丝毫没有回头的意思。

玲斗回到大堂,递过风衣。千舟接过穿好,道了声谢。

"不客气。"玲斗跟在千舟身后,犹豫着是否要告诉她刚才遇到了将和,最终还是没说出口。

回程列车上乘客很多,他们没法并排而坐。玲斗透过人群的间隙偷看了一眼坐在优先席的千舟。不知为何,他觉得与来时相比,千舟的身形似乎佝偻了许多。

15

玲斗穿着前一天在附近的购物中心买的防寒服，站在洗手间的镜子前检视背影，这时口袋里的手机响了。优美发来短信说马上就到，玲斗回复"好，这就过去"，随后把钱包塞进牛仔裤兜，拿起值班室的钥匙出了门。早上打扫神社院落时还阳光明媚，现在天空已堆满厚重的铅色云彩。优美前天告别时说过"但愿是晴天"，这心声似乎没有被上天听到。

下了神社的台阶，在公交车站等了几分钟后，一辆深蓝色小轿车停在了玲斗跟前。戴着墨镜的优美坐在驾驶席上。

玲斗打开副驾驶席一侧的车门。"下午好。"

"下午好。"优美莞尔一笑。

她今天身着黑色针织衫搭配粉色棉布裤子。玲斗极力控制自己不看向她隆起的胸部，上了车。

优美熟练地踩下油门，轻松提起速来。导航已设定好目的地。

"你开可以吗？"

"没问题。我很喜欢开车，妈妈还让我送她去过成田机场呢。"优美的语气轻松惬意。看她操作方向盘的动作，玲斗颇感安心。

不用开车让玲斗心里的石头落了地。他工作后很快考取了驾照，但对驾驶技术没有信心。做服务生时，不得已的情况下他会开店里的车送女招待回家，每次都紧张得腋下冒汗。

优美按下车载播放器的按钮，流出的音乐既不是日韩流行乐也不是西洋歌曲。玲斗不知道曲名，但能听出是古典乐。

"你喜欢听古典乐？果然是千金小姐。"

"才不是呢。"优美立即否定道，"喜欢而已，也是为了学习。"

"学习？你是音乐学院的？"

"错。"优美噘起嘴，"我学的是建筑。"

"建筑？对了，你家经营建筑公司，你要继承家业吧？"

"那我就不清楚了。我学的东西和我爸爸的工作完全不一样。"

"具体是什么呢？"

"建筑声学与音响工程专业……听说过吗？"

"我知道，就是研究建筑的隔音以提升音响效果，对吗？"玲斗回忆起在工业职高学过的知识。

"就是这个！我的梦想是设计演奏厅，不需要很大，但要回荡出高品质的音效。你去巨蛋体育场听过音乐会吗？观众在那儿根本无法享受音乐，因为音波会从四面八方反射到耳朵里。一味追求容纳更多的人而无视音乐，这种设计真的很差劲，无论是在那儿演奏还是欣赏都太可怜了。我想设计的不是那种地方，而是能让日本和国外的艺术家都想来一显身手的真正的演奏厅。"

"你玩音乐吗？有没有自己的乐队？"

"乐队可没有。我从小学钢琴，准确地说是硬着头皮在学，到初二就放弃了。你知道吗？对于学乐器的人来说，初二是一道坎。如果那时还不放弃，一般就能坚持下来，可大部分人都跨不过这道坎，我也一样。上了初二，我开始贪玩、打扮，诱惑实在太多了，完全没心思练琴。其实我早就知道自己没有这方面的天赋。"

"有钢琴天赋的人应该没几个吧？"

"我也这么想。父母逼我学琴，只是因为其他家长让他们的孩子去了。不过，虽然弹琴我没什么天赋，论听力还是有自信的。"优美用左手弹了弹耳垂，"我能瞬间听出乐器音色的差别，只要混入了奇怪的声音，我就会感到不舒服。"

"最不舒服的就是巨蛋体育场的音乐会了，对吧？"

"那里简直不想提，太差了！"优美伸出左手用力拍了一下方向盘。

望着侃侃而谈的优美的侧脸，玲斗由衷庆幸可以和她一起去青柠园。这么短的时间就了解到优美的许多事情，收获巨大。车开上了高速公路，很幸运，并不堵车，优美一路提升车速。

"对了，"玲斗换了个话题，"找到喜久夫先生的遗书了吗？"

"有点困难……"优美的声音低沉下来，"我不是跟你说过，为了确认伯伯的事情，我偷偷溜进爸爸的房间，翻了奶奶的东西吗？那件事可能露出了马脚。"

"暴露了吗？"

"爸爸可能已经开始怀疑了。他质问妈妈是否擅自碰了他房间的东西，妈妈当然否认了。这样一来，他自然会觉得我有嫌疑，我觉得这个时候最好不要轻易去他的房间。"

"确实。"

"对吧？所以我想等他的疑心消除了再说，再等等吧。"

"当然，我没有意见。这是你们家的事嘛。"

"家……到底是什么呢？经历过这件事，我突然产生了这样的想法：如果不想破坏现在这个家，即使爸爸真的出轨了，又有什么关系呢？家里每个人都过着无忧无虑的生活，我要是做了多余的事,掀起本不该有的风波,是不是反而不好呢?"

"我不完全赞同。或许只有男方的家人过着无忧无虑的生活,情人那边又是怎么样的呢?万一还有孩子,更加难以想象。"

"你的意思是,爸爸和那个女人可能有孩子?"

"我只是举个例子。但这种关系一直持续下去,的确很有可能发生,不是吗?"

"没错……这是我最不愿去想的事了。"优美努着嘴摇了摇头。

玲斗犹豫是否要向优美坦承他就是情人生下的孩子,现在可以自然而然地随口说出这件事,但他担心优美会向他投来异样的目光。好不容易和优美走得这么近,还是不要说破坏关系的话了。深思熟虑后,他决定暂且不提。

说笑间,车驶入了神奈川县。高速公路纵贯三浦半岛,按照导航的路线,在距离目的地最近的出口下了高速后,用不了十五分钟即可抵达。在一座低矮山丘的半山腰,他们看到了青柠园的标识牌。坡道下有一座可以停放二十多辆车的停车场,前方是一栋米黄色建筑。

停好车后,二人穿过玻璃正门。大厅给人的感觉像来到了医院的等候区。左侧前台处站着一名身着白衣的中年女子,看到他们进来,她笑着打了声招呼,大概以为他们是来探望的。女子胸前的名牌上写着"池田"。

"我们想向您打听一个人,"优美走过去说道,"曾有一个名叫佐治喜久夫的人住在这里,请问有哪位了解这个人吗?"

"佐治先生……"

"我是他侄女。"优美从钱包里掏出驾照,"是这两个字。"

池田瞥了一眼驾照,似乎突然想到了什么。"您想打听的是哪方面的事情呢?"她的语气十分慎重,或许是关系到个人信息的缘故。

"我想知道伯伯在这里时的大致状况。我这么做——"优美顿了一下,"是因为奶奶有认知障碍,她经常提起伯伯,可我对伯伯一无所知,根本没法和她聊天,心里特别难受。所以,我希望能多了解一些信息。"

这理由合情合理,优美肯定仔细思考过,玲斗听了惊叹不已。池田看样子也被打动了,说了一声"请稍等",随即走进身后的隔间。

"说得可真好。"玲斗在优美耳边说道,"你是不是从昨天就一直在构思?"

"没有啊,到这里现想的。"

泰然自若的回答让玲斗哑口无言,女人真让人敬畏!

池田回到了前台。"曾负责照顾佐治先生的工作人员外出了,应该马上就会回来,两位稍候片刻,可以吗?"

"好的,我们等工作人员回来。"优美干脆地回答。

"两位可以坐在那边等。"池田看了看一旁的长椅说道。

玲斗坐在优美身边,环视四周后站了起来。他发现墙上装饰着许多照片和图画,便走近看了看。照片拍的大多是风景,图画则几乎都是植物,每幅作品下方都贴着写有作者名字的卡片,估计都是住在这里的人。玲斗感觉隐约看到了他们以平静祥和的心态迎接人生终点的身影。

这时电梯门开了,像是一家人走了出来,说笑着往大门这边靠近,一名女子抱着孩子。从年龄上看,男子应该是她的丈夫。另一位女士看起来比千舟稍显年轻,约莫六十,穿着时尚的灰色毛衣,化着淡妆,显得干净整洁,步履稳健,表情明朗自然。看来是她丈夫住在这里,全家人前来探望。

"你要注意,不能喝那么多了。只要不喝啤酒就没事这种话是骗人的，我在书上看到过，无论是烧酒还是威士忌，只要含酒精，喝了尿酸都会升高。知道了吗？"上了年纪的女士对男子说道。他们大概是母子。

"妈，我知道了。"

"那就拜托景子了。这孩子啊，看得不严就喝得烂醉。"

"您放心，我一定严加看管。"

"妈，您还是关心一下自己吧，流感季到了。"

"我从来不乱跑到人群里去，没事的。"

玲斗意识到自己猜错了。那位女士才是住在这里的人，儿子一家前来探望，她是送他们离开的。

年轻夫妇把胸前的徽章还回了前台。"我们下个月再来看您。"男子对母亲说道。

"好，我等着你们。对了，差点忘记，"女士嘱咐道，"我在书上看到过，无论是烧酒还是威士忌，只要含酒精，喝了尿酸都会升高。知道了吗？"

男子一怔，然后马上点头。"啊，我也听说了，我会注意的。"

"一定要注意啊。"女士再次叮嘱。

"妈，那我们走了。"男子的妻子告别道。

"好，再见。"

夫妇俩抱着孩子走出了大门。女士目送儿子一家离开后，转身看到了玲斗他们，于是嫣然一笑，微微点头。玲斗也点头致意。女士一脸欣慰的模样，笑着朝电梯走去，背影散发出愉快的气息，仿佛可以听到她正开心地哼着歌。

不一会儿，池田从前台走了过来。"那位工作人员马上就到。"

"谢谢。请问……刚才那位上了年纪的女士是住在这里吗？"优美望着电梯问道。她似乎也有些在意。

138

"嗯，是的。"

"一开始我还觉得她很健康……"

"您也发现了吧？"池田压低了声音。

"她好像完全没有意识到同样的话说了两遍。"

池田点了点头。"那位入住者因遭遇交通事故，大脑受到撞击，留下了后遗症。像刚刚那样只是出现记忆障碍还不算大问题，但有时候她的行为会很反常，过后却完全不记得。"

"还有这种情况啊。"

"如果有人在身边时刻提醒还好，独自在家就不行了。听说有一次她差点把宠物猫放到微波炉里。"

"啊！"玲斗不禁惊呼出声。

"幸好儿媳妇恰巧回家，惨剧才没有发生。后来她听儿子说起这件事，却表示一点印象也没有。"

"看来病情已经相当严重了。"优美说道。

"那件事之后，她就决定来我们这里住了。刚来时，她便嘱咐我们将她的病情告知其他人，因为她担心无法控制自己，想让周围的人做好心理准备。"池田似乎是想说自己透露这些情况是被允许的。

玲斗心中隐隐作痛。原来那笑靥背后隐藏着如此心酸的思绪，令人难以想象。

"世界上真是有形形色色的人啊。"优美感叹道。

池田微微点头。"在这里尤其能够感受到这一点。"

"我伯伯得的病是不是也很严重？"

池田稍加思考后答道："这个问题还是直接问负责的工作人员更好。"看来，她不能轻易作答。

不久，那位工作人员回来了。她姓楢崎，脸圆圆的，大约四十岁。或许是身材娇小的缘故,她看起来比实际年龄要年轻,极富亲和力。她提出二楼的房间可以安静地谈话,于是二人跟着她一起乘电梯上了楼。楢崎将他们带到一个摆着会议桌的房间,介绍这里是供员工们讨论事情以及办理入住手续用的。

"我听说二位想询问佐治喜久夫先生的事情,具体想了解些什么呢?"楢崎问道。

"只要是关于伯伯的事情,我都想了解。"优美回答,"我从没见过他,也不知道他为什么和我们疏远了,就连他去世都没有人告诉过我。您不觉得有点奇怪吗?"

楢崎的神情变得复杂,似乎杂糅着为难与困惑。她低头思索片刻后,再次望向优美。"听池田说,您的祖母有认知障碍?"

"是的,我从奶奶那里问不出关于伯伯的事情。"

"那您父亲呢?"

"爸爸对此只字不提,因此我才跑到这里来打听。"

"这样啊……"楢崎显得有些为难,"抱歉,我们很难回答您的问题。如果我们向您透露情况,您父亲很可能会投诉。"

"我一定谨慎处理,绝对不让这种事情发生,一切责任由我承担。请您告诉我吧!"优美语气严肃而凝重,深深鞠了一躬。玲斗跟着低下了头。

楢崎叹了口气。"既然您都说到这个程度了,我就说说我了解的一些情况吧。"

优美连忙道谢。

楢崎打开一旁的笔记本电脑,娴熟地敲击起键盘。"佐治喜久夫先生是在十年前的九月入住的,在那之前两个月他刚过完生日。可能他想已经五十岁了,于是提交了申请。我们这里入住的门槛是年满五十。"

如果佐治喜久夫还在世，今年该六十岁了。优美曾提到她父亲今年五十八岁，比喜久夫小两岁。四年前去世时喜久夫只有五十六岁，还很年轻。

"伯伯当时的状况怎么样？"

"他患有多种慢性病，其中最让我们放心不下的是重度慢性酒精中毒。"

优美深吸一口气，看了看玲斗，又将视线挪回楢崎脸上。"原来是这样。"

"甚至可以说，其他几种慢性病的根源都在酒精上。佐治喜久夫先生在专业医疗机构接受过治疗后才来到我们这里。虽说来时已经戒了酒，但为时已晚，糖尿病和肝硬化都已恶化，听觉也出现了异常。"

"听觉……是耳朵听不清了吗？"

"当时他几乎听不到声音了。"

这还有健康的地方吗？玲斗深刻体会到慢性酒精中毒的可怕。

"其他情况呢？"优美面无表情地问道，不知是否在压抑情感。

"还有轻度精神障碍，毕竟是酒精中毒。"

"不是说在专业医疗机构接受治疗了吗？"

楢崎摇了摇头，看上去有些痛苦。"慢性酒精中毒就和毒品、兴奋剂成瘾一样，是不治之症，大脑一旦记住喝酒就能获得快感这件事，就不可逆了。所谓治疗只是一种心理疗法，帮助患者暂时摆脱恶习，但并不会痊愈。只要沾一滴，就会回到老样子。所以，我们最重要的职责就是密切关注佐治喜久夫先生，绝不能让他碰一滴酒。"

玲斗感到信心在逐渐丧失，越发不敢肯定劝优美来这里是否是正确的建议。站在优美的立场，楢崎说出的每一个字都是那么令人伤心。

"那伯伯来这里之后，有没有因为要喝酒闹得天翻地覆？"

"一次都没有。"楢崎微微摆了摆手，"不仅没有吵闹，他的生活还非常安静平和。或许是因为听不见了，他很缄默。一个人的时候，不是看带字幕的电影就是读书。"

"有人来探望过他吗？"

"有，他母亲，就是您的祖母。"

"大约隔多久来一次？"

"我记得一个月来一两次。两人往往在院子里度过相处的时光。"

"他们在一起做什么？"

"他们都上了年纪，不会像年轻人那样开心地喧闹。不过在我看来，佐治喜久夫先生每次见到母亲都特别高兴，总拿着一块小白板和她交谈。"

"请问我爸爸来过吗？"

"您父亲？"楢崎歪头思考片刻，"印象中没有来过。我第一次见到他是在佐治喜久夫先生去世之后。他和您一样，问了我佐治喜久夫先生在这里的日常起居，我也是像这样回答的。"

"我爸爸当时是怎样的表现？很伤心吗？"

楢崎脸上浮现出复杂的微笑。"亲哥哥走了，怎么会不伤心呢？葬礼是在附近的殡仪馆举行的，我也在场。您父亲和您祖母都非常难过。"

"可他为什么一次都没有来看过伯伯呢？"

"这……"楢崎略带歉意地摇了摇头。

优美闭上眼睛，用力拨弄起头发，仿佛想要理清心头乱麻。

"不过，"楢崎说道，"发生过这样一件事。有一次，佐治喜久夫先生的母亲离开后，我在小白板上写道：'还是和家人在一起幸福吧？'他思索片刻，对我说：'除了母亲，其实我还有别的亲人，只是一直没有见面。不过没办法，我没有资格。'说完，他淡淡地笑了，出神地望着远方。我装作没有听到，悄悄走了，觉得自己碰到了不该触碰的东西。"

玲斗看了一眼优美，她已经不再胡乱拨弄头发，而是目不转睛地盯着斜下方。

"关于佐治喜久夫先生，我能说的只有这些了。请问还有其他问题吗？"楢崎问道。

优美望向玲斗，似乎已经想不到其他问题了。

"佐治喜久夫先生没对您提起过神楠吗？"

楢崎皱了皱眉，神情讶异。"神楠……一棵树吗？"

"是的。一座名叫月乡的神社里有一棵楠树非常有名，传说只要向那棵神楠许愿，愿望就可以实现。您听他提起过吗？"

"没有，完全没有印象。"

玲斗拿出手机查看信息。"五年前的四月十九日，佐治喜久夫先生外出过吗？是否有记录呢？"

"五年前？"楢崎打开笔记本电脑，"四月……"

"十九日，那天他应该外出了。"

"稍等……"楢崎迅速敲击了几下，看着屏幕徐徐点头，"您说得没错，而且在外边过了夜。"

"在外过夜？整晚都没有回来吗？"

"我们这里有规定，入住者外出或夜不归宿，必须提前申请。佐治喜久夫先生只外出过那一次，所以我记得非常清楚。"

"他没说去哪里吗？"

"记录里没有，我也不记得问过。那天晚上留下的联系方式是他的邮箱,没有留电话号码大概是因为他耳朵不方便吧。"

玲斗确信佐治喜久夫当晚一定去过月乡神社,并进入神楠祈念,想必结束后才乘列车回到市里住了一晚。"我还想向您确认一点。"玲斗看着手机,"您听过向坂这个姓氏吗?全名是向坂春夫。"

楢崎嘟囔着"向坂"敲击键盘,随后凝视着屏幕点了点头。"找到了,向坂春夫先生也在我们这里住过。"

玲斗意识到了"住过"的含义。"那现在已经……"以防万一,他试着追问了一句。

楢崎微微合上双眼,轻轻摇了摇头。"已经去世了,在六年前的年底。"这么说,向坂春夫是在佐治喜久夫祈念的半年前去世的。

"向坂先生生前是个怎样的人呢?"

楢崎嘴角带着笑意,反问道:"为什么要问起向坂先生呢?"

"佐治喜久夫先生外宿那一晚去过月乡神社,记录显示是向坂先生介绍他去的。"

楢崎似乎瞬间明白了原委,用力点点头。"向坂先生曾是一家公司的董事,因病导致半身不遂。他说不想让家人受苦,决定住在我们这里疗养。这里和佐治喜久夫先生关系最好的人应该就是他了。"

"他们有什么共同的爱好吗?"优美开口问道。

"这个我不太清楚。向坂先生当时年纪很大了,耳朵也听不清,我们和他交流也要费一番力气。他说助听器戴着不舒服,怎么也不肯戴。重要的事情我们都是写给他看。他和佐治喜久夫先生都要用笔交流,互相也就不讲客套了,两个人的关系因此变得很亲近。"楢崎的推断合情合理,具有说服力。一位是已近暮年的瘫痪老人,一位是刚步入晚年的孤独男子,两个人对着白板谈笑的情景跃然眼前。

"伯伯讲过他年轻时的事情吗？比如工作、爱好之类的。"

"这个嘛……"楢崎似乎在脑海中搜索答案，"也不知算不算工作，佐治喜久夫先生说他以前演过戏。"

"演戏？"

"详情我也不清楚。在佐治喜久夫先生入住后没多久，我们举办了一场圣诞联欢会。那天，他特意为我们扮演了一回圣诞老人，只不过没有台词和道具。从圣诞老人出门前做准备，到坐上驯鹿拉的雪橇去孩子们的家里，再到给孩子们分发礼物，整个过程他都是用哑剧的形式表演的。因为表演得太好了，我便问他是不是演过戏。他有些难为情地回答，年轻时的确痴迷戏剧，做过街头艺人。"

"难道加入过剧团？"

"这就不清楚了，我当时并没有问。我记得那是他第一次为我们表演，也是最后一次。他真的很擅长，大家都开心极了。"楢崎的眼神里流露出怀念。她的话听起来没有掺假，也不像单纯的客套。虽然佐治喜久夫的故事和自己毫无关系，玲斗依然感到了些许欣慰。

玲斗想不出其他问题，道谢后和优美准备离开。来到电梯前，他按了下行按钮，可按钮没亮，疑惑之际，楢崎追了上来。"抱歉，我忘记说明了，下行电梯要这样操作才可以。"她左手按着另一个按钮，右手按下下行按钮，灯亮了。楢崎介绍，这是为了防止认知能力低的入住者不小心走到外面去。看来，这里住着不少连这类简易操作都难以记住的人。玲斗再次深刻认识到，对于楢崎等工作人员来说，这里是一个无法放松神经的战场。

二人走出建筑，发现下起了雨。

"我一点也不觉得喜久夫先生是个坏人。至少听完楢崎女士的话，我没有这种感觉。"前往停车场时，玲斗说道。

"同感，但我也有一些疑问。"

"是关于亲人那里吧？"

"嗯。"优美点了点头，"伯伯说还有别的亲人，只是一直没有见面，我猜指的就是爸爸。"

"不过没办法，我没有资格——他这么说，难道他们兄弟关系不好的原因在你伯伯身上？"

"伯伯到底做了什么呢？"

他们上了车，商定返程也由优美开车。

"我判断你父亲的祈念一定和你伯伯有关联，出轨完全是另外一回事。"

"你觉得那个女人到底是不是我爸爸的情人？"

"我也不清楚，都说了是另一回事。"

优美重重地叹了口气，发动引擎。"关键是下一次祈念，我必须弄清楚爸爸到底在神楠里做什么。"

"你坚持要窃听吗？"

"当然。你可别说你已经没兴趣了。"

如果没兴趣，我才不会跑到这里来。玲斗这样想着，挠了挠耳后。

16

回到月乡神社时夜幕已经降临。玲斗本想邀请优美一起吃晚饭，但时间不早不晚，他还在犹豫，车已经开到了神社附近。

玲斗用微波炉加热了冷冻的肉酱饭，正喝着烧酒吃饭时，千舟打来了电话。

"你在哪儿？"电话那头传来责问。

"在值班室。"

"白天是不是不在？去哪儿了？"

"啊……我去看电影了。"情急之下，玲斗撒了个谎。

"以后要事先通知我。我以为你一直在神社，找了你好久。"

"您今天来了？"

"到访。"

"什么？"

"不能说'来了'，要用'到访'或者'莅临'。你又不是小孩子，必须学好敬语。"

"对不起。"只要和千舟说话，就一定会被批评。

"白天我去了你那儿。"

"您要是来……到访的话，给我打个电话不就好了……"

"我没想到你一声不吭就跑出去了。后来我意识到你可能出去玩了，也没给你打电话，让你偶尔放松一下也好。"

"谢谢您……"玲斗不知道这个时候是不是要道谢，但还是说了一声。

"明天你有安排吗？"

"没有安排，也没人预约祈念。"

"明天去旅行吧，要在外面住一晚，你马上做准备。"

"啊？旅行？我也要去吗？"

"当然了。所以我才给你打电话啊。"

"去哪里？"

"不远，箱根。"

"箱根……"玲斗感觉最近听过这个地名，在记忆中稍作搜寻后不禁惊呼出声，"难道是去柳泽酒店？"

"哦？"千舟的声音显得有些意外，"亏你还记得，就是去柳泽酒店。"

"我这样的人也能去吗？"

"什么意思？"

"那家酒店不是政界和商界的大人物才去的吗？那么高级的地方，我这样的人去会不会有点格格不入……"

"不许妄自菲薄。我想带你去看看。明天下午一点，车站候车室见，不准迟到。"

"啊……我穿什么衣服比较好？"

"自己决定。"

"那还是穿上次那套西服吧？"

电话那头传来了叹气声。"柳泽酒店是观光酒店，和上次的情况不一样。穿得邋里邋遢当然不好，但也不用过于隆重，穿便装就可以。箱根现在很冷，一定要注意保暖。还有，别忘记带名片。"

"我知道了。"

挂断电话，玲斗歪着脑袋想，为什么神楠守护人要去参观酒店呢？他怎么也想不出理由。今天横须贺，明天箱根，匆忙远行的情况越来越多了。直到几天前，他还很少走出半径五公里的小圈子。再想想，一个多月前他还待在与神社相隔几十公里远的地方。他感到有什么东西转动了起来，可倘若称之为"命运的齿轮"未免又有些夸张。

最近天气阴晴不定。次日一大早便碧空如洗，万里无云，神社的访客也比平日要多些。虽是上课时间，却有一群小学生模样的孩子在神社里追跑。在玲斗的询问下，他们回答说这天是建校周年纪念日。这群孩子要是去其他地方玩就好了，玲斗想道。孩子们天不怕地不怕，把神楠周围当成了游乐场，闯进树洞不说，稍不留神还会爬到枝杈上去。玲斗瞪大眼睛盯着，生怕他们乱涂乱画或把口香糖粘到树上，不禁感到心力交瘁。一上午就这样在手忙脚乱中度过，转眼到了正午。玲斗靠一盒方便面凑合填饱了肚子，匆忙开始收拾行李。他已很久没有旅行过了，实在不知道应该带些什么。

十二点五十五分，玲斗赶到车站候车室。千舟还是先到了一步。她穿着那件焦糖色风衣，内搭厚毛衣。

"衣橱里好像充实了一些嘛。"千舟看着玲斗说道。

玲斗的穿着和前一天去青柠园时差不多，新买的防寒服再次登场。"这是休闲版压箱衣。"玲斗捏了捏衣袖。

前往箱根有多条路线，按千舟的方案，两人准备先到新宿，然后换乘小田急线。这样有点绕远，但换乘次数少，可以避免旅途劳顿。路费都是千舟付的，免费坐车的玲斗哪有资格说三道四。

小田急线的"浪漫号"特快列车上乘客稀少。前排座位没有人，于是他们将座位向后旋转，面对面坐下。如果有乘客来坐，再还原即可。行李可以放在旁边的空位上，十分惬意。

"你是第一次去箱根？"列车开动后不久，千舟问道。

"小学修学旅行时去过一次，不过没什么印象了，只依稀记得看到过一个像关卡一样的地方，还看到了富士山。"

"也就是这样吧。小学生去箱根，简直暴殄天物。那里啊，是大人去的地方。"

"大人……"玲斗回想起前几天的晚宴上，柳泽将和对他说过的话——大人有大人的事情，总有一天你会懂的，等到你真正长大成人的时候。意思是我还不算真正的大人吗？这一念头在脑中一闪而过。

"你和你母亲旅行过吗？"

"一次都没有。"玲斗摇了摇头，"平时她一直工作，周末整天都在睡觉，而且她在我上小学时就去世了。"

"美千惠平常有什么兴趣？"

"兴趣啊……是什么呢……"玲斗双臂环抱，"坦白说，我记不清了。在我的记忆里，她除了在睡觉，就是在化妆。"他没有说谎。早上，当小玲斗睁开眼睛，母亲就躺在旁边熟睡，浑身散发着酒气；放学回来时，母亲已经坐在化妆镜前，往脸上涂抹各种东西。对他来说，这些就是与母亲有关的一切。

"饭菜呢？做得好不好吃？"

"我觉得应该算难吃吧。她几乎没在厨房出现过，偶尔做饭也顶多是用微波炉加热一下半成品。即使如此，她也没怎么做过，一般都是外婆做饭。"

"酱汤啊饭团啊,你的记忆里没有这些所谓妈妈的味道吗?"

"没有……如果一定要说,方便炒面算是一个吧。"

"方便炒面?"千舟皱了皱眉头,"那是什么?"

"我妈半夜回家,总爱吃一盒方便炒面,那可能是她最喜欢吃的东西,家里常备。那时候不是有一种热水壶,水一开就会哔哔叫嘛,有时那个声音会把我吵醒,因为我就睡在厨房隔壁。我迷迷糊糊地想,妈妈又要吃方便炒面了,于是就会拉开拉门。每次她都板着脸骂我为什么要起来,让我接着睡,但有时又会喂我吃一些做好的炒面。那个味道真的特别好。"关于母亲的记忆不多,这是其中之一,并且是不坏的一个。玲斗闭上眼睛,在脑海中重放那时的情景——塑料叉子挑起几根炒面,浓香的调味酱仿佛又在刺激他的味蕾。玲斗睁开眼,发现千舟一脸惆怅,正低头看着地板。"您怎么了?"

"没什么。"千舟微微一笑,轻轻摇了摇头,"妈妈的味道也是因人而异啊,很感人的故事。"

"啊……您过奖了。"玲斗不觉得自己的经历值得被夸奖,但他怕又要遭到千舟责骂,于是暂且道谢。

下午四点多,列车抵达箱根汤本站。跨过一座木制过街天桥,便来到一处巨大的环形交通枢纽。玲斗环视四周,游览咨询处和登山巴士售票处的招牌首先映入眼帘。远处还可以看到朱红栏杆的木桥,温泉乡环绕的感觉扑面而来。

千舟朝旁边的出租车站走去,玲斗紧随其后。坐上出租车,千舟只说了一句"柳泽酒店",司机便心领神会。

玲斗望向窗外,马路对面形形色色的店铺鳞次栉比。虽不是周末,但往来的游客络绎不绝,土产店和餐饮店门庭若市,顾客以中老年女性偏多。

车开了十几分钟便到达柳泽酒店门前。名字里带着"酒店",但正中间的大门竟镶嵌着木格栅,颇有些旅馆风格。相比前几天举办晚宴的新宿城市酒店,这里更有雅致的韵味。

酒店大堂的灯光控制得明暗得当,使人置身于一种厚重的氛围中。千舟走到右手边的前台,和女服务员简短交流后并没有办理入住,而是被引导到一旁的沙发上。

不一会儿,一个小个子男人快步走来,年龄与千舟相仿,花白的头发向后梳着。千舟站了起来,玲斗跟着起身。

"好久不见,欢迎您到访。"男人面带笑容,向千舟深鞠一躬。

"有一段时间没来了,抱歉。我一直惦记着早点过来看看,结果拖到现在。"

"您事务繁忙,也是没有办法的事。您请坐。"

"给你介绍一下我的外甥。这孩子就是我在电话里跟你说过的,我同父异母的妹妹的孩子。"

"哦,您好。"

看到男人把手伸进上衣内兜,玲斗慌忙翻起旅行包。"初次见面,我姓直井,请您多多指教。"他终于比对方先递出了名片。

"我听说了您也要来。您好,我姓桑原。"男人也递出名片,上面写着"柳泽酒店总负责人 桑原义彦"。

玲斗和桑原隔着茶几对坐,女服务员很快端来了热茶。

"前几天的答谢会如何?"桑原问道,"很遗憾,我有事在身没能成行。想必盛况空前吧?"

"我只能先客套地说一声托你的福了。在那种地方呼朋唤友是将和的拿手好戏嘛。你说有事在身没能成行是假,其实是顾虑将和他们才故意没去,对不对?"

"这……"桑原一阵苦笑,搓了搓双手,"还真不是您说的那样，那天确实有不少事情需要处理。"

"说实话，我觉得非常对不起你们，一点忙都没有帮上。所谓顾问，就是毫无意义的摆设，真是可悲。"

"看来风向很难改变了，对吗？"桑原一脸凝重。

"很遗憾，我觉得很难让将和他们改变主意。不过不用担心，我可以保证，绝对不会让你们露宿街头。"

"我自己倒是无所谓，恳请您帮帮其他员工。"

二人似乎认定柳泽酒店离关门已经不远了。千舟这次来箱根，一是要向桑原道歉，二是要和柳泽酒店告别。

"欢迎光临，一路辛苦了！"身后传来女服务员的声音。玲斗回头一看，几位上了年纪的女客人正走进酒店大门，几名外国游客跟在她们身后。

"您这里生意相当兴隆啊。"玲斗对桑原说道，"今天是有什么活动吗？"

"不，没有什么特别的。"桑原摇摇头，低头看了一眼手表，"这个时间大体都是如此。"

"这样啊……"

"怎么了？"

"嗯……我也不知道这么说合不合适，只是觉得既然生意这么好，为什么还要关掉呢？我听说要在其他地方建一处新的度假区，各做各的不就行了吗？"

桑原显得颇为意外，看了看千舟。

千舟轻笑了几声，说道："那些令人烦恼的事情，我都没有和这孩子提起。"

"怪不得。"桑原恍然大悟，对玲斗说，"一家企业里会有许多从表面看不到的内情，您可以这样理解。"

玲斗不知如何回应，含糊地点点头。这也算是大人的事情吧，既然我还不算真正的大人，对方自然不会耐心讲给我听。

"那我先失陪了。"桑原站起身，"请二位好好休息，如有需要随时告诉我。"

"谢谢。"千舟说道。

桑原刚离开，女服务员便过来引导千舟和玲斗去客房。房间在五层，三人上了电梯。

千舟的房间在玲斗隔壁。"晚餐时间是六点，我预订了二层的日式餐厅。现在你先休息一下吧。"千舟嘱咐完，径自走进了自己的房间。

玲斗打开门，刚踏进去便吃了一惊。面前摆着两张床，对面是一间和室，很宽敞，榻榻米上放着矮脚桌和落地椅，墙上镶着液晶电视，屏幕至少有五十英寸。再往里走，玲斗更是瞠目结舌，玻璃门外竟然还有露天浴池。不会所有房间都有吧？

他甩掉鞋子，脱下防寒服，在榻榻米上瘫成"大"字。房间里的日式空间让人感觉真的来到了温泉胜地，他格外满意。谁不想一到住宿的地方先在榻榻米上滚一滚呢？仔细一看，天花板上有木纹，柱子也是实木的，而且木材的树龄刚刚好。

这样的地方为什么要关掉呢？玲斗再次感到无法理解，他想象着各种理由，不知不觉间睡意悄然袭来。醒来时，窗外已漆黑一片。玲斗看了一眼手机，瞬间跳了起来。竟然快六点半了。他慌忙给千舟打电话，电话立刻就接通了。"喂。"手机那头传来平静的声音。

"对不起，对不起！本来只想打个瞌睡，结果睡到了现在，我马上过去！"

"我猜也是，看你最近有点疲惫，就没有叫醒你。"

"我没事。"玲斗急忙穿好鞋,拿起钥匙跑出房间。

隔壁房间的门立刻打开了,千舟走了出来。"早上好。"她还不忘挖苦玲斗。

"实在抱歉!"

"没关系。我也迷迷糊糊地小睡了一会儿。不知为什么,一到这里,就觉得全身都放松了。"

"我也有同感。那间和室简直太棒了!"

"那种布局的房间自从开业以来一直备受好评,没人不喜欢。"千舟的话语中透着骄傲与自信。

一到这里,就觉得全身都放松了——这句话让玲斗印象深刻。千舟曾在答谢会时说过,柳泽酒店是柳泽集团的原点。或许这里也是千舟的原点。

日式餐厅里预留了包间,令玲斗兴奋不已。看到端来的食物,他更是啧啧称奇。眼前几乎都是从没吃过的佳肴,很多甚至是有生以来头一次听说的食材,简直难以想象是如何烹饪出来的,还有一些让人看不出是可以入腹的美食还是仅供欣赏的装饰,足见匠人的功夫。

"千舟姨妈,这是什么?"玲斗用筷子夹起装饰在烤鱼上的白色小棒。

"你没见过吗?这是生姜的嫩苗。"

"能吃吗?"

"当然可以,只吃白色的部分,很鲜嫩,下面的茎不要吃。"

"好的。"玲斗尝了一下,酸酸甜甜的,十分可口。

"怎么样?"

"真好吃,我还是第一次吃到。"

"今后吃到的机会还有很多。生姜的嫩苗大多装饰在烤鱼上,有时也会摆在肉菜的碟子里，目的是清口，一般吃完餐碟里的其他食物之后才吃，好好记住。"

"知道了。"这小小的东西居然还有专门的吃法？玲斗暗自惊讶。"我可以问您一个问题吗？"他战战兢兢地开口道，"这里……住一晚要花多少钱？"

千舟握着筷子的手停在了半空，略一思索后答道："加上早晚餐，你住的房间大概四万元吧。"

千舟随口一答，让玲斗差点喘不过气来。他实在难以想象，一夜之间四万元就消失了。"您的房间一定比我的还要高级，对吧？"

"对，不可以吗？"

"我不是那个意思。您的房间大概多少钱？"

"嗯……要看餐食，大体这个数吧。"千舟竖起食指。

一根指头自然不可能代表一万，那就是十万了。算下来，两个房间一共十四万，比自己在丰钿机械工作一个月的薪水还要多。玲斗盯着碟子里剩下的生姜嫩苗，隐隐觉得不吃掉实在太可惜。

"你可能觉得这就很不可思议了，但辉煌时期的箱根可不止如此。泡沫经济那段时期，有超过两千二百万人来这里。"

这个数字超出了玲斗的理解范围。"具体是什么样子呢？"

"当时旅行大多和高尔夫捆绑在一起。企业租下附近有名的高尔夫球场，免费招待一百多位客户，这种事情屡见不鲜。我每天奔走于各个高尔夫球场，努力和对方建立良好的关系。那时，预约到更好的球场是酒店吸引顾客的先决条件。好在辛苦没有白费，酒店全年团体预约非常多，宴会厅总是举办盛大的宴会，聚集着数不清的礼仪小姐，一晚的销售额超过一千万。"

玲斗对这些没有任何实感，只能想象那时应该满世界都是钞票吧。"泡沫破灭之后呢？"

"情况到底还是变了。不少企业陷入经营危机，几乎接不到团体客户预约。团体旅行数量骤减，我们无法再那么轻松获利。但到访箱根的游客总数并没有下降太多，至今仍保持在全盛期的九成左右，只不过当天往返和住不带餐食的低价旅馆的游客越来越多。像柳泽酒店这样的高级酒店，入住的客人确实在减少。正因如此，我才意识到回归初心至关重要。"

"初心是什么？"

"泡沫经济时期，这里纸醉金迷，只想博人眼球。其实，这家酒店的本质并非如此。对到访的每一位客人报以至高无上的礼遇，让他们发自内心地产生'好想再来啊''希望每年都来这里住'的想法，才是创建这家酒店的宗旨。最理想的状态是即便没有大量游客蜂拥而至，也有一定数量的客人会定期来住上几晚。将和他们计划开发大型度假区，从初衷上就已经和柳泽酒店出现了分歧。"

看来，柳泽将和等人瞄准的是更庞大的商业模式。

"所以就要关掉这儿吗？"

千舟稍加思索，模棱两可地答道："和这一点有很大关系。"她似乎不想透露更多详情。

吃完晚餐，二人商量好第二天的行程，千舟便说想回房间的露天浴池泡温泉。玲斗当然不会错过享受的机会，但他决定把最大的乐趣留到最后，先在酒店里转一转。

他本想乘电梯，突然发现旁边有一道可以通往一层与二层之间的缓坡，于是打算踱步下楼看看。缓坡一侧装有玻璃窗，可以看到外面的风景。路灯照射下，树枝在夜风中摇曳。一层与二层之间有一家土产店，他走了进去。箱根的名产摆放得整整齐齐，有日式点心和西式糕点。他听说过传统的豆馅点心，但大多数都是第一次见。松饼、年轮蛋糕、豆馅面包、布丁……各种名产应有尽有,令他惊讶不已。旁边另一个货架上陈列着酒店的原创商品,不仅有香皂、洗发水等消耗品,还有浴袍,从中可以充分感受到酒店的信心——只要在这里用过,回到家一定还会想用。琳琅满目的商品中,一袋包装上印着"柳泽酒店清晨咖喱"的咖喱酱吸引了他的目光。货架上贴着标签,上面写着"最受欢迎自助早餐,家中也可尽情享用"。他决定明早一定要尝尝咖喱饭,把咖喱酱放回了货架。

沿缓坡可以下到一层。玲斗往下走的时候,见桑原走了上来。桑原也注意到了他,两人同时停下脚步。

"您在散步吗?"桑原投来微笑。

"想在酒店里逛逛。"

"十分荣幸。您慢慢逛一逛吧。"

桑原刚要迈步离开,玲斗叫住了他:"可以占用您一点时间吗?我想继续和您聊聊刚才的话题。"

"是什么来着?"

"这家酒店停业的原因。我想向您请教内情。"

桑原微微皱了皱眉头,食指贴近嘴唇小声说道:"您的声音有点大。"

"啊,对不起,一不留神就……"玲斗立即环视四周。身旁没有人,但视野范围内还是有不少客人的身影。

"请您移步这边。"桑原走到一层与二层之间的角落,"千舟女士大概不想让您惹上麻烦,所以我必须体谅她的良苦用心。"

玲斗用力摇了摇头,表达着内心的焦急。"您这么说,我更不踏实了。一直这样被蒙在鼓里,我都不知道为什么要跟千舟姨妈来这里了。"

"千舟女士肯定有她的考量。"

"我也不是完全没有自己的想法。关于千舟姨妈和柳泽家的事,我很希望能再多了解一些。拜托您了,请您跟我说说吧。"玲斗低头鞠了一躬。

"您不要这样,其他客人会看到的。好吧,我就和您简单讲讲。"桑原瞥了一眼周围,靠近了一步,"这家酒店会停业是因为……"他将声音压得更低了,"他们想要把千舟女士留下的颜色彻底抹去。"

"颜色?"

"对。"桑原直直地盯着玲斗的眼睛,"创建这家酒店的总负责人是千舟女士,这件事您知道吧?"

"我听说过。我还了解到,这也成了柳泽集团进入酒店管理领域的契机。"

"那就好解释了。总负责人不仅要协调各个部门,还要决定酒店的发展理念。基于此,千舟女士提出了许多创意,比如,"桑原指着地板,"我们现在所在的夹层。您知道这家酒店为什么有夹层吗?"

"啊……"玲斗回头看了看身后的土产店,"难道不是为了卖名产吗?"

"不是的。相反,商铺是决定了建夹层后为有效利用空间才设置的。之所以设计夹层,为的是加入坡道。"

"什么?"玲斗将视线投向坡道。

"酒店的餐厅和自助早餐区都设在二层。您想象一下,客人们用完餐后会做什么?无非是回房间休息或者出去走走,对吧?可无论哪一种,基本上都只有一个目的地,那就是电梯间。于是,客人们就会聚集在那里,尤其是早上。如此一来,那些坐轮椅的客人就会有诸多不便。如今，我们对于残障人士的理解已经非常普遍了，可四十年前不一样，那时他们无论在哪里都抬不起头来。所以，千舟女士就想到了修一道缓坡。如果不用电梯就可以下到一楼，那么即便是人多拥挤的早晨，行走不便的客人也可以在用餐之后轻松地到外面去游玩。可这也带来了一个问题，如果坡道从二层直接下到一层，要想确保坡度足够平缓，距离就会特别长。因此，夹层就派上了用场。通过在一二层之间加入夹层，坡道就可以在中途迂回并下延。这块地方由此而来。"桑原又指了指地板。

"原来如此。"玲斗投过视线。

"刚刚我也提到，四十年前并没有什么无障碍设施的想法，很多人都反对这种设计，认为浪费预算。可千舟女士坚持说要为老年人和身体不便的客人着想，一步也没有退让。"

"这样的客人……很多吗？"

桑原露出温和的笑容，缓缓摇了摇头。"那时的客人绝大多数是年富力强的青壮年，即便已经退休，大多也对腿脚很有自信，箱根本地的风气也是如此，所以他们并不需要坡道，但千舟女士看得更远。"

"更远？"

"她看的是二十年、三十年以后。当时她是这样说的：'我希望等到如今的客人未来上了年纪，即使脚力大不如前甚至只能靠轮椅出行，也能在我们的酒店度过舒适惬意的时光。'"

玲斗脑海中浮现出晚餐时千舟发出的感叹："对到访的每一位客人报以至高无上的礼遇，让他们发自内心地产生'好想再来啊''希望每年都来这里住'的想法，才是创建这家酒店的宗旨。"

"千舟女士的愿望一直没有改变过，她的经营理念成了柳泽集团日后开展酒店业务的支柱。我所说的颜色指的就是这个。"

玲斗回想起在网上看到的关于千舟的信息——她在业内曾被尊称为"女帝"。

"然而，现任社长不满意这种颜色，对吧？"

"与其说不满意，不如说想让集团焕然一新。其实，组织架构的顶层管理者大多如此。去除前任的色彩，让一切还原成一张白纸，再涂抹上自己喜欢的颜色，这再正常不过了。反过来说，如果一个人没有这样的野心，也没法坐到那个位子上。将和社长并非不明事理，他同样想要珍视每一位客人，且信念之强不亚于千舟女士。但他们的思路不同。比方说，都要为残障人士提供顶级服务，将和社长便不会修什么坡道，而是会单独加装一部轮椅优先的电梯，从商业角度考虑这也的确更加合理。将和社长的颜色即是如此。倘若颜色不同，他会用自己的颜色将其盖住；如果盖不住，便只好彻底抹去。事情就是这样。"

柳泽将和在晚宴时说过的话在玲斗记忆中复苏了。原本打算径直向前，可前面立着一道高墙，是向左还是向右？将和的答案是在前面的墙上打开一个洞口，开拓出一条坦途，他不甘心沿着他人铺好的路前行，而是要亲手开辟出属于自己的道路。

"柳泽酒店的颜色难以覆盖，所以才要彻底抹去，这就是将和先生的判断，对吗？"

"这里是千舟女士汗水和心血的结晶，根本不可能被轻易覆盖。将和社长那种装一部轮椅优先的电梯就万事大吉的思路，根本承载不了千舟女士对客人的体贴之心。只有慢行于缓坡，才能用心感受窗外的风景。"

玲斗望了一眼沿坡道装设的玻璃窗。"原来那些窗户还有这层用意……"

"本打算简单聊聊，没想到说了这么多。"桑原抬起手看了看手表,"差不多可以了吗?"

"您已经放弃了吗?事情已经无能为力了吗?"

"我只是打工的,无法违背高层的决定。听千舟女士的口吻,估计如今她已经放弃了坚持下去的念头。我曾满怀期待,以为千舟女士这次来访是想激励我们,决定抗争到底……"桑原双目低垂,自言自语般说道,又突然抬起头摆了摆手,"对不起,这句话您就忘掉吧。千舟女士已经尽全力了,这一点我非常清楚。"

"啊……好的……"玲斗犹豫着是否要把晚宴后发生的事情说出来——千舟本想在高层会议上据理力争,但在对方的敷衍下,她连说话的机会都没能得到——转念一想,这件事千舟都还没说,他又何必多嘴。

"对了,房间里的露天浴池,您享用过了吗?"

"还没有,我一会儿回房间享受享受。"

"今晚是个好天气,晴朗无云,夜空一定很美。愿您度过身心舒畅的时光。"

"谢谢您。"

"那我就先回去了。"桑原点头致意,沿缓坡上楼而去。

玲斗在酒店里转了一圈,回到房间,在淋浴间冲洗后来到玻璃门外。桧木浴池里,温泉水早已满溢。

玲斗缓缓探进脚尖,直到温泉水没过肩膀,靠在池边仰望。正如桑原所说,今夜无云。望不到繁星,但弯月如钩,悬挂天边。四天后就是新月了,从明晚开始的一周都有人预约祈念。必须振作起来,玲斗在水里攥紧右拳。

17

翌日清晨,玲斗来到自助早餐区,环顾一周后在一张四人桌边发现了千舟。他走上前问候道:"早上好。"

"早,睡得好吗?"

"泡完温泉,我在床上躺了一会儿就睡着了。"

"年轻就是好啊。"千舟的语气似乎有些有气无力,或许昨晚睡得不太踏实。

玲斗双手端着托盘去取餐,边走边看冷餐盘和加热器里的菜肴。日式、西式、中式一应俱全,看起来都很美味可口,他简直想全拿过来,眨眼间托盘就装满了美食。刚想先取这些,咖喱锅出现了,是昨天看到的清晨咖喱。这个必须尝一尝,他盛了满满一碟米饭浇上咖喱酱,摞在托盘上回到桌旁。

千舟睁大眼睛问道:"这么多,能吃完吗?"

"我会靠坚强的意志吃光的。"玲斗拿起叉子,打算先吃煎蛋卷,无意中瞥到了千舟的托盘。"咦?"

"怎么了?"

"没什么,那个……您也取了咖喱啊。"

千舟的碟子一侧盛着一点咖喱饭。"我不能吃吗？"

"当然不是，只是我原以为您不吃咖喱饭。"

千舟表情瞬间柔和了许多，将一勺咖喱饭送到嘴里。"这个咖喱里藏着很特别的回忆，还是在酒店开业之前……"

"真的吗？是怎样的回忆？"玲斗放下叉子挺直了后背。

"那时每天要对工作人员进行岗前培训，还必须在短时间内做各种准备工作。从清晨到半夜，工作多得做不完，就连吃饭都觉得是在浪费时间，于是我们就准备了咖喱饭。这样可以很快吃完，餐具收拾起来也轻松。厨师长亲自选取食材、调试味道，终于制作出每天吃都不会腻且营养均衡的咖喱酱，在员工中大获好评。酒店开业后，大家依旧对那个味道念念不忘，有人提议把咖喱饭加入客人自助早餐的菜单。尝试后发现深受欢迎，每天锅中的咖喱都会被一扫而空。之后几十年，咖喱饭一直备受喜爱。"

"这样啊。"玲斗盯着眼前的咖喱饭，心想连早餐的一道饭菜都有着这样的故事。

"这一经历对我们来说是巨大的启示。"千舟继续回忆道，"为客人提供让我们也欲罢不能的食物，加以引申，就是为客人提供我们最想享受的服务。我们重新认识到，这才是服务的核心。从那以后，当我们思路不清晰时，就以这一条为第一准则。"

玲斗不禁想起昨晚与桑原的对话。千舟的颜色一定就是由这些点点滴滴构成的。

"有什么不理解的吗？"千舟的表情中带着一丝疑惑。

"没有，我只是觉得学到了很多。"玲斗吃了一大口咖喱饭。香辣的味道回味无穷，新奇与怀旧这两种相悖的感觉竟在这咖喱中完美交织在一起。

"如何？"千舟问道。

"好吃，这个味道真的每天吃都不会腻。"

"对吧？一定是这样。"千舟心满意足地点了点头。

吃过早餐，千舟取来一杯咖啡，打开手账。"今晚开始有访客来祈念，预约情况了解了吗？"

"了解了。"玲斗从口袋里掏出手机，"今晚是津岛秀次先生。"

"津岛家代代都和柳泽家有很深的交情。有一件事需要注意，津岛先生腿脚不太方便，恐怕难以独自走到神楠那里，要搀着他过去。如果有人和津岛先生同行，让那个人陪着去也没关系，但有一个条件，就是陪同前往神楠的人和津岛先生不能有任何血缘关系。津岛夫人可以过去，但他的子女或兄弟姐妹不可以。我已经对他说明，以防万一，你要做好确认。"

"好的。看来有没有血缘关系相当重要。"

千舟好像没有听到，默默低下头看起手账。玲斗耸了耸肩。"还有一件事，周六的祈念由我来接待。那晚你要去一个地方。"

"哪里？"

"到时再告诉你。不远，在东京市区。"

"周六晚上是新月吧？"玲斗在手机上确认日程，看到新月夜预约祈念的访客名字后心下一惊。是饭仓孝吉，那位在公共浴池遇到的老者。饭仓上次祈念是在去年八月，这次重访旧地，难道发生了什么事吗？

"有什么问题吗？"千舟问道。

"没有。我知道了，周六晚上我会做好外出准备。"

"辛苦了。"

"对了，接下来有什么安排吗？"

"照常。退房后我们就回东京。"

"这就回去了？"

"今天还有很多事情需要处理，清扫神社，晚上还有祈念，必须提前做好准备。难道你还打算在箱根游览一番？"

"我倒是没想过……"玲斗回答得含含糊糊，没有勇气说出"打算过"。

一个小时后，玲斗和千舟乘上了浪漫号特快列车。望着向身后飞驰的风景，玲斗暗想，今后要是有人问他有没有去箱根玩过，该怎么回答呢？当然，这次箱根之行并非毫无收获。他又加深了对千舟的了解，况且旅行包里还装着在土产店买的清晨咖喱呢。

这天夜里，津岛秀次按时赴约。这位老人像枯枝一样干瘦，个子不矮，但因驼背略显瘦小，看样子他没有拐杖很难行走。一位像是津岛夫人的女士陪同前来，津岛没有拄拐杖的那只手扶着她的胳膊。为证明身份，女士给玲斗看了护照，上面的照片显得年轻一些，但能看出是她本人。

津岛夫人希望陪丈夫一起去神楠，或许其实是津岛的要求。玲斗走在前面引导，不时要站住稍作等待，因为津岛夫妇步伐十分缓慢。终于，三人来到了神楠祈念入口。

"啊！是这里，是这里！真令人怀念！"进入树林之后没走几步，津岛便感叹起来。

"您来访过吗？"玲斗问道。

"年轻时来过几次。我父亲去世后，我就赶来祈念了，第一次什么都没弄明白。这跟我父亲的性格太倔有关，但更多还是应该归咎于我脑袋太笨。直到最后全部消化掉，不知道来了多少次。"津岛笑了，笑声听上去略带嘶哑。

"您以前应该是满月时来的吧？"

"对，新月祈念今天还是第一次，有些紧张。"

"千舟女士不是说了吗？你啊，不要说多余的话。"

"这么几句没事的，对吧？"津岛似乎在征求玲斗的意见。

"没事。"玲斗答道。

来到神楠跟前时，津岛像是邀功一样抬高声调对妻子说道："好大啊！怎么样，我没说错吧？"

"嗯，真壮观！"

地面上爬满了树根，这让津岛走起来更加蹒跚。玲斗和津岛夫人从两侧搀扶，费了好大一番功夫才将他扶进树洞，坐到烛台前。玲斗立好蜡烛点燃。"您预约的祈念时间大约是一个小时，可以吗？"

"嗯，足够了。"

"好的，快到时间时我会在这边恭候您。结束后摇这根绳子，铃铛就会响。"玲斗握住旁边悬着的绳子。

绳子的顶端系着一个铃铛，只要一摇就会发出声响。这一装置平时收在值班室里，有行动不便的访客前来祈念时才会像今晚这样装在树洞里。上午在从箱根回来的列车上，千舟第一次告诉玲斗，让他提前装好。

玲斗和津岛夫人回到院内。夜风微凉，玲斗邀津岛夫人到值班室里等候。他泡了一壶焙茶，将茶杯斟满递了过去，津岛夫人礼貌地道谢。

"您先生虽然腿脚不方便，但身体看起来很硬朗。"

"他要是听到了，肯定很开心。"

"一定可以长命百岁。"

"真是那样就好了……"津岛夫人微笑着捧起茶杯。

"您家有几个孩子？"

"两个，一儿一女。怎么了？"

"真让人羡慕。我父母都走了,也没有兄弟姐妹。"

"这样啊。"津岛夫人眨了眨眼睛,目光中流露出几分同情。

玲斗走出值班室在折叠椅上坐下。若是往常,他会举着手机看视频或玩游戏,可今晚他没有那个心情,陷入了沉思。

约五十分钟后,玲斗和津岛夫人回到神楠附近。不久铃铛声传来,玲斗走近树洞,只见津岛单膝跪地,似乎很难自行起身。

"您辛苦了,祈念顺利结束了吗?"

"嗯,结束了。"津岛如释重负。

玲斗吹熄烛火,和津岛夫人一起扶起津岛,打开手电筒小心翼翼地走出树洞。"接下来我一个人就可以了。"津岛夫人说道。于是玲斗独自走在前面。

"怎么样?"津岛夫人小声问道。

"嗯,算是豁出这条老命祈念了。"

"真的能传达吗?"

"谁知道呢。"

"让谁来呢?雅人吧?"

"雅人一定要来,我还想让美代子也来。"

"什么时候呢?"

"这要看他们自己了,总之得等到我死以后,在那之前绝不能和他们说祈念的事。"

"知道了,都听你唠叨多少遍了。"

玲斗缓步向前,一次也没有回头。对于津岛夫妇来说,这段对话就算被别人听到,他们或许也会一笑置之;但是作为神楠守护人,玲斗必须装作什么也没听见。

18

周六上午千舟发来了当天的安排。邮件中写道:"我用你的名字预约了位于涩谷的柳之酒店,晚上八点前要办理好入住手续,明天上午十一点退房,在那之前把房门钥匙归还至前台。费用无须担心,住宿期间可以自由行动。"

玲斗觉得简直莫名其妙。柳之酒店是柳之公司在首都圈及周边区域经营的商务酒店,千舟说住宿期间可以自由行动,但到底想让他住在那家酒店做什么呢?他忍不住给千舟打了电话。

"什么事?"电话马上接通了,千舟平淡的声音传了过来。

"我想问一下今晚的事。光看您的邮件,我完全摸不着头脑。我到底需要做什么?"

无奈的叹息声传来。"你不识字吗?不是写着'可以自由行动'吗?"

"这个我能看懂,但我该做些什么……"

"想做什么就做什么,一直在房间里玩游戏也可以。"

"特意跑到涩谷的商务酒店玩游戏?"

"不是让你必须玩游戏。想玩就去玩,如果想不出要做什么,就约女朋友出来吧。"

"我没有女朋友……"

"那就叫上几个好朋友、坏朋友、一起玩的朋友,这些总有吧?哦,对了,我晚饭后去神社,我有备用钥匙,你可以放心出门。祈念的准备由我来做。"

"真的想做什么都行吗?"

"真啰唆。还有事吗?我现在很忙。"千舟没有给玲斗留下回答的时间,挂断了电话。

玲斗困惑不已,但也只能听从指示。他看着手机屏幕叹了口气。

倒不是没有可以约出来的人,玲斗眼前浮现出几个:高中时的好友、一起打过工的同伴……但和他们有一阵子没联系了,一想到还要解释一番就觉得麻烦。对方要是问起他现在在做什么,他只能回答在守护神楠,可任谁听到这样的回答都不可能立刻明白。

玲斗突然想到了佐治优美。自从上次从青柠园回来,他们还没有联系过。直接约她出来恐怕很难,好在还有一个绝佳的借口——想了解事情进展。他迅速拿起手机写好短信:"今晚我去涩谷办事,要不要一起吃个饭,开作战会议?有些事情想和你沟通。"他重读了一遍,思索起来。打字时他留意着千万不要暴露自己的心思,但这几句话是否行得通,他完全没信心。犹豫再三,他终于下定决心发了出去。若优美看出他别有用心而反感,到时再解释也不迟。况且,男人邀女人吃饭,怎么可能毫无他意?

玲斗等待着回复,心想就算优美对他不反感也会拒绝吧?今天是周六,若有男朋友,肯定早就约好见面了。这时,铃声响起。玲斗看了一眼屏幕上出现的文字,心情瞬间明朗起来。短信写着:"正好我也有事告诉你,你定时间和地点吧。"

玲斗慌忙查找柳之酒店周边，选中了一家咖啡厅。他在短信中添加好地图链接，询问对方下午六点半是否可以，很快收到了肯定的回复。玲斗挥了下拳，转眼间变得极度亢奋，决定傍晚前做完所有工作。那个刚刚还在为如何度过一晚而不知所措的他如幻影般无迹可寻了。

柳之酒店距离涩谷站徒步大约十分钟，从青山大道的岔道口往里一走便能看到。建筑规模并不大，正门看上去非常朴素，设计却颇具匠心，外观并不像是商务人士出差时匆匆住上一晚就离开的地方。

入住手续比玲斗想象中还要简便得多，在前台报上姓名、在住宿单上签好字，便拿到了房门钥匙。前台告知费用已经结算，退房时只须把钥匙投进前台旁的回收箱即可。

和优美见面的时间还早，玲斗决定先到房间里看看。与柳泽酒店不同，这里没有服务员引导。

打开房门，首先映入眼帘的是墙壁一侧的衣橱，橱门是一面穿衣镜。玲斗看了看镜中的自己，感觉还不错，不禁得意起来。今晚住的是商务酒店，所以玲斗穿了西服。和防寒服一样，这身压箱衣的使用频率也不低。

玲斗把外套挂到衣橱里的衣架上，环视室内。首先让他感到惊讶的是房间布局的紧凑感，桌与椅、椅与床之间的空隙仅有一人宽。玲斗觉得，将这里与柳泽酒店相比实在有些可笑。同样称为酒店，竟有天壤之别，他觉得大开眼界。

玲斗脱掉鞋，躺倒在床上，再次观察四周。左右的墙壁似乎有些异样，仔细观察总算看出了端倪——这个房间两侧的墙壁不平行，整体并非一个规整的长方形。玲斗想不出这样的形状有什么好处，设计成这样想必是无奈之举吧，大概是为最大限度地利用空间。他似乎能察觉柳泽将和对合理性的注重。

尽管如此，不规则的形状并未影响房间的舒适度。房间虽小，宽度在一米二以上的双人床却足够大了。枕畔集中了所有照明和空调系统的开关，躺在床上便可以操控所有电器。液晶电视安装在床尾一侧的墙上，稍稍起身便能从正面看到。对于疲惫不堪的商务人士来说，住在这里不必浪费一分多余的体力，实属难能可贵。

玲斗发现床边有台冰箱。他突然有些口渴，于是下床打开了冰箱门，里面竟然是空的，而且没有通电。他正纳闷，看到冰箱门下面有电源开关。酒店的意图大概是客人想用冰箱时可以自己接通电源。这又是合理性思维的展现——省电。

玲斗隐约明白了千舟让他住在这里的目的，或许是希望让他通过比较柳泽酒店和柳之酒店，意识到她和柳泽将和理念的差异。的确，他现在已经清晰感受到这两人之间的巨大不同，但他还有一个疑问：千舟让他知道这些有什么意义呢？

玲斗打开桌子的抽屉。里面除了住宿须知和服务指南还放着一本小册子，标题是"待客之道，与心共存——柳泽集团的沿革"，第一页是柳泽将和的照片和开篇语。他随意翻了几页，抬头看了眼挂钟，赶忙合起。已经过了六点十五分，他迅速起身拿出外套。

幸好走得快，玲斗赶到约好见面的咖啡厅时比约定时间还早了约五分钟。他在角落的位子点了冰美式，没过多久优美也到了。她今天穿着白色夹克，没有搭配牛仔裤，而是配了塑身短裙和深棕色长筒靴。

"久等了。"优美脱掉夹克，坐到玲斗对面。

"不好意思，临时约你出来。"玲斗先道了歉。

"完全没关系。你有事来涩谷？工作吗？"优美看到玲斗今天穿的是西服。

"算是……工作吧。我姨妈托我来的。"

得知玲斗的工作就是在指定的酒店住一晚，优美惊讶地眨了眨眼。"什么？还有这么轻松的工作啊！"

"我也不清楚到底算不算工作。总之，今天晚上时间很宽裕。"

"嗯……对了，晚餐定在哪儿？预约了吗？"

"我想了几个备选，还没有定下来，打算先和你商量商量……"玲斗拿起手机。

"去我知道的一家意式餐厅吧，就在附近。"

"意式？"

"对，你不喜欢？"

"我没问题。说实话，我对涩谷不太熟……"实际上，不仅是涩谷，玲斗不熟悉的还有新宿、六本木、池袋，更不必说银座了，他稍微熟悉点的地方只有船桥。

"好，咱们走吧。"优美站起身。

玲斗迅速喝光了冰美式。

那家店位于宫益坂旁一座建筑的二层。店内灯光明亮，装饰和摆设都很时尚。店面并不宽敞，但桌椅布局显然精心设计过，聊天时不必在意邻桌的人。接过菜单一看，玲斗蒙了。他很少来这样的餐厅，或者说几乎就没来过，以前聚餐不在居酒屋就在拉面馆。刚才在咖啡厅，他说想了几个备选，但根本没考虑意式餐厅这类选项。他觉得没必要不懂装懂，对优美照实说了。

"那我就看着点几样。"优美叫来服务员，拿着菜单娴熟地说了几个玲斗听都没听过的菜名。玲斗暗想，她和男朋友约会时会不会也像现在这样掌握主动权呢？

"喝点什么？"优美问道。

"你要什么？"玲斗本想说"柠檬烧酒"，但又打消了念头。

"起泡葡萄酒。"

这个回答超出了玲斗的认知。"那……我也要那个。"颜面算是保住了，玲斗开始想起泡葡萄酒到底是什么。自己以前倒是喝过几次客人剩下的香槟。

"那么，"点完餐，优美坐直身子，"谁先说？"她似乎打算立刻开始作战会议，也难怪，她就是为此而来。

"谁先说都行。"

"那我先来。"优美把一旁的包放到腿上，"今天我去看望奶奶了。"

"是吗？我记得她住在一家看护机构，对吧？你一个人去的？"

"嗯。好久没去了，有点想念奶奶，也想顺便问喜久夫伯伯的事。"

"她说话……清楚吗？"

优美失望地摇了摇头。"别提说话了，感觉她连我是谁都不知道，叫了我两次老师，还对我用敬语，好像以为我是她上学时的老师。"

"你心里肯定很难过吧？看来也没有问喜久夫先生的事？"

"我试着问奶奶记不记得喜久夫伯伯，她一点反应也没有。我说的话可能根本没进奶奶的耳朵。"

"啊……"

服务员端来了酒，两人先碰了杯，互道一声"辛苦"。玲斗喝了一口，惊讶地发现竟这么好喝。

"但不是一无所获。机构里存放着奶奶的私人物品，我请求工作人员让我看了看，找到了一本旧相册，里面有这样一张照片。"优美从包里取出手机，划了两下后将屏幕转向玲斗。

画面上显示的是一张黑白照片，上面映着两个少年，看上去都是小学生。从身高和相貌来看，两人相差两三岁，个子高的少年估计在上五六年级。"你不觉得那个矮一点的男孩像谁吗？"优美两根手指一滑，放大了少年的面庞。

　　玲斗凝视了一会儿，反应过来。"难道是你父亲……佐治先生？"

　　"回答正确。那么，旁边这个呢？"

　　"喜久夫先生？"

　　"估计是。相册里贴了很多这两个孩子的照片，有七五三节①时拍的纪念照、小学入学典礼照，还有一张这样的。"优美调出另一张照片。

　　这同样是一张黑白照片，一个看似喜久夫的少年和一个成年女子站在一起。喜久夫应该已经上初中了，白衬衫配领结，胸前捧着一束花。女子长着典型的日本女性面庞，穿着和服。

　　"这个女人就是我奶奶，跟如今已经判若两人，不过肯定是她。我奶奶年轻时很美吧？"

　　"很美。"玲斗正纳闷为什么喜久夫会捧着鲜花，突然发现这对母子身后的东西，小声自语，"三角钢琴……"

　　"你也注意到了吧？你觉得这是在什么场合拍的照片？"

　　"钢琴会演或比赛？"

　　"我也这么认为。"优美把手机屏幕转向自己，"这个演奏厅还不小呢，绝不是学校的音乐教室。"

　　"那么喜久夫先生小时候认真地学过钢琴。"

　　"应该没错。伯伯为什么会和爸爸分开呢？这其中一定有故事，

---

① 日本传统儿童节日，每年11月15日，3岁和5岁的男孩以及3岁和7岁的女孩会穿和服随父母到神社参拜，祈求平安长大，参拜后通常会到照相馆拍纪念照。

175

但爸爸连我和妈妈都不愿告诉。"

服务员端来了第一道菜——意式薄切生鱼沙拉，放在了桌子中央。玲斗不知所措地盯着盘子，优美见状分到了两个餐碟中。

"索性直接问问你父亲，怎么样？"玲斗叉起一片生鱼片放到嘴里，从未体验过的味道令他不禁感叹："真好吃！"

"问什么？怎么问？"

"问他哥哥的事啊。你可以让他多说说伯伯的事情。"

优美略显不满地皱起眉头。"这不是重点啊。"

"什么？"

"我最想知道的是住在吉祥寺的那个女人的事，想要查清楚她和我爸爸的关系。虽说喜久夫伯伯的事情也想了解，可优先级并不是最高的。"

"两个是一码事吧……喜久夫先生的事情水落石出，你父亲和那个女人的关系也就清楚了。"

"你为什么这么肯定？也许伯伯的事和那个女人根本没关系。"

"那也没什么问题啊。到时再单独调查那个女人就好了。"

优美放下叉子，叹了口气，好像在说"你还是不明白"。"如果让我爸爸说伯伯的事，他一定会起疑心，反问我为什么现在来问。如果他问我是怎么知道他有个哥哥的，我该怎么回答？"

"那就想想办法。比如给他看看那张照片，说你是在奶奶的旧相册里看到的，想知道和他站在一起的孩子是谁。"

"就这样？你觉得我爸爸会老老实实地交代清楚一切吗？他对我和妈妈隐瞒至今，一定有自己的理由，肯定会想办法敷衍过去，比如告诉我那是儿时玩伴什么的。就算他承认，只要说哥哥小时候去世了，也就没有下文了。总之，最后该不知道的还是不知道。"

"那把在青柠园打听到的都……"玲斗愁眉苦脸起来，"都不能说出来。"

"他会追问我为什么会知道青柠园,可我又不能提起你和神楠。"

"没错。"玲斗挠了挠头。

优美再次拿起叉子。"我也想过很多次直接问,可我用不同的口吻模拟对话,最后的结论都是风险太大。爸爸一定会起疑心,或许还会怀疑我监视了他。在弄清他和那个女人的关系之前,我必须尽量避免和他提起这件事。"

"我明白了。"

意式薄切生鱼沙拉之后是意式炸甜虾,看起来和天妇罗差不多,玲斗不知道两者到底有什么不同。

"轮到你了。"优美说道。

"啊?"

"我说完了,接下来该你说了。"

"哦……"玲斗喝下一口酒润了润嗓子,"关于祈念,有了一点新的进展。"

"哦?"

"祈念大概就像是留下遗言,是一种让人在生前给子女或其他人留下信息的方法。"玲斗讲述了几天前听到的津岛夫妇的对话。"雅人和美代子大概是他们的孩子,津岛夫人问是否真的能传达,津岛先生说雅人一定要去,还想让美代子也去,这说明他想传达给两个孩子,还说得等到他死后才能让子女去。他们指的难道是遗言吗?"

"等一下。留下信息是在哪儿留、怎么留?把写好的遗书放到神楠里,然后离开?"

"不,我觉得是真正的祈祷。心里默念的事会留在神楠里,拿电脑打比方，神楠就像存储媒介，但只有拥有血缘关系的人才能访问这个媒介，把存储的信息读取出来。"

优美像在看可疑的东西般盯着玲斗。"你是认真的吗？"

"从来没有这么认真过。根据那些祈念的人的情形推断，只有这一种可能。"

"如果你说的是真的，那可是不得了的超自然现象。"

"没错，就是超自然现象。普通人没有心灵感应能力，而神楠充当了媒介。"

优美用力摇头。"不可能，我不相信。"

"为什么？"

"如果真的发生了这种事，媒体会置之不理吗？谣言肯定早就传开了。网络、社交媒体不闹得沸沸扬扬才怪。"

"正因如此，为避免这种事情发生，神社才立下严格规矩。并不是谁都可以去祈念，我姨妈只让她许可的人去。她一定在细心观察，看哪些人可以真正保守秘密。"

"话虽如此，可管得过来吗？一两个人还好，不是已经有很多人祈念过了吗？无法保证每个人都老老实实地守规矩吧？"

"那我问你，你知道米老鼠的真实面貌吗？"

"啊？"优美皱起眉，"你在说什么？为什么要提起米老鼠？"

"你应该不知道东京迪士尼乐园的米老鼠是什么人扮演的吧。因为他们内部有规定，绝对不能公开。不仅是米老鼠扮演者本人，所有知道其真实身份的人都必须在合同上签字，如果违反规定，就要被罚一大笔钱。你看到过有人破坏规矩，在网上曝光米老鼠吗？没有吧？订下严格保密的契约并非不可能，而且就算有人不小心说漏了嘴，如果听到的人不相信，自然也不会流传开，顶多被当成都市传说。像这类传闻，如果没有多名直接当事人做证，就不能被认定为事实。"玲斗情绪高涨,嗓子都干了。他拿起玻璃杯,将水一饮而尽。

优美似乎依旧无法信服,扬起下巴轻轻点了点头。"玲斗,你的口才真不错。"

"谢谢。"没想到获得了优美的夸奖,玲斗不禁有些不自在。

"听了你的解释,我稍微明白了一些。"

"你愿意相信神楠的力量了?"

"还不能完全相信,但我隐约觉得这种事说不定也有可能。"

"太好了。"

"不过,遗言写在纸上不就行了?有必要弄得那么复杂吗?"她叉起意式炸虾,像举话筒一样指向玲斗,"请问,关于这一点,您作何解答?"

"问题就在这里。神楠遗言和普通遗言的不同之处目前还不清楚,但有一点可以断定,佐治先生来祈念是为了接收哥哥留下的信息,这一点千真万确。"

优美转动着黑黑的眼珠,咬下甜虾默默咽下,直直地盯着玲斗,问道:"如果真像你说的那样,为什么一次不行?爸爸每个月都去祈念,经常一去就是连续两天。如果只是接收信息,有必要去这么多次吗?还有,他哼的那首歌又是怎么回事?"

面对优美一连串的提问,玲斗无法招架。"很遗憾,我一个也答不出,但我认为一定能够找到合理的解释。"

优美没有露出理解的神情,但刚刚的不满已消失不见。她轻轻点了点头,似乎开始赞成玲斗去破解祈念的真相了。

之后,两人品尝了海胆酱意面和玛格丽特比萨。结账时,玲斗看到金额,心差点跳出来,好在优美说了一句"平摊就好"。即便如此,一顿饭要花费三千多元也是玲斗有生以来头一遭,看来和这位大小姐交往恐怕难度太大。

离开餐厅没走多远,优美停下了脚步。沿着她的视线望去,玲斗明白了她停下的原因。眼前是一座立体停车场。

"难道那就是……"

"嗯,"优美点了点头,"爸爸每次就把车停在这里。"

玲斗环视周围,来来往往的行人摩肩接踵。"出轨不大可能,我觉得你父亲没有对不起你母亲。"

"为什么?"

"把车停在这种地方,然后和情人一起去酒店,这太不合理了。这里来来往往这么多人,很容易被熟人看到。除非一点都不在乎,否则没人敢这么做。"

优美做了个深呼吸,说道:"我也希望如此,我想相信爸爸。"

"有点意外啊。"

优美诧异地抬起头问玲斗:"为什么意外?"

"没什么,我还以为你坚信你父亲有了外遇,一门心思要找到证据呢……"

"说什么傻话呢。什么叫一门心思?哪有女儿想让父亲出轨?"

"说得也对。"

二人继续前行,这一次是玲斗停了下来。"我住的酒店在那边。"他指了指和去往车站方向相反的路。

"好的,那今晚先到这里吧。"优美用右手指了指玲斗,"我准备好窃听器以后再联系你。"

玲斗苦笑道:"嗯,我知道了。"

互道晚安后,两人分开了。玲斗看看表,刚过九点,心想优美要是和男朋友在一起应该会待到更晚吧。他迈步朝柳之酒店走去。

19

看到树林中透出手电筒的亮光,玲斗从椅子上站起,快步走向披着大衣、围着围巾的男人。"您辛苦了。祈念还顺利吗?"

"托你的福,很顺利。"男人笑容柔和,"烛火我已经熄灭了。"

"谢谢您。您回去的路上还请注意安全。"

"下下个月我打算再来一趟,到时还要麻烦你。"

"我知道了,届时我会在此恭候您。"

男人转身朝台阶走去。目送他的背影消失后,玲斗进入树林。神楠里与平常无异。烛火已经熄灭,烛台前的信封里装着一张万元纸币。玲斗拿着烛台小心翼翼地走出了神楠。

住在柳之酒店的那晚是新月夜,已经过去了三天,其间每晚都有访客前来祈念,从明天开始便暂时无人预约,下一次祈念的客人来访是一周后将近满月的时候。

祈念到底是怎么回事,玲斗相信他的推理应该没有错。通过这三天看守神楠,他对此更加深信不疑。前来祈念的人大多是看起来已经退休的老人,他们或许意识到人生即将走到终点,想对子女说些什么也不足为奇。但这应该与普通遗言不同。像优美所说，若只是遗言，写下来就好，对其他人来说也更具说服力。如果只给特定的人留下遗言，一旦因遗产继承等问题产生分歧，祈念也发挥不出任何作用。

像今晚那个男人一样定期多次前来的访客，也很难理解。听说有人会反复修改遗言，但如果没有特殊情况，大概没人会这么做，至少不会计划下下个月一定会来修改遗言。然而，玲斗查阅祈念记录，同一个人多次在新月夜来祈念的情况并不少见。他很想问千舟，但知道千舟肯定不会回答，顶多只会说"你的着眼点很好，继续加油吧"。

千舟这几天一直没有联系他。本以为千舟会询问在柳之酒店的住宿情况，没想到并非如此。千舟为什么要让他在那家酒店住上一晚呢？

回值班室的路上，一滴冷雨落在了玲斗的脖颈上。天气预报说明天天气不好，没想到雨这会儿就下起来了。

雨势渐猛，玲斗钻进被窝时已经可以听到雨滴敲打地面的声响了。天气预报还说，明天一天将持续降雨。玲斗叹了口气。雨天既不能清扫神社，也无法打理神楠，看来一天都要闲下来了。他闭上双眼，心想很久没有看过电影了，不如去看一场。这时，一个念头闪过——要不约优美出来？但他立刻打消了。他明知道这不切实际，但当幻想破灭时还是会感到失落。

雨连下了两天，其间玲斗并没有去看电影。一想到还要冒雨走到车站，他就觉得麻烦，这两天的三餐都用便利店的便当凑合，忍着没洗澡。

祈念记录的输入工作停滞了一阵子，趁现在时间充裕，玲斗决定继续，没想到有了新发现。通常某人在新月夜来祈念，与其同姓的人会在一段时间之后的满月夜前来。有时满月夜来的不止一人，比如一个名叫铃木太郎的人在新月夜祈念后，大约一年后的满月期间，铃木一郎和铃木二郎两人连续两晚都前来祈念了。他们应该是铃木太郎的两个儿子，前来确认父亲留下的信息。

玲斗回想起津岛夫妇的对话。津岛曾说："雅人一定要来，我还想让美代子也来。"看来老人想给两个孩子都留下信息，这也是可以实现的。可神楠祈念和普通遗言有何不同呢？这仍是未解之谜。

第三天总算雨过天晴。玲斗来到院子里，立刻感到心力交瘁。枯叶落了满地，紧紧贴附在濡湿的地面上。看来整个上午都要清理这些落叶了。但想得还是过于简单了。平时风会将落叶吹走，台阶上不会留下很多，而现在湿漉漉的台阶上也都是落叶。他这才意识到把叶子吹拢到一处的风竟是如此可贵。

到了下午，终于有时间打理神楠了。玲斗戴上劳保手套，拿起清扫工具走进树林。来到神楠近前，能看到树洞中有人影在晃动。今天不是周末，树洞中湿气又大，但那些唯灵论爱好者似乎并不介意。

一个身穿棕色羽绒服的年轻男人从树洞里走了出来。玲斗感到意外，他本以为那是个女人。看清此人的相貌时，他愣在原地惊呼出声。

是大场壮贵。他也发现了玲斗，微微点头致意。或许是预想到会碰到玲斗，他并不惊讶。

"前几天谢谢您。今天白天来祈念吗？"玲斗问。

"白天祈念不是没用吗？而且还是这段时间。这都是上次那个阿姨告诉我的，她好像姓柳泽？"

"没错，神楠在白天只是一棵普通的大树。因此，那些白天来寻找能量景点的人只能靠这里的氛围来得到满足了。"

"抱歉，我可不能白来一趟。"壮贵挠着头走近，"我有点事想问你，能占用你一点时间吗？就一会儿。"

"问我？"玲斗用食指指着自己的胸脯。

"这里还有别人吗？"壮贵微笑道，低头看向玲斗手中的清扫工具，"一看就知道你很忙，所以只需要十分钟。"

要做的事的确很多，但玲斗对壮贵的问题更好奇。最重要的是，他想从壮贵那里打听出有关祈念的事。身后有说话声传来。玲斗回过头，见一对老夫妇正往这边走，大概是来看神楠的。"别站在这里了，咱们去值班室吧，我只能和您谈十五分钟。"

"麻烦你了。"

一进值班室，玲斗便开始准备茶水，刚把茶壶和茶杯拿出来，便听壮贵说道："我不喝茶，还是那个更好。还有吗？"他指了指办公桌，上面放着一个柠檬烧酒的空罐。

"有……"

"给我那个吧。当然，我不会白喝的。"壮贵从钱包里拿出一张千元纸币，放到桌子上。

玲斗从冰箱里拿出一罐放到壮贵面前，把纸币推了回去。"我请客。"

"那可不行，我占用了你的时间，不想欠你的，再说我都掏出来了，收回去多没面子。你拿着。"壮贵捏起纸币。

"太多了，从便利店买一罐连两百元都不用。"

"还有咨询费。"

玲斗叹了口气。有钱人家的少爷也和常人一样爱面子，没必要伤他的自尊心，玲斗接过了钱。"那我就不客气了。"

壮贵拉起拉环，问道："你不喝吗？"

"现在是工作时间。"

"没事,别人又看不见。"

"雇主有时会突然过来。您喝吧,请别客气。"

"我当然要喝了,钱都给了。"壮贵喝了起来。

"您要问我什么?"

壮贵用手背抹了抹嘴,把酒罐放回桌上。"上次我来祈念时不太顺利,你还记得吗?"

"记得。"

"以前有过像我一样祈念失败的人吗?"

"这……"玲斗歪了歪头,"我只是见习生,做这份工作的时间还很短……"

"就算你没什么经验,总接受过培训吧?应该有祈念不顺利的人过来抱怨,说祈念失败要求退钱什么的吧?你们对于这种情况的处理方法是什么,能告诉我吗?"

"很抱歉,没有教过我这些。神楠守护人只是做些准备工作,绝不允许牵扯到祈念行为本身。香资也不是必须要交,如果不满,直接离开就好,因此也不涉及退钱这种事。"

"我可是放了一万呢!"壮贵噘起了嘴。

"那我还给您吧。"

"我又不是来要钱的!应该还有无法顺利祈念的人吧?我想知道那些人后来是怎么做的。"壮贵敲了敲桌子。

"这我就不清楚了。"玲斗摇摇头。

壮贵咂了一下嘴,伸手拿酒。他摆出一副强硬的姿态,但从侧脸可以看出内心的焦躁——他在因祈念不顺利而焦急不安。

"您接收不到信息吗?"玲斗试探着问道。

壮贵拿着酒罐瞪着玲斗。"信息?"

"听说您父亲是在大约三个月前去世的,您想接收他留下的信息,但是接收不到,对吗?"

"差不多吧,不过福田他们没有用信息这个说法。"

"那是怎么说的?"

"念,他们说是让我来受念。我还在想这是什么意思,看来就是你说的信息之类的东西吧。"

直觉告诉玲斗并非如此。壮贵自以为明白,但念恐怕绝不只是信息。"您稍等。"玲斗操作起一旁的电脑。他记得输入过大场这个姓氏,而且不止一两次。"您父亲叫大场藤一郎,对吧?"

"没错。"

玲斗点了点头。每年正月和盂兰盆节,大场藤一郎都会来祈念,而且每次都是新月当天或前后,最后一次是今年一月五日。令人在意的是,备注栏里写着"有限制"。这样的备注偶尔会出现,但玲斗并不知道含义。他将这件事告诉了壮贵。

"哦,这个啊。"壮贵轻描淡写地回应道,"老爸在遗嘱里指定,可以来受念的人只有我。听说这样一来,其他人就都不能来了。"

"这样啊……"原来还有这种特殊的规定。看来果然可以从壮贵这里打听到不少信息。"的确有人只想传达给自己的儿子。您是独生子吧?"

壮贵微微皱起眉头,似乎被玲斗戳到了痛处,嘟囔道:"老爸非要这样,才弄得这么麻烦。如果别人也可以,我就不用受这么大的压力了,福田他们或许也不会再跟着我。"

"为什么这么说?"

壮贵闻言显得有些迟疑。

玲斗见状马上道歉:"对不起。家里的私事自然不必跟外人说,您就当我没问过吧。"

"没关系。"壮贵跷起二郎腿,喝了一口酒,"也不是什么需要遮遮掩掩的事,和我家公司有点关系的人全知道。简单来说,就是在争公司继承人。明明我当不当其实都无所谓。"壮贵慢悠悠地晃着腿,说了起来。

如今担任匠屋本铺社长的川原基次是已故会长大场藤一郎的外甥。大场家历来都是长子或长女的丈夫继承家业,可藤一郎的第一任妻子没有留下孩子就因病去世了,壮贵的母亲是第二任妻子。因很晚才再婚,藤一郎等到长子终于出生时已将近六十岁了。十年前,藤一郎由于身体状况不佳让出了社长一职,那时壮贵才十二岁。随后,藤一郎的病情急剧恶化,频繁住院。大约两年前,医生宣告剩下的时间不会太长了。

这样就不得不考虑川原基次卸任后的继承人。基次当时五十六岁,还算年轻,考虑继承人的确为时过早,但有必要先将事业发展的方针确定下来,而拥有决定权的人是藤一郎。

候选继承人有两个:一个是基次的长子川原龙人,三十岁,在大型银行负责法人客户业务,已将回到匠屋本铺工作纳入职业规划;另一个便是藤一郎的独生子大场壮贵,来年春天从大学毕业后,确定会进入匠屋本铺就职。

藤一郎在世时对继承人一事只字未提,对外宣称已将遗嘱委托给了法律顾问。周围的人都猜测遗嘱上写有这位公司首席执行官的真实想法。

三个月前,藤一郎去世,遗嘱公布了,内容却让川原基次和其他董事无所适从,因为没有明确继承人,只写着"为谋求公司进一步发展壮大,所有董事须选出合适的领导者,并不断摸索永世长存的经营之道"。

"老爸真是不负责任,清楚地写出来不就好了?就因为他不写,董事们现在分成了两派。其实连我都觉得龙人继任最合适。他在大银行工作积极，还与好几家企业顺利地开展了合作。我可是一天都没工作过啊！但就是有一帮死脑筋的老古董，满脑子想的都是只有大场家的人才能继承匠屋本铺。而且遗嘱上还写了一件麻烦事。"

"什么事？"

"就是那棵神楠啊！老爸指名让我来月乡神社祈念，还不准其他人参与。福田他们一看到这个就变得异常积极，说这就相当于老爸点名让我当继承人，支持龙人的人便提出祈念结束后再商量。所以，"壮贵仰头喝光了酒，"我必须每个月都来，直到祈念顺利结束。"

"这也不是什么坏事，多来几次说不定就成功了。"

"要是不成功呢？如果总是不成功，该怎么办？"

"那我也没办法……"

"所以我想让你查一查，有没有什么规定是祈念失败多少次后便可以结束。我觉得肯定有吧！否则不就没完没了了？"

"嗯，我知道了，有机会一定帮您问问。"

"拜托了。"壮贵起身看了看表，"正好十五分钟，打扰你工作了，不好意思。"

"我可以问一个问题吗？"

"问吧。"

"听起来，您父母的年龄应该相差很大吧？他们是在哪儿认识的呢？"

"是啊，"壮贵半张着嘴点了点头，"他们差了将近三十岁，我老妈现在才四十多。听说她原来是大场家的女佣，老爸对她一见钟情，然后就开始追求。"

"原来是这样……"

"那就拜托你了。"壮贵穿上羽绒服走出了值班室。

玲斗透过窗户目送壮贵的背影,感到心中有一种难以名状的情绪正在蔓延。每个前来祈念的访客一定都是有故事的人,每个故事也都不简单。神楠守护人只能袖手旁观吗?可不可以伸出援手做些什么呢?玲斗摇了摇头。胡思乱想什么呢?自己还一事无成,有什么本事帮助别人?还是老老实实做好别人指派的事吧。

就这样,几天过去了,满月夜悄然临近。

20

玲斗仰望夜空，叹了口气。今晚的满月称不上完美，左侧轻掩着一抹云彩，若满分一百分，大约在八十五分。本就不该期待今晚有完美的满月，因为明晚才是满月夜。

玲斗坐在值班室门前的折叠椅上，望着神社幽暗的入口。这个季节，在外面守候已感到微寒，他一般会在值班室里等待。前来祈念的访客找不到神楠守护人时，可以摇响神殿的旧铃铛，就像他初见佐治寿明那晚一样。然而，今晚不能在值班室里等。如果佐治懒得摇铃铛，说不定会急匆匆地打开值班室的门。唯独今晚决不能让他看到屋内的光景。

过了一会儿，手电筒的光在鸟居亮了起来，并徐徐靠近，一个人影逐渐清晰，是佐治寿明。他身穿宽松的夹克，围巾毛线帽的装扮，拎着包。

"晚上好。"玲斗问候道。

"今晚真冷啊。"佐治说道，"我还贴了暖贴。"

"真明智。时间还和往常一样，可以吗？"

"嗯，麻烦你了。"

玲斗递过装好蜡烛的纸袋。"已经做好准备了,衷心祝福佐治先生的祈念可以打动神楠。"

佐治接过纸袋,默默地点点头,朝树林走去。

玲斗拿出手机看了一眼时间,十点零五分。确认佐治的身影消失在黑暗中,他走进值班室。"佐治先生去神楠那边了。"

坐在桌旁喝着可可的优美说道:"那咱们出发吧。"她放下杯子站起身来。

"最好再等等。慌慌张张地靠近神楠,万一被发现就糟了。"

"没事,我可不想磨磨蹭蹭,错过关键的地方。"

"心浮气躁是大忌。"玲斗展开右手五指,"五分钟,再等五分钟,反正佐治先生要在里面待上两个小时呢。"

优美显得有些不满,但还是点点头,坐了下来。她也明白欲速则不达。毕竟从某种意义而言,他们接下来的行动与犯罪无异。她从包里取出一台黑色的电子设备,戴好耳机,打开开关转了转旋钮,眉头紧锁。

"怎么样?"玲斗问道。

优美摇摇头,摘下耳机。"不行,在这儿什么都听不到。"

玲斗下意识地咂了下嘴。"看来只能去那儿了。"

优美一言不发,把设备放回包里。

这是她今天第二次来了。第一次是傍晚时分过来预演。玲斗本以为窃听就是把一个类似录音机的东西藏到神楠里,没想到优美拿来了一套真正的窃听系统,分为窃听信号发射器、接收装置和录音设备三部分,不仅可以实时监听,还能完整录音。

"光放台录音机不知道能不能录清楚,万一听不清不就白费力气了吗?既然都这样了,当然要动真格的。"优美说这套窃听系统是租来的,一天的租金要六千元。如果今天没有收获,明天说不定还要接着用。两天得花一万二,优美果然动了真格。

"五分钟到了。"优美起身套上深色厚夹克。

两人出了值班室,向祈念入口走去。玲斗的心情异常复杂——身为神楠守护人,竟做出这种事情。他很矛盾,但还是压抑不住内心的好奇。

进入树林后,两人蹑手蹑脚地走了十几米便停了下来。地上有一根系成圆环的绳子,是事先放在这里的标记。傍晚安装窃听信号发射器时,他们进行了测试,发现信号接收范围比预想中要小得多。说明书上写的是根据使用环境不同,理想情况下接收半径可达一百米。两人试来试去,总算确定这里是最佳接收点,于是留下了绳子作为标记。

玲斗在一旁用手电筒照明,优美则从包里取出接收装置和录音设备,两台机器已经用适配器连接好。优美再度戴好耳机操作起来,突然表情骤变,诧异地皱起眉头。

"怎么了?"玲斗问道。

优美没有说话,摘下耳机递了过来。

玲斗接过戴好,却没有听到任何声音,正觉得纳闷,一阵声响传来。他心下一惊,和优美对视一眼,随后摘下耳机说道:"是上次哼的那首歌。"

"对吧?果然没错。"优美把耳机线从设备上拔了下来。

"哼哼——哼——哼哼哼哼——"从内置音箱里传出一段旋律,和上次二人偷看佐治祈念时听到的一模一样。不知是不是心理作用,这次听起来音调似乎平稳了许多。

"这到底是什么歌?"优美喃喃自语。

玲斗无法回答,歪着头说:"不知道……"

过了一会儿,声音消失了。应该不是发射器出现故障,而是佐治陷入了沉默，只能听到细微的沙沙声，大概是他正从包里拿什么东西。沉默依旧。除了哼歌，佐治没再发出过其他声音。玲斗正想着或许要无功而返了，音箱里突然传来钢琴演奏的声音。他惊讶地看向优美，优美也圆睁双眼，震惊不已。

"这是怎么回事？"

玲斗话音刚落，优美立刻把食指抵在唇上，示意他别出声。她闭上眼，专心听着，片刻后睁开了眼睛。"这首曲子就是爸爸刚才哼的那首。"

"什么？"

"它们的旋律是一样的，你听不出来吗？"

玲斗聚精会神地继续听，同时回想刚才佐治哼的歌。"的确，佐治先生哼的就是这首曲子。"

钢琴声戛然而止，四周再次寂静下来。

"哼哼哼——哼——哼——"玲斗正想询问优美的意见，音箱里再次传来哼歌声，但旋律和刚才的有所不同，几乎没什么起伏，音调更低。玲斗向优美提出这一点。

"这可能是刚才那首曲子的低音部分。"

"低音？"

"钢琴不是用两只手弹吗？低音部分简单来说就是左手弹的部分，刚刚听到的旋律像是把曲子的低音部分串了起来。"

"原来是这样。佐治先生为什么要这么做？"

优美一脸严肃地陷入沉思。

此后，同样的事情循环发生：佐治哼歌、沉默、钢琴演奏、寂静、哼歌……就这样不断反复。两人完全不明所以。

不知过了多久，这次的寂静似乎格外长，玲斗拿出手机查看，距祈念结束应该还有一段时间。佐治到底在里面做什么？

两人盯着接收装置上的音箱,余光无意中看见有光在闪。他们往发光的方向一看,顿时大吃一惊。竟然是佐治!他正拿着手电筒朝这边走来。

玲斗意识到情况不妙,可想躲已来不及了。他连忙关掉手电筒,但佐治还是察觉了。"谁?是直井吗?你在这儿干什么?"

玲斗赶紧站了起来。"没什么,我只是过来巡视一下……"他自己都觉得这借口很难糊弄过去。优美正蹲在他后面。

佐治一脸狐疑地走近,用手电筒照向玲斗身后。"你后边好像有人。为什么躲在那儿?"

玲斗转过身,低头看了看优美。优美正抬起头,似乎有些绝望。

"优美?"佐治惊呼一声,"怎么回事?你怎么会在这儿?"他脸色骤变,拿着手电筒来回照着玲斗和优美。

"对不起,有些事情需要解释……"玲斗已语无伦次。

"有什么可解释的?祈念时不是不能让其他人靠近吗?为什么我女儿会在这儿?!"佐治生气地吼道。

"别吼了,是我求他带我来的。"

"求他什么?怎么求的?你为什么要来这儿?"佐治的喉咙里似乎就要喷出怒火。

"不是说别吼了吗?我会向你解释的。"优美站起身来。

这时,连在接收装置上的录音设备从优美手里掉了下来。夜色深沉,三人却同时注意到了,因为录下来的声音开始自动播放。是那首钢琴曲。黑暗中,三个人影一动不动,只有钢琴曲肃穆地流淌。

优美慌忙捡起录音设备关掉。玲斗小心翼翼地看向佐治,只见他一脸茫然地站在原地。

"为什么?"佐治问道,"为什么你会有这首曲子?什么时候、在哪儿录的?"

"在视频网站上,我觉得很好听就——"

"胡说!"佐治声音尖厉地呵斥道,"这绝不可能!只有几个人知道这首曲子!你说实话,是怎么弄到的?"佐治在质问优美的同时似乎已经明白了答案,表情变得诧异起来。"是不是你刚才偷偷把我放的曲子录下来了?"佐治满脸怒气地转向玲斗,"怎么回事?这也行吗?你算什么守护人?!"

"你别责怪他。"优美站到玲斗身前,"我刚才不是说了吗?是我强迫他带我来的。"

"理由呢?赶紧给我解释清楚!"

"该这么说的是我!要解释的人是你,爸爸!"

"你说什么?"

优美拿出手机,迅速划了几下,把屏幕转向佐治。"这个女人是谁?你们偷偷摸摸地在干什么?幽会?她是你的情人,是不是?"

佐治表情骤变,怒火消失殆尽,眼神游移起来。"这……和你没关系。"

"怎么可能没关系?我是你的女儿啊!女儿看见爸爸偷偷和一个来历不明的女人见面,难道会没有任何想法?"

"这其中有很多隐情。"佐治的语气显露出慌乱。双方的处境已然反转。

"那你倒是解释清楚,否则我就把这个女人的事告诉妈妈。"

"那位女士不是你想象的那种人。"

"那是什么人?你们为什么会定期在涩谷见面?"

佐治盯着优美,瞳孔中闪过一丝惊惶,似乎在问:你连这些都知道了?"就算我跟你解释,你可能也理解不了……"他痛苦地说道,"情况太复杂了,而且……其中还有你不认识的人。"

"我不认识的人?喜久夫伯伯吗?"

佐治大惊失色。"我哥的事,你怎么……"

"我们做过很多调查,"玲斗说道,"青柠园也去过了。佐治先生,您在神楠里祈念,为的是接收您哥哥的信息吧?"

佐治茫然而立,良久无语,表情中的强硬渐渐消逝,刚才还耸着的双肩似乎也顿时失去了力量。"信息?这可不是那么简单的东西。嗯……也算是这样吧。"他的语气慢慢缓和下来。

"您能和我们说说吗?关于祈念,我逐渐明白了很多,也都向优美解释过了,她不会觉得您说的话不可理喻的。"

"是吗……"佐治盯着地面,默默思考片刻后轻轻叹了口气,抬起头来。"说来话长啊。"

"没关系,"优美说道,"离天亮还有的是时间呢。"

"喜久夫先生也一定会赞同的。"

听了玲斗的话,佐治望向遥远的夜空。"但愿如此……"

三人回到值班室,玲斗给父女俩端上焙茶。

佐治用冰冷的双手捧起盛着热茶的茶杯取暖,喃喃道:"要从哪儿说起呢?"

"从头吧。"回答的是优美,"我对喜久夫伯伯的事情一点都不了解,我想让你从他开始讲。"

"从那儿开始吗……"佐治显得有些为难,啜了一口茶,舒了口气,"也只能从那儿说起了。"

他娓娓诉说起来。

21

喜久夫比寿明年长两岁，从小学习成绩优秀。父母对此十分欣慰，认为将来可以放心地把家业交给他。然而，一件令佐治一家都没有想到的难得的好事发生了。他们发现喜久夫有一种天赋，比他优异的成绩还要难能可贵。

那就是音乐。

创造契机的人是母亲贵子。贵子曾梦想成为钢琴家，因此想让长子也去学钢琴。丈夫弘幸并没有反对，他每日忙于工作，把育儿全权交给了妻子。他觉得按照孩子的喜好去做也无妨，反正早晚会放弃，便没有在意。

没想到喜久夫第一次接触钢琴就被深深吸引，如果不是有人让他停下，他会一直弹下去。他不明白大人为什么不让他继续弹，也完全没有意识到自己对此倾注的热情，只是单纯地热爱弹琴。不仅仅是热爱，喜久夫还拥有与生俱来的才华，音感和节奏感都很强，对曲子过耳不忘，不久他的琴技就不输成年人了。

上小学低年级时，寿明参加了喜久夫的钢琴演奏会。那时，寿明经常能在家里听到哥哥弹琴，所以年幼的他当天并没有什么特别的感觉，可周围的听众却不一样。当喜久夫演奏完毕，全场响起了雷鸣般的掌声，如海潮般此起彼伏，经久不息，甚至还有人站起来高声喝彩。很久以后，寿明才学到"好评如潮"这个词，但早在那次演奏会上，他就已经亲身感受到听众对哥哥如潮水般的赞扬和动容。

不久，喜久夫成为人们口中的神童，媒体纷纷前来采访。所有人都认为喜久夫应理所当然地就此走上音乐之路，贵子也一心希望如此，但弘幸却面露难色——靠音乐怎么能糊口？

"当然也有成功的，可那毕竟是少数，更多的人都无声无息地被埋没了。你想让儿子走这样的路吗？"

贵子不愿退让。"这孩子的才华跟那些人的不一样，而且最想走这条路的是孩子自己啊。我想帮他好好爱惜他的梦想。"

"是他的梦想还是你的梦想？我从没听他说过什么梦想。"

"那是因为他不好意思对你开口。求你了，所有责任由我来承担，就让孩子继续他的音乐之路吧！"

这样的对话几乎每晚都在佐治夫妇间进行。每到这时，喜久夫就把自己关在房间里不肯出来，而寿明则冷眼旁观。

寿明从没羡慕过哥哥，甚至觉得拥有常人无法企及的天赋实在是件麻烦的事情。母亲也曾对他说过："寿明，你如果想学钢琴，也可以去学哦。"但他自然是当场就拒绝了。

随着年龄增长，喜久夫的才华越来越突出。弘幸对喜久夫的音乐之路颇有微词，但并未吝啬过学费。儿子能在钢琴大赛上取得优异成绩、获得专家们的赞许，没有哪个为人父母者会心里不舒服。

贵子更是不遗余力地倾注心血，只要听说哪里有知名指导老师，她一定会想尽一切办法取得联系，就算路途遥远也要带着喜久夫去聆听教诲。

家里的事情自然只能往后放了。贵子从来不督促寿明学习,在她看来,只喜欢运动和漫画的小儿子对学习根本提不起兴趣。但她对寿明的成绩十分在意,因为如果寿明学习成绩不好,拿不到学位,无法继承家业,就不得不由喜久夫来继承了。寿明听贵子说过最多的一句话就是"你必须去读建筑工程专业,就算是三流大学也没关系"。

喜久夫曾对寿明道过歉。"强迫你继承家业,对不起。"那是寿明在房间里准备中考的时候。

"没办法,我和哥哥不一样,又没有什么长处。"

喜久夫却显得并不认同。"长处?我这算什么长处。"

"不是长处是什么?所有人不都说你有天赋吗?"

"天赋……"喜久夫笑了笑,双唇似乎染上了一层落寞的色泽,"那东西怎么可能是生下来就能轻松拥有的。"

"可你就是比别人有才华。想做什么就能做什么,多幸福啊。"

喜久夫露出犹豫的神情,陷入沉思。

看到哥哥这副模样,寿明感到有些焦急不安。"怎么了?你有什么不高兴的?"

喜久夫长叹一口气,说道:"说实话,我也不知道我现在做的事是自己想做,还是不得不做。我喜欢音乐,也爱弹钢琴,可总觉得前方的路和我想要的不太一样。"

"你这么说,妈妈可要伤心了,她把人生都押在你身上了。"

"这我知道,知道……"说到这里,喜久夫没再开口。

正因为知道,才感到沉重啊——哥哥或许想说这句话吧,寿明心想。

尽管如此,在贵子创造的顶尖音乐学习环境中,喜久夫的琴技仍在不断提高。最后连弘幸都为之叹服,同意喜久夫考取音乐学院。而令贵子万万没想到的是,喜久夫竟然说他的梦想不是当钢琴家,而是作曲家,比起演奏,他更喜欢创作。

喜久夫考入了位于东京市中心的音乐学院的作曲专业,开始在学生宿舍一个人生活。这也意味着他得离开母亲身边。长子离家后,贵子大约两个星期都茶饭不思,精神恍惚。喜久夫平时不回家,只有暑假或新年时才会露面。偶尔回来,也几乎不谈音乐,琴键更是摸都不摸。贵子嘘寒问暖半天,他只不耐烦地回了一句"我好好学着呢"。

时光如梭,寿明也考上了大学。学校的等级有些不上不下,既非三流,也达不到一流,但好在学的是建筑工程专业。学校离家很远,寿明和哥哥一样也要离开家了。开始独自生活以后,寿明总算明白了哥哥不愿回家的理由。大学生活很快乐,他简直想珍惜每一分每一秒去和朋友们及时行乐,根本没心思回老家,也切身体会到了面对父母没完没了询问时的心浮气躁。

然而,寿明不知道喜久夫不回老家还有别的原因。一天,他时隔许久回到家,发现父亲阴沉着脸,母亲正在抽泣。原来,喜久夫总是不和家里联系,贵子不放心,便到学生宿舍去探望,得知喜久夫已搬了出去,再向管理员打听,得到了一个让人难以置信的消息——喜久夫早已退学。

贵子从管理员那里要来喜久夫的住址,发现那里是一幢兼作仓库的独栋房屋,一群不认识的年轻人住在里面。他们都隶属某个剧团,梦想成为演员,喜久夫是其中之一。

贵子等在那里,直到打完零工的喜久夫回来,质问他到底是怎么回事,曾经将梦想寄托在音乐上的喜久夫答道:"我终于找到自己真正想走的路了,以后不会再给你们添麻烦,希望你们也不要再管我。"

"都是因为你!"弘幸斥责贵子,"都是你把他惯得这么无法无天!这下好了,成了个一无是处的废物!你知道我给他花了多少钱吗?音乐之后又成表演了?别开玩笑了!下次见到他,你和他说,永远别再踏进佐治家一步!"

平时寿明会在心里揶揄父亲,认为父亲是个不明事理的固执老头,但这次却觉得父亲的确有理由发火。寿明之所以甘心继承家业,是因为他也希望哥哥成为一名成功的音乐家。他想当面质问哥哥:为什么和当初说的不一样了?

从此,喜久夫再也没有回过家。寿明大学毕业后便进入家里的公司帮忙,不知道哥哥喜久夫身在何处、做着什么。

不过,喜久夫和佐治家的关系并没有完全切断。贵子有时会瞒着其他人和喜久夫见面,弘幸也默许了。

一天,弘幸叫来寿明,让他去跟踪贵子。"今天你妈很可能去见你哥,你去看看他们在哪儿见面,说了什么。"

"知道了。"寿明答应下来。他明白父亲想知道的不是母亲和哥哥说了什么,而是哥哥的现状。毕竟骨肉相连,作为父亲怎么可能不挂念自己的儿子?

"如果有机会和你哥聊几句,就把这个交给他。"弘幸递给寿明一个信封。

寿明接过厚厚的信封,意识到里面装的是钱。父亲看也不看寿明,可能是不想他多问吧。爸,你还是狠不下心啊——寿明想这么说,但没有说出口,只是把信封装进上衣口袋。

那天贵子果然出门了。寿明跟在母亲身后,时刻留神不被她发现。换乘了几次列车后,她来到代代木公园。那天是周日,到处是出游的一家人或情侣的身影,还有人三三两两凑在一起练习乐器。贵子走到中央广场的一个角落，停了下来。虽算不上围观，但经过那里的人都会稍稍放慢脚步，看来那里是有什么事。

寿明缓缓靠近，终于知道了人们在看什么。只见地上摆着一个方形台子，上面立着一尊铜像。铜像头戴礼帽，手持手杖，衣服、眼镜、皮肤、头发都发出乌黑的金属光泽，纹丝不动。

这铜像其实是由人扮成的，为街头表演的一种把戏。看到母亲眼睛一眨不眨地盯着铜像，寿明愣住了。他确信铜像的真身正是哥哥喜久夫。贵子徐徐走近，在铜像前面的纸箱里放下一叠东西，应该是折好的钞票。来往的游人注意到了贵子，纷纷驻足观望。

忽然，铜像动了。只见他一手扶着礼帽，一手转着手杖，双脚踏起舞步。举手投足如同机器制作的人偶，丝毫看不出是人在做动作。表演得这么精彩，一定经过了长年刻苦练习。如果不是顾虑太多，寿明肯定也会对这位厉害的舞者心生钦佩。贵子伸出右手，铜像伸手握住了，随后铜像就像发条到头了一样恢复静止状态，和舞动前相比造型有些不同。驻足欣赏的游人散开了。贵子随人群离去，并没有发现身后的寿明。

寿明感到震惊，没想到哥哥竟有这么大的变化，而母亲的表现更令他出乎意料——她脸上浮现出心满意足的表情。寿明一直以为母亲唯一的愿望就是哥哥能在音乐上获得成功，但他想错了。原来无论以何种形式，只要看到孩子正在追求理想的身影，任何一位母亲都会感到欢欣。

周围人影渐疏，最后只剩下寿明独自站在那里。从铜像所在的位置理应能将寿明看得清清楚楚，但铜像依然一动不动，表情没有任何变化。铜像戴的眼镜大概是双面镜，寿明看不出哥哥正在看向哪里，但他的视野中不可能没有自己的身影。

寿明一步步走到铜像前停下，环抱双臂。"哥，你想做的就是这个？你放弃了从小苦学的音乐，就是为了做这个吗？真是个可贵的梦想啊。"

铜像依旧无动于衷，连脸上的皮肤都没有一丝颤动。或许这就是他的回答。

"好吧，我刚才看到妈还在帮你，我也没什么别的好说了。"寿明刚要转身离开，忽然想起口袋里的信封。父亲说的是"如果有机会聊几句"，但这哪能算是聊天？话倒是说过了，虽然哥哥没有回答任何问题，也应该可以交差了。寿明取出信封,说了一声"爸给的"，然后搁到母亲放钱的那个箱子上。

铜像随即舞动起来。机器人偶如复活般转动手杖，踏着舞步旋转了一圈。大概只要有人付钱，无论对方是谁，都要卖力表演吧。寿明觉得这可能是属于哥哥的自尊。

但事实并非如此。一连串动作之后，铜像拿起箱子上的信封向寿明递来，并再次定格，仿佛在说：你拿走吧。

这就是哥哥的坚持吧，寿明顿时明白了。母亲是出于支持，因此她的钱可以欣然收下，可父亲并不认可，那么对于他的施舍断然不能接受。

寿明接回信封。"哥，你什么时候回来我都欢迎。爸也是，一直等着呢。"

这次说不定可以听到哥哥的声音，寿明在心中期待。然而期待并没有成为现实，铜像一直保持着交出信封的姿势，静止不动。

寿明转过身，不再看哥哥，迈步离开。周围的人都开始望向他身后，有人看起来非常惊讶，有人似乎乐在其中，大概是铜像又在做着什么动作吧。寿明很想回头看一眼，但还是忍住了，一路向前。回到家，寿明把一切如实汇报给父亲。或许是没有理解什么叫扮作铜像表演，父亲一时没有反应过来。寿明解释说那是街头表演的一种把戏,父亲好像才明白了一些。"靠那东西能糊口吗?"他自然这样发问,寿明并未回应。

那天,贵子回去的时间比寿明晚了将近两个小时。她说去见了一个朋友,寿明并不相信,猜想她大概是先离开了代代木公园,在某个地方等喜久夫"下班"后,又一起度过了一段只有母子二人的时光吧。母亲不可能只满足于给街头卖艺的哥哥一些零钱。

此后,母亲似乎一直定期去见哥哥,父亲则没有再让寿明跟着,他不知道父亲是对哥哥彻底失望了,还是委托信用调查公司了解了哥哥的经济状况。总之在佐治家,"喜久夫"这三个字再也没有出现过。

光阴荏苒,寿明通过相亲结了婚,不久女儿优美出生了,佐治建筑公司也顺理成章地由他接手。不管是工作还是生活,他都忙得不可开交,杳无音信的哥哥早已变得可有可无。喜久夫在什么地方、做着什么,他一概不知。

日子一天天过去,不得不与哥哥联系的时刻终于到来了。弘幸因心肌梗死昏迷不醒,在医院去世了。由于没有任何征兆,全家人都不知所措。

主办葬礼的是贵子,但前来吊唁的人多是生意上的伙伴,所以守灵和出殡等事宜其实都是由寿明操办的,关于哥哥喜久夫的事自然也得考虑周全。即便这么多年杳无音信,但长子在父亲去世时都不露面,一定会被人说三道四。

"您得和我哥说一声。"寿明对母亲说道,"能联系上的吧?我知道您也有自己的考虑,所以一直以来什么都没问,但这次不一样,您一定得劝他回来一趟。"

母亲没有点头。"跟他说了也没用。"

"为什么?要是还记得一点养育之恩,总该出席一下葬礼吧!

如果不来,他还算是个人吗?妈,难道您不这么认为吗?"

贵子表情痛苦地听完儿子的话,沉默良久,终于像是下定了某种决心,说道:"你爸的葬礼结束后,我会告诉你一切,现在就别为难妈妈了。"

"什么?葬礼结束后?您觉得这样没问题吗?"

贵子双手合十,向儿子深深鞠了一躬。"寿明,妈妈知道你无法理解,可真的没办法,别再说了。葬礼一结束,我一定全部告诉你。"

寿明不是铁石心肠的人,看着母亲这样恳求,他不可能再去责怪,反而有点担心究竟是什么让母亲这样苦不堪言。"葬礼结束后,您真的会把一切都告诉我吗?"

"我保证。"贵子坚定地答道。

听母亲的口吻,寿明觉得她并没有欺骗自己。"好,不过爸走了的事,您要通知他。"

寿明隐隐盼着喜久夫会在葬礼当天突然现身,但期待还是落空了。父亲的亲朋好友和生意上的合作伙伴都来了,为他举行了一场隆重的告别仪式。自始至终,佐治家的长子都未到场。作为丧主,贵子致辞时对喜久夫只字未提。

葬礼当晚,只剩下贵子和寿明母子二人。"都是我的错。"母亲的第一句话就是忏悔,随后她把喜久夫的事一五一十地说了出来。

考上音乐学院时,喜久夫也曾满怀希望,可迎接他的却是当头一棒。他很快见识到了一同求学的伙伴们高不可攀的才华和深不见底的实力,完全丧失了信心。他曾被周围的人称赞为天才、神童,原来那只不过是因为他身处井底。他顿时明白了,像他这样只会弹弹琴的人,在广阔的音乐天地中简直像路边的石子一样普通。

喜久夫认为自己的路走错了，开始坐立不安。光是保留学籍对他来说都是徒增痛苦，因此他决定退学。但是，至今为止的人生中，他只有音乐，除此以外还能做什么呢？愁苦迷茫时，喜久夫遇到了戏剧。剧团里有形形色色的人，并非每个都担得起主演的重任，其中绝大多数人可能一辈子都只能演配角，但每个人都满足于自己的角色。无论什么样的人都能找到自己的容身之所，这就是戏剧的世界。

然而，喜久夫在这里也遭遇了挫折。即便都是配角，演技也有高下之分。喜久夫深切地感受到他在戏剧方面毫无才华。他内心痛苦挣扎，希冀可以做出一些改变，进行了各种各样的挑战，扮演铜像便是其中之一。

贵子一直守护在儿子身边。听到喜久夫说要放弃音乐之路时，她自然受到了巨大的打击，但让她更加心如刀绞的是对自己的怀疑——自己是不是亲手毁掉了儿子的人生？要是当初只让喜久夫把音乐当作爱好，说不定他的青春时代会更加开心充实。贵子因此在心里暗暗发誓，从今以后只让喜久夫做他喜欢做的事，无论是什么，只要不给别人添麻烦，自己就一定支持到底。

"不过，可能我又做错了。"回忆告一段落，贵子叹了口气，看向远方。

"为什么这么说？"寿明问。

贵子烦躁地摇摇头。"很难解释清楚，还是带你去见见他吧。"

"见我哥吗？"寿明感到疑惑。

"你一定会吃惊的……"贵子脸上浮现出虚弱的微笑。

几天后，寿明跟着贵子出了门，去的地方竟是医院，而且并不是一家普通的医院，里面的病人都受到精神疾病的折磨。

昏暗的会客室里,寿明与喜久夫久别重逢。可是,哥哥已经不是在代代木公园看到的那个扮演铜像的艺术家了,他变成了另一个人,如枯木般干瘦,灰暗的脸上布满皱纹,完全是一张老人的面孔,表情也没有一丝生机,双眼看上去和死人无异。

见面之前,寿明听主治医生说,喜久夫患上了重度慢性酒精中毒,不仅肝功能已经恶化,还出现了认知障碍,最近甚至会不时发生不知道自己是谁的情况。

"是我啊,我是寿明啊!记得吗?"寿明先问道。

喜久夫的脸上没有一丝颤动,仿佛一张能乐面具,答非所问地说了一句"我没喝"。

"你身体还好吗?"

喜久夫依然没有回答,只是微微皱了皱眉。

"爸死了。"寿明说道,"前几天刚办完葬礼,你怎么没来?"

喜久夫一声不吭,躲躲闪闪地看了看贵子。他大概还认得母亲。突然,他看向寿明,表情痛苦地说道:"是我的错……"

"你听得懂吗?"寿明疑惑地问。

"是我的错,"喜久夫重复道,"我的错,我的错,我的错!"他的声音越来越大,"我的错!我再也不喝了!"

寿明看了一眼母亲。

贵子垂下眼睛,眉间只剩酸楚。"你哥要是感觉到有人在责备他,就会变成这样。医生说,这是思维能力低下的缘故,但是……"她看向喜久夫,"今天格外严重,他有时还是可以说一些完整的话的……"

"是因为我吗?"

"可能吧。"

哥哥这副样子,寿明实在看不下去。他说了声"回去吧",站起身来。

听贵子说，喜久夫三十多岁时开始沉迷于酒精。由于做什么都处处碰壁，他每天从早到晚喝酒消愁，而且越喝越多，渐渐茶饭不思，生活只剩下酒精。

贵子自然察觉到了喜久夫的反常。每次见面他都是一身酒气，无论何时手里都拿着一罐啤酒。贵子怎么也没有想到，喜久夫当时已经病入膏肓。一天，喜久夫失去知觉昏倒在路边，被人送到医院。接到医院的通知后，贵子才意识到事情的严重性。

"我哥就这样了吗？已经治不好了？"

母亲缓缓摇了摇头。"医生说，现在这个样子也算是一点一点在好转，虽然需要花些时间，但也还有可能恢复到接近正常的状态。完全恢复正常是不可能了，医生说酒精中毒是不治之症，而且再沾一滴就没救了。所以啊，就算出院了，也必须得有个人看着他。"

"这样啊，的确棘手。"

"寿明，你放心，我不会让你为难的。我会负起母亲的责任好好看着他，想办法让这孩子重新站起来，今后也不再喝酒。"

寿明从贵子的话中感觉到了深沉的母爱，这种爱无论遇到什么困难都不会改变。她一定很后悔把自己的梦想强加在了孩子的身上。"就按您说的做吧。"寿明如此回应道。

岁月缓缓流逝，数年过去，喜久夫转到了一家名为青柠园的看护机构。只要入住时交一笔费用，这家机构就可以一直照顾到患者离世。费用自然不低，但寿明没有阻止贵子。喜久夫是佐治家的长子，有权利继承遗产。后来寿明听贵子说，喜久夫的精神状态已经稳定下来，每天还会读读书，但身体状况很难算得上健康。他会不时瘫倒在床上，而且双耳已经失聪，和贵子交流时都是笔谈。

"你要是能去看看他就好了……"对于贵子的请求，寿明没有立刻答应。他也想去看看哥哥，可又觉得还是不要再见为好。万一哥哥见到他以后病情反而恶化了呢？既然已经稳定，保持现状或许更好。

"等有机会就去。"寿明这样回答。然而，机会尚未到来，喜久夫便因肝硬化离开了这个世界。

贵子和寿明为喜久夫举办了葬礼，规模很小，就在青柠园附近的一处殡仪馆，来上香的只有几个青柠园的工作人员。听贵子说，自从喜久夫患上慢性酒精中毒，剧团的朋友也都和他渐渐疏远了。

"喜久夫先生是个好人。"一个女工作人员对寿明说，"他总是随身带着几张小卡片，上面写着'感谢你每天的付出''辛苦你了'之类的。每次看到我们，都会挑出一张卡片来给我们看。"

虽然失聪了，他还是想尽力和周围的人交流吧。寿明很惊讶，没想到哥哥在去世前身体状况竟然已经恢复得这么好了。

寿明还听那个女工作人员说，有一段时间，喜久夫甚至可以独自外出了，还曾经申请过在外留宿一晚，但并没有说要去哪里。他第二天一早就回来了，也没有发生什么特殊情况。那天晚上哥哥到底去哪里了呢？寿明问贵子，贵子也表示不清楚。

寿明听说哥哥在青柠园里有一位相熟的朋友，姓向坂，比哥哥年长一些，曾在一家企业担任董事，位高权重，但是患上了一种全身肌肉会渐渐僵硬的病，于是来到这家看护机构疗养。寿明本想向他打听喜久夫在世时的情况，不幸的是他一年前就去世了。

躺在棺材中的喜久夫比起寿明在医院见到时看起来反而年轻了一些，表情安详，似乎对人生感到满足。寿明心中没有什么悲痛的感觉，只觉得母亲终于可以解脱了。

然而，寿明终究还是没有理解母爱为何物。喜久夫离开没多久，贵子就出现了行为异常，经常走失，警察会不停地联系寿明。

每次问她,她都一口咬定是一个不认识的人带她走的。这是典型的认知障碍。贵子曾肩负着无论如何都要照顾好喜久夫的责任,现在她失去了最后一道心理防线。

就这样,寿明一家三口照顾起患病的贵子。虽然会给妻子和女儿带来麻烦,但一想到母亲这么多年来的付出,寿明就下定决心要承担起这一切。况且,每个家庭都有各自的苦恼。这一苦难在今年春天也结束了,寿明决定把母亲送进看护机构。寿明知道,一定会有人在背地里说,这家人竟然让别人为自己的亲生母亲养老送终,但作为儿子,他已经倾尽全力。即使有人说什么,他也能问心无愧地去回应。寿明只是不想家人再受苦了,特别是妻子。

故事虽长,总有终章。等到有一天把母亲也安稳地送走,就可以只为自己、妻子和女儿的事情操心了——寿明对自己说。

22

"事与愿违,这件事还是没有结束。何止没有结束,又有了新的开始。"佐治摆弄着空茶杯。

玲斗拿过茶杯斟满后递给佐治。"新的开始,就是祈念吧?"

"对。"佐治啜了一口茶,"母亲搬走后,我在收拾屋子时发现有本书里夹着一封信,信封上写着'给母亲',背面留的是哥哥的名字。麻烦的是,信并没有拆封。我觉得有些难办,不知道母亲是什么时候从哥哥那里收到的这封信,可能她早就忘记了,或者是哥哥直接把这本书交给了母亲,却没提过里面夹着一封信。不管怎样,母亲一定还没读过。我能擅自拆开哥哥写给母亲的信吗?母亲现在这样,我也无法征询她的意见。虽然心里觉得过意不去,我还是决定拆开看看。信封里只有一张便笺,上面的文字异常简练,只有一句话:'我寄托在月乡神社的神楠里了,请母亲过去接收。'"

"寄托?上面写的是寄托在神楠里了?"

"对。"佐治答道,"我一头雾水,不明白这句话的意思,后来上网一查,才知道了这里,说是有一棵巨大的神楠,只要在树洞里祈祷,愿望终有一天会实现。我难以理解,难道哥哥来到这么远的月乡神社，就为了对着一棵楠树许愿？他为什么要特意这么做？类似的传说哪儿都有，他不会真的相信了吧？另外，'寄托'这个词也让我很在意，许愿就说许愿，为什么要说寄托？我再三思考，得出的结论是哥哥的精神已经不正常了，他受到幻觉支配，做出了常人难以理解的事情……"佐治又啜了口茶，叹息一声后来回看了看玲斗和优美，"你们怎么看这个结论？会不会觉得我这么想有些奇怪？"

与玲斗对视一眼后，优美看向父亲。"不会。"她摇了摇头，"换作是我也会这么想。"

"那我就放心了。我不想被你们当成冷血的人。"

"不过，这件事后来也没有解决吧？"玲斗确认道。

佐治轻轻点了点头。"我想忘得一干二净，可心里总是惦记着。不管做什么，它都在脑海里的某个角落，挥之不去。月乡神社、神楠、寄托……这些到底是什么？就算哥哥的精神已经不正常了，可为什么要来这么一个既没有关系又不曾结缘的地方呢？于是，我总算下定了决心。"

什么决心——没等玲斗问出口，佐治便说道："我决定亲眼看看那棵可以帮人们实现愿望的神楠。"

等到五月黄金周结束，弥漫在整个世界的欢乐氛围渐渐散去后，佐治寿明来到了月乡神社。他亲眼见到了便笺上提到的神楠，当场为那威严的气势所折服。仅仅是站在神楠旁，似乎就能感觉到能量正源源不断地散发出来。他在网上曾多次看到有人说这里是货真价实的能量景点，来到这里的人或许都有同样的感觉。

神社里恰好有一位身着作务衣的老人，寿明上前询问，向老人说了喜久夫在便笺上留下的话，想听听老人的建议。

寿明本以为老人会不明所以，对方的反应却出乎意料。老人表情严肃起来，说道："您真是不容易。您哥哥的精神是正常的。既然他说了寄托，就一定得有人接收。"

"接收？接收什么？"

"这个嘛，当然是念了。"

"念？"

"您最好马上和柳泽女士联系。"老人告诉寿明，柳泽女士是这块土地的所有者，也是神楠守护人。

寿明向老人要来电话号码，马上打了过去。接电话的女子自称柳泽千舟。寿明说了前因后果，千舟便让他到家里来，好向他说明一切。寿明挂断电话，去了柳泽家。那是一幢传统的日式房屋，充满庄严肃穆的气息。

寿明拿出便笺，千舟看了看，点点头，似乎已明白其中的含义。

"接到您的电话后，我翻看了记录。五年前，的确有一位名叫佐治喜久夫的先生来过我这里，我想起了当时见他的情况。因为是向坂先生介绍的，我就答应让他去神楠祈念了。"

寿明对向坂这个姓氏有印象，就是在青柠园和哥哥关系很亲近的那个人。"祈念……这上面写的是寄托……"

"您哥哥在神楠里寄托的是他的念、他的心绪。"千舟语气平和。

寿明想起神社里那位老人也说过念。

"语言的力量是有限的，内心的所有心绪无法仅凭语言表达出来，所以需要寄托给神楠。具体做法就是在新月的夜晚进入神楠，把心绪传递给它，我们将此称为'寄念'，意思是寄托心绪，这样做的人称为'寄念者'。神楠能记住寄念者的所有心绪，并会在接近满月的时候释放出来，这时，进入神楠的人就可以接收到了，但仅限拥有血缘关系的人。既然您哥哥留下了这张便笺，说明他希望您母亲可以过来接收。"说完，千舟把便笺还给了寿明。

真是不可思议！如果不是亲身经历，寿明只会把这些当作奇谈，但眼前这位老妇人的话似乎很具说服力。"那……要怎样接收呢？"

"并不难。接近满月的时候进入神楠，缅怀寄念者即可。如何才能接收到很难用语言说明，我只能和您说试了就会明白。我们将此称为'受念'，就是接收心绪的意思。"

"可我母亲在认知上已经……"

"是啊。我事先查了记录，并没有找到一位姓佐治的女士来受念过。很遗憾，看来您哥哥的心愿无法实现了。"

寿明展开便笺，再次看向上面的文字——我寄托在月乡神社的神楠里了，请母亲过去接收。或许，喜久夫觉得这样母亲就能明白他的意思了。寿明终于找到了正确答案，母亲却因认知障碍永远无法知晓。谁也不曾知道喜久夫留下过一张便笺，贵子也难以再记起，时间就这样悄然而逝。

"哥哥向神楠寄托了什么，您听说过吗？"

千舟轻轻摇了摇头。"寄托了什么、接收到的又是什么，我们是不能参与的，况且那一定是语言所不能表达的心绪。"

寿明只能表示理解。"那么，哥哥生前想对母亲传达的心绪有可能永远是个谜？"

"也未必。"千舟否认道，"在神楠中留下的念，即使经过五六年也丝毫不会消散，有些念甚至是几十年前留下的，到了孙辈依然有人可以接收到。"

"您说只有拥有血缘关系的人才可以接收得到，那反过来是不是也可以这样认为，只要有血缘关系就可以接收得到？"

"是的。除非寄念者向我们申请，希望指定受念者，不想让其他人接收，否则我们不会干涉任何人祈念。而您哥哥好像没有办理这一手续。"

"那……"寿明舔了舔嘴唇，"我也可以去接收？"

"如果您希望如此。"千舟立刻答道，"您打算祈念吗？"

"是的。麻烦您了。"

"我知道了。"千舟打开放在身旁的文件夹，"刚才和您介绍过，越是接近满月，神楠释放的念就越强烈。这个月的满月夜那天恰好还没有人预约，您的时间合适吗？"

"拜托您了。"寿明低头致谢。那一天他没有任何安排。

"好的。在那天之前，您可以先邮寄一张户籍复印件吗？虽然有些失礼，但我们要确认二位的确有血缘关系。"

"明白了，我会尽快寄出。"寿明心想，这里的要求还真是严格。

距满月还有一周左右。寿明想了很多，脑海中浮现出的第一个疑问便是：这种事真的会发生吗？和柳泽千舟面谈时，他像是被催眠般相信了她的话，可当冷静下来再一想，便觉得这简直就是超现实的灵异故事。

寿明并未怀疑千舟，他相信千舟一定对这个传说确信无疑，因为当他询问费用时，千舟的回答是："您随意就好。这里的费用叫香资，全凭自愿，没有固定的金额。有一些访客会反映什么都没有接收到，不过这样的情况极少。对于这些访客，我们也不能强行收费。"

寿明仍不清楚香资一般要给多少，还是有些踌躇。千舟见状，微笑着说："留一万元的访客比较多。"寿明暗暗吃了一惊，金额比他想象中的要少。考虑到神楠的养护和神社的运营，恐怕是入不敷出，看来柳泽千舟没想要通过祈念赚钱。

说到底，这其实就是信者得救吧？会不会是生者想要获知死者生前的所思所感,在强烈的愿望和潜意识的作用下,大脑里形成一种想法,然后就误以为接收到了念呢?寿明想,如果是这样,自己一定什么都感知不到,因为他对哥哥一无所知,也不清楚母亲和哥哥之间的感情有多深,完全无法想象哥哥要对母亲传达什么。但他转念一想,这样做总没什么坏处,就算什么都没接收到,这件事也可以就此了结,不用再惦记了。寿明不知道将会发生什么,既期待又害怕,怀着复杂的心情等待着那一天的到来。他没有告诉妻子和女儿,决定自己悄悄解决。

终于到了满月那天,寿明编了个合适的理由,从家里前往月乡神社。

来到神社值班室,他看见穿着作务衣的柳泽千舟正在等待。千舟递来一个纸袋。打开一看,里面是蜡烛和火柴。

"这种蜡烛是我们特制的,其他地方买不到。烛台在神楠里,已经准备好了,您在上面立好蜡烛,点燃后会散发出特殊的香气,请闻着烛香缅怀您的哥哥。"

"这样就可以了吗?"

"是的。"老妇人自信地点了点头,"蜡烛烧够一个小时差不多就灭了,您离开时请千万确认烛火是否真的熄灭了。"

寿明点点头,望向树林,从那里再往里走就是神楠了。他做了一个深呼吸。

"对您说不要紧张,您可能也很难做到,但请尽量保持心情放松,只要沉浸在与所念之人的回忆中就好。"

"明白了,那我过去了。"

"请您留心脚下,衷心祝福佐治先生的祈念可以打动神楠。"

在千舟的注视下,寿明走向树林,这时才发现自己口干舌燥,不禁有些后悔没有带瓶水来。他用手电筒照着前方,缓缓走着。

四下万籁俱寂，只有踩在杂草上的沙沙声传来，令人胆寒。

没过多久，神楠特有的幽香飘来。穿过树林，眼前出现了巨大的树影。神楠肃穆厚重的气息扑面而来，手电筒发出的光芒显得如此微弱，像是不敢一窥神楠全貌。寿明停下脚步，深呼吸了好几次，继续迈步向前。绕到神楠左侧，能看见树干上内凹的大洞，几乎不用躬身即可进出。

树洞内壁有一块凹陷，上面摆着烛台。寿明立好蜡烛，点燃后关上了手电筒。顷刻间，蜡烛散发出浓郁的香气。那种类似烟熏的独特味道与神楠本身的幽香合二为一，营造出一处仙气缭绕的幻境。寿明被香气环绕，感到自己将要被引往另一个世界。

开始吧——

接下来要怎么做？柳泽千舟说，只要沉浸在与所念之人的回忆中就好，可自己与喜久夫之间的回忆并不多，长大成人后更是少之又少。在医院里见到喜久夫时，他已经不能生活自理，甚至根本无法正常对话，寿明感到他在抗拒自己。寿明又回忆起那次在代代木公园见面的场景。不，那算是见面吗？当时的喜久夫完全就是一尊铜像，寿明至今也猜不出他那时在想什么。

如果说完整的回忆，还是多年前寿明上初中的时候。无意间，喜久夫的声音在寿明耳中苏醒。"说实话，我也不知道我现在做的事是自己想做，还是不得不做。我喜欢音乐，也爱弹钢琴，可总觉得前方的路和我想要的不太一样。"

寿明当时正在自己的房间里复习，准备中考。

"你这么说，妈妈可要伤心了，她把人生都押在你身上了。"

"这我知道，知道……"说到这里，喜久夫没再开口。

那是寿明第一次听到哥哥袒露心声，却也是最后一次。后来哥哥怀抱着何种心绪生活，寿明再也不得而知。

我果然还是感知不到啊……想到这里,寿明的肩膀放松下来。这时,他感到烛香似乎突然浓烈了许多,同时好像有什么东西进入了脑海。他闭上双眼,心跳骤然加快,脑海中飘飘忽忽地浮现出一个白色的东西,那个东西缓缓成形,像是一条白色的带子……不,并不是——

那是琴键,钢琴的琴键!上面还有一双手在弹奏。虽然手指修长,但那不是一双成年人的手,而是小孩子的。

是喜久夫的手!是他儿时的双手正在敲击琴键!

一种不可思议的感觉袭来,那是弹琴的喜久夫的心绪正在传递。寿明可以明显感到那不是自己内心的想法,而是喜久夫的——

我留恋往昔,留恋那段单纯地喜欢弹琴的日子,当时我全身心都交给了钢琴里跳跃出的一个个音符,思绪在轻松幸福的时光中徜徉。我真想回到那个时候。然而,留恋中却带着悔恨。我很后悔自己走错了路,恨自己轻而易举就放弃了音乐。不光是悔恨,我心里还掺杂着忏悔与愧疚。

忏悔与愧疚的对象,当然是贵子。

弹琴本来能给我带来纯粹的快乐,但因为您,它变成了苦难的枷锁。我恨您。我说我不想成为钢琴家,而想当作曲家,也是出于对您的反抗。我怎么能让您如愿?

可即使如此,您还是一如既往地支持我。说实话,您的母爱沉重得让我喘不过气来,我感到心烦意乱。我考入了音乐学院,却在那里深深地感受到自己的平庸。您对我的期待是我多余的负担。我决定退学时,没有告诉任何人,也不曾有一点罪恶感。看到您失望的样子，我竟还感到了一丝畅快。

逃离音乐以后，我尝试了很多事。我不停地摸索，想看看自己到底可以做什么，哪里才有我的栖身之所。可我没有找到，我觉得这一切都是因为您。我更加恨您，把所有责任都推到了您身上。就是因为您从小只让我弹钢琴，所以我才一事无成！

我恨您，却又离不开您。当我苦不堪言时，还是只能依靠您，无论是在物质上还是精神上。我太傻了，我就是个浑蛋！我一错再错，最终漂泊到了人生的终点，成了一个被酒精夺走灵魂的躯壳，一具头脑混沌、双耳失聪的行尸走肉。但令我震惊的是，即使我成了这样一个废人，您都不愿舍弃。您坚信我能恢复，甚至赔上生命最后的时光，全身心地照看我。

当精神状态一点点稳定下来，我终于看到了真正的人生。然后我懂了，我根本没必要去寻找栖身之所，只要在您身边，只要做您的儿子，就已经足够了。您从来没有要求我必须在音乐上取得成功，您所期望的，只是我能够尽情享受人生。

我想回到那个时候，那个心中没有一丝杂念、只顾追求美好音乐的孩提时代。儿子想再为您弹琴，只有这样，才能回报您的恩情。

可是，今天的我，已经无法再弹琴了……

寿明仿佛置身梦境，哥哥纷繁的心绪接连在他的脑海中载浮载沉，最为强烈的便是哥哥对母亲的愧疚与感谢之念。

寿明心里一颤，侧耳倾听，似乎隐隐听到了钢琴声。刚才孩子的双手在琴键上弹奏的时候是有形而无声的，但不知何时，悠扬的琴声已飘入脑中。那是一首从未听过的曲子。

这旋律——寿明感到震惊。他明白了这首曲子的意义。这是喜久夫送给贵子的礼物。

尽管喜久夫已经听不到任何声音，但他开始重新寻找通往音乐的道路。他不能再弹琴，却可以在脑海中创造旋律。他奋力让记忆中每一个琴键的声音复活，重新组合，创作出了这首曲子，只为献给一直支撑他到今天的母亲。

喜久夫是想让母亲听到他的琴声，才留下了那封信。他在神楠中寄托的何止是悔恨与感谢之念，他最想传递的其实是这段旋律。

寿明清醒过来，所有声音戛然而止，一切心绪也都不再能感受到了。难道受念的时间已经结束了？他缓缓睁开双眼，烛台上的蜡烛只剩下短短一截。他打开手电筒，吹熄烛火。头脑还有些木然，像是刚从一个漫长的梦中苏醒。但寿明知道那绝不是梦境，他的的确确接收到了哥哥寄托给神楠的念。

寿明走出神楠，回到院落。见千舟坐在值班室前的折叠椅上，他走了过去。

"看样子，您接收到的念并不坏。"千舟招呼道。

"您能看出来吗？"

"当然，我已经当了很多年守护人了。"

寿明长舒一口气。"我得向您道歉。说实话，我开始还半信半疑的。不，连半信半疑都不算，我完全没当回事，以为只是迷信，要不就是来的人都受到了自我暗示。"

千舟丝毫没有露出不快的神色，反而像是觉得很有趣似的微微笑了。"所有人最初都是这样想的，我决不会强迫您必须相信。我认为信者会不请自来。"

"有过这样的体验，您跟我说别信都不行了。"寿明从怀中取出一个信封，里面装着一万元香资。他想递给千舟，但又犹豫了。

"怎么了？"千舟问道。

"没、没什么，"寿明皱着眉头答道，"我根本没想到可以受念，又觉得不给香资不好，才象征性地放了一点，可是刚才的体验用这点钱是绝对换不来的，那要给多少合适呢？我也不确定了。"

千舟苦笑道："每位访客一开始都会很兴奋，想法也和您差不多，可来过几次之后才感觉祈念就和平时的祭祖一样，所以您真的不用在意。"

"这样可以吗？其实里面只放了上次您和我说的那个数额。"

"没有任何问题。下次您可以放在烛台前吗？"

"我知道了。"寿明把信封交给千舟，"您刚刚说有访客来过几次，受念难道不是只能进行一次吗？"

"不是的。寄托的念在神楠里几乎可以永久留存。只要是接近满月的这段时间，无论多少次都可以接收，只不过一晚只能受念一次。"

"您的意思是明天还可以来吗？"

"是的。"

"那我明天再来，可以吗？当然，我会奉上香资。"

千舟笑了笑，那笑容看上去意味深长。"我猜到了会是这样，所以明晚没有安排预约。您会来吧？"

"拜托您了。"寿明低头致谢。

"我明白了。今夜是满月，明晚的念要比今晚弱，但也足以接收。我会做好准备，在此恭候您。"

"太感谢了，明天也麻烦您了！"寿明多次致谢后离开了月乡神社。

第二天晚上，寿明再次进入神楠。他已经大概知道要怎么做了，只须稍稍集中精神，头脑中就接收到了喜久夫的念。

除了再次深刻体会到哥哥的苦恼和对母亲的感激，寿明还感知到了哥哥对父亲和弟弟的心绪。那同样是种非常复杂的心绪，因愧疚产生的罪恶感和想要对抗的情绪交织在一起，如果仔细体味，还可以感受到哥哥那种想要对抗的情绪是出于忌妒，尤其是对弟弟的忌妒。

对于像普通孩子那样长大的寿明，喜久夫心怀怨恨。没有人强迫弟弟练琴，他可以和其他孩子一起出去玩，开开心心地度过童年，这让喜久夫艳羡不已。弟弟将来的路也早早确定了下来，他只要继承家业就好，无须为未来而迷茫。相比这样的弟弟，自己则被迫生活在艰辛痛苦中。

而另一方面，喜久夫对心怀忌妒的自己充满厌恶。弟弟一定也有苦衷，或许他本来可以走一条更喜欢的道路，家族产业却不由分说地压到了他肩上。母亲所有的爱也都被哥哥一个人夺走，他一定时常感到孤独。连这样的弟弟都要怨恨，自己又是何其卑劣啊。

与昨晚一样，那段旋律不觉间又开始流淌。那是喜久夫的赎罪曲。寿明放松精神，仔细聆听每一个音符，觉得这是一首很优美的曲子。哥哥果真是天才，只是听着，身心似乎就能得到净化。一曲终了，念也随之消散。寿明实在太感动了，久久无法动弹。

23

狭小的值班室里充盈着钢琴演奏的乐曲声，曲调时而庄严时而轻快，下一个音符总会出人意料，节拍不急不缓，舒适得似乎与人体生物钟的钟摆保持相同步调。每个聆听者都可以将身心交给这旋律，就这样一直静静地听下去。

佐治面前放着一台无线音箱，曲子就是从那里流淌出来的。他正在播放手机里的音乐文件。随后，他操作手机，暂停了播放。

"这首曲子真好听。这就是您在接收喜久夫先生的念时所听到的吗？"

"准确地说，不是听到，而是回响在脑海中的。"佐治纠正了玲斗的说法，接着说道，"而且，刚才播放的曲子不是原曲，目前还差一点没有完成。"

"这首曲子是谁演奏出来的？爸爸吗？"

佐治忍不住笑了出来。"我哪儿会弹钢琴啊。"

"那是谁？"

"刚才提到的那位女士。"

"刚才提到的那位？"优美好像突然想起了什么，拿出手机划动几下,把屏幕朝向佐治,"是她吗?"手机照片中的人正是被优美怀疑成她父亲情人的那个女人。

"对。"

优美仔细看了看屏幕,又将视线移向佐治。"这是怎么回事?"

"我想做成有形的东西。"

"什么?"

佐治用指尖轻轻碰了碰脑袋。"自从开始受念,哥哥的曲子就总在我脑海里回响,不经意间就会哼出来。"

"啊,这么一说还真是。"

"你妈妈也说我最近老哼歌,是不是有什么好事。每次我都糊弄过去了。"

"为什么要糊弄过去?跟我们照实说不就好了?"

"哥哥的事情怎么说得出口?解释起来很复杂,又不是什么开心的回忆,你们听了估计也不会高兴。还有神楠和祈念,就算我说了,你们肯定也不会相信。"

"你不说怎么知道?"优美噘起嘴,小声埋怨道。

"就算要说,我也想等到完成之后。"

"完成?"

"我想把回荡在脑海中的曲子变成真正能用耳朵去欣赏的音乐,如果能完成,就可以让你们母女也听到了。但是具体该怎么做,起初我一点头绪都没有。"

"后来呢?"玲斗问道。

"我苦恼了很久,最后和一个初中同学取得了联系,他现在是音乐老师。几年前参加同学聚会时,我和他交换过名片,还约好再见面,但一直没找到机会。他姓叶山。"

"那您是怎么和叶山老师解释的?"佐治应该不可能直接说祈

念的事情。

"我对他说,以前听过一首钢琴曲,一直留在记忆里,现在想重现这个旋律,不知该怎么办。叶山说,如果是古典乐或爵士乐的经典曲目,应该没有他不知道的,让我哼给他听——他误以为我只是忘记了原曲的名字。我告诉他是一首未曾发表的曲子,他又问我是怎么知道的,总之解释起来特别麻烦。"佐治愁眉苦脸。

"可以理解他的想法。那您是怎么说的?"

"我说作曲人是我死去的哥哥,小时候给我弹过几次,这首曲子承载了我对他的回忆。多年后我想再听一听,但翻遍哥哥的遗物都没找到录音带或音乐文件,连乐谱也没有,实在束手无策。"

"您解释得真好,很合理。"

"后来呢?"优美问道。

"叶山总算明白这件事不简单。他提到了一个朋友,说不管曲子有多长,只要听上一遍,那个人就能弹奏出来。更厉害的是,即使找一个五音不全的人来唱,那个人也能准确地写出乐谱。"

"啊?还有这样的人?"

"我也认为果真如此就再合适不过了,于是马上托叶山帮我联系,打算直接登门拜访。叶山告诉我,她家在吉祥寺。"

玲斗"啊"了一声,随即看向优美面前的手机。

优美点了一下屏幕。"她就是刚才提到的那位女士?"

"没错。"佐治介绍,那位女士名叫冈崎实奈子,不仅是钢琴教师,还是音乐领域的自由撰稿人。"我可以理解你怀疑我,但我并没做见不得人的事情。下次我可以带你去见她。"

"我明白了。爸爸,对不起。"

"对了,你怎么知道我去过她那儿?"佐治自然要问女儿这个问题。

"等回家我再告诉你。"优美显得有些难为情。

"看来你背着爸爸耍了不少小聪明啊。"佐治笑着说。

"之后呢?"玲斗想知道事情的后续,"是冈崎女士帮您演奏出了刚才播放的那首曲子吗?"

"嗯,简单来说就是这样,但实现的过程并不顺利。啊,现在说实现还有点早。"

"您能详细说说吗?"

"说怎么不顺利吗?这可不是什么有趣的事。"

"我也想听!"优美语气强硬地说。

"好吧……"佐治看了一眼手表,"反正也是些题外话。"

或许是想润润嗓子,佐治拿起茶杯。见杯子已空,玲斗连忙端起茶壶。佐治呷了一口新倒的茶,微微挺直后背,继续讲述。

冈崎实奈子个子不高,气质优雅。叶山说她年近五十,但完全看不出来。

"叶山老师跟我说了,我非常感动。"冈崎实奈子坐得笔直,双眼炯炯有神,"时隔这么久,您对哥哥创作的曲子还记忆犹新,太令人佩服了。"

"不,说不上是记忆犹新……"寿明挠了挠头,"只是断断续续地记得一点。"

"没关系,您可以先让我听一下吗?"

"啊……好的。"寿明清了清嗓子,端正坐姿。

前一天晚上,他刚去过月乡神社受念。得知可以请冈崎帮忙后,他打算把曲子记得牢固一些,随即联系了柳泽千舟,希望她帮忙准备足够燃烧两个小时的蜡烛。由此,寿明对于旋律的印象更清晰了,但仍很难完整记下来。他毕竟才只听过三次。

在别人面前哼歌可谓尴尬而紧张,何况冈崎和叶山还都是音乐方面的专家,但寿明知道如果不这样,一切都无法进行下去,他只好哼唱起来。由于太过难为情,他瞬间感觉全身燥热。他听得出自己哼唱得乱七八糟,脸上火辣辣的,便停了下来。"抱歉,总是哼不好,太难了……"

"不用在意,请再哼一段吧。"冈崎说话时的表情十分严肃。叶山面带笑容,但明显不是讥笑。

"好的。"寿明继续哼起歌来,心里暗暗着急——糟了,好像有点走调,这样到底行不行?他越来越没有信心。

把记忆中的部分从头到尾哼了一遍之后,寿明歪着头,挠了挠额头。"唉,这么难听肯定不行吧?我回家练一练再来。"

冈崎没有直接回答,而是问道:"曲调会给您什么样的感觉?"

"曲调……我该怎么表达呢……"

"佐治,你怎么想的就怎么说,比如像演歌,还是民谣?"叶山插嘴道,"还是说听着很华丽,或者让人感到阴郁?"

"应该说……让人感到很踏实吧。"

"踏实。是抒情曲的感觉吗?"

"抒情曲?"

"就是曲子节奏舒缓,让人感到平静。"

"对,想一直静静地听下去。"

冈崎实奈子一言不发地站起身,走到放在墙边的电钢琴旁,掀起琴盖徐徐弹奏起来。

寿明大吃一惊。悠扬的旋律将他哼唱出的拙劣曲调优美地重现,连音程不稳定的问题也得以解决,听着已经很像样了。

"怎么样?"冈崎转过头问寿明,"感觉接近吗?"

"嗯……"寿明环抱起双臂,"算是接近了,可还是不太一样。"

"具体是哪里呢？我再弹一遍，您听听看。"冈崎再次面向电钢琴，开始弹奏。一曲结束，她再次问道："怎么样？"

寿明抿着嘴，歪着脑袋说道："感觉挺像的，可还是有些不一样，很难表达。对不起，是我哼得太差劲了，我还是练一练，下次再来吧。"

"练一练能好点吗？"叶山怀疑地看向寿明。

"不知道，我觉得总比现在这样好。"

"佐治先生，您没学习过乐器吗？"冈崎回到原位。

"没有。说起来不太好意思，我和我哥不一样，在音乐方面完全没有天赋。"寿明摆了摆手。

"那您看这样可不可以？您把哼的歌录下来，先听一听，如果感觉不对，就重新录。您多重复几次，直到觉得没问题了，再让我听，可以吗？"冈崎的提议合情合理，问题是寿明能否做到。

"可以，但我没什么信心。"

"要不您先试一试？我也希望听过您自己满意的版本后再尝试。"

"好，我回去试试。"

双方约定两周后再见。走出公寓，寿明向叶山表达谢意。

"要是一切顺利就好了。"叶山说道，"完成后告诉我一声，我也想听听。不知为什么，我觉得这会是一首传世佳作。"

"光听我刚刚哼的就知道了？"

"嗯。音程都那么乱了，还是能感受到有什么东西在传递出来。佳作都是这样的。"

虽然自己五音不全，但哥哥的作品被夸奖了，寿明仍感到喜悦。他回应道："那太好了。"

第二天，寿明买来录音机，立刻开始尝试。他不想让妻子和女儿听到，所以一大早趁员工还没有上班，便来到办公室。正如预感的那样，他怎么录都不满意。本以为哼出的旋律和脑海中的一模一样，可录完一听还是有所不同。最让他头疼的，是连他自己也听不出来哪里有差别，所以想调整也无从下手，但他可以断定，哼出的旋律和脑海中的不一样。

转眼两周过去了。尽管寿明并不满意，还是带着录音机去拜访了冈崎实奈子。

听过录音，冈崎立刻起身走向电钢琴，开始弹奏。乐谱仿佛已成竹在胸，她的指法自然纯熟。悠扬的乐曲如此精妙，完成度之高令人难以想象是参考了录音机中寿明哼的那首歌的结果。弹奏结束时，寿明甚至想鼓掌致敬。

"这次如何呢？"冈崎问道。

"您弹得太棒了，我都听入迷了。"

"离您哥哥的曲子又近了一步吗？"

"嗯，我觉得已经相当接近了……"寿明欲言又止。

"可还是不一样，对吧？请您不要有任何隐瞒。"

"好的。嗯……确实还是有微妙的不同。都怪我哼的感觉不对，和您完全没有关系。我想再好好练练，下次一定拿来完美的录音。"

冈崎拿起录音机重新播放，小小的机器里传出寿明哼的歌。她侧耳倾听，思考起来。

寿明越听越觉得不舒服，连忙道歉："对不起，哼得太难听了。"

"佐治先生，"冈崎看向他，"这首曲子是完整的吗？"

"哎？您说的完整……是什么意思？"

"我上次就有这种感觉。曲子的结构听着有些不自然，好像是从中途开始的。我本以为多听几遍录音后这种感觉会消失，但现在看来并没有，所以我才有点怀疑这并非曲子的全部，有没有可能还漏掉了一部分呢？"

寿明大吃一惊，不禁咋舌，心想不愧是专家。冈崎一语中的。寿明哼唱的曲子的确是从中间部分开始的，因为每次受念时他总会不知不觉间听漏开头部分。"您说得很对，"寿明答道，"我的确是从一半开始哼的，因为开头部分我实在想不起来了……"

"果然如此。那您打算怎么办？就这样完成乐谱吗？当然也可以由我来创作开头部分，但整体的风格可能不统一。"

"嗯，我再努努力。下次拜访您之前，我会把开头部分也录好。"

冈崎似乎不太理解，皱了皱眉头。"您不是说想不起来了吗？那再怎么努力不也没用吗？"

"啊，这……确实是……"冈崎的疑问合乎常理。要是努努力就能想起来，为什么不早点努力？"说实话，事情可能和您想的不太一样。"

"不太一样？"冈崎歪着脑袋问，"哪里不一样呢？"

"我对叶山说的和实际情况有点不符，不，是非常不符，因为我觉得如果说出实情，一定没人相信我。"

"想重现您哥哥的曲子，这也是谎话吗？"冈崎实奈子的表情变得有些僵硬。

"不，这是真的。但我说以前听过我哥演奏，那旋律至今还留在记忆里却是谎话。其实，我最近才听到那首曲子，但不是在磁带或 CD 里听到的。"

"难道是您哥哥亲自演奏的？可他不是很早以前就已经不在了吗？这也是假的？"

"不，我哥的确很早就去世了，而且没有留下任何录音。您一定觉得奇怪，我是怎么听到曲子的呢？其实，是通过一种匪夷所思的途径，也很难解释……"

冈崎露出难以置信的表情。"您这么一说,我心里更放不下了。"

"是啊。如果我是您,也一定会这样。我想和您说说实际情况,虽然您最后可能根本不相信。"

"好,我洗耳恭听。"

"不过,您能帮我保守秘密吗?这件事本不应该向无关的人透露太多。"

"到底是什么事呢?您越说我越觉得必须要听一听。我向您保证,一定不会说出去。"冈崎坐正身子,目光中充满好奇。

"其实……"寿明告诉冈崎,他的哥哥给母亲留下了一封离奇的信,他按照信上的内容找到了月乡神社的神楠。在那里,一个自称神楠守护人的老妇人讲述了奇妙的传说,他亲身经历受念,感知到了哥哥创作的曲子。

这个故事实在令人难以置信,寿明根本不敢看冈崎,讲述时一直低着头,但他想尽量让冈崎理解实情,语气不禁兴奋起来,甚至不时口沫横飞。寿明讲完后用手背擦了擦嘴,战战兢兢地抬起了头。

冈崎与寿明视线交汇,眨了眨眼睛。"太不可思议了。"她语气平静地说。

"抱歉,您还是无法相信吧?您肯定觉得这个糊涂大叔不是在胡思乱想就是出现了幻听。我第一次听说祈念时也半信半疑,或者说压根就不相信,可进入神楠后——"寿明停了下来。他看到冈崎伸出右手,示意他不用再说了。

"我是说这件事不可思议,没说不相信您。"

寿明双手扶膝,探身问道:"您真的相信?"

"我并不认为您在骗我。即使您是在胡思乱想或出现了幻听,与我也没有任何关系。您说是用头脑感知到了哥哥的曲子,这没有问题,我可以帮您把这首曲子谱出来。"

"您能这么说,我就放心了。说实话的感觉真好。"

"我也很高兴您能对我坦诚。那么,佐治先生,我可以相信您能把曲子的开头部分哼出来吧?"

"是的,我一定努力!"

"那我就在这里等着您了。"说完,冈崎陷入沉思。

"您怎么了?"寿明问道。

"我刚刚想到个办法。那个是叫受念吧?受念时您带着录音机去,怎么样?"

"受念时?"寿明看了一眼放在桌子上的录音机,"带过去做什么?"

"脑海中响起这首曲子时,您就跟着哼唱,当场录下来。这样无论是节奏还是音程都会比较稳定,也不用只凭记忆录音了。"

"原来如此,我怎么没想到!"

"您到时能试一下吗?"

"当然!这个主意太好了,谢谢您。"

寿明离开公寓,立刻联系千舟预约祈念的时间,定下了满月夜和第二天的晚上。

"这次是连续两晚祈念啊。之后您每个月都会来吗?"满月夜当晚,千舟问道。

"发生了一些事,解释起来有点困难……"

千舟微微摇头。"您不必解释,经常来祈念的访客并不在少数。好,接下来我就不打扰您了。"千舟的口吻中丝毫没有好奇。

进入神楠点燃蜡烛后,寿明拿出录音机,按下录音键。他闭上双眼,让所有思绪都集中在对哥哥的思念上。和前几次一样,哥哥心中强烈的心绪一波波涌来。寿明接收着,等待旋律响起。

不一会儿,他听到细微的琴声宛如从漆黑的深渊中攀爬而出,这是以往受念时从未听到过的前奏部分,曲调幽深高雅。如此美妙的音色竟然会听漏?寿明对自己的粗心感到无奈。突然,他意识到现在不是陶醉的时候,不哼唱出来怎么录音?可是想要准确地哼唱出一首初次听到的曲子并非易事。第二天晚上也是如此,尽管寿明勉强哼唱了出来,但距离脑海中的曲子仍相差甚远。

几天后,寿明带着录音机去见了冈崎实奈子。听完录音,冈崎眼中发出光芒,似乎终于理解了。

"原来是这样的序章,我明白了。和我预想中的一模一样,有了开头部分,这首曲子将更加完美。"

"您能听出来吗?真是对不起,我哼得太差了。"

"有些细节我确实还要再把握一下。您看这样行吗?您继续在神楠里录音,录完后麻烦送过来。我参考您的录音谱曲,再请您听。时间上……大概两周一次吧。"

寿明瞪大了眼睛。"如果能按这个节奏,我自然求之不得,可您也有工作要忙,我占用您这么多时间……"

"这是我自愿的。已经在另一个世界的人创作的曲子,需要在既没有声源也没有乐谱的情况下重现,这么神奇的体验想必一生仅此一次。"

"您能这么说,我心里舒服了很多。"

"那就这么决定了?"

"当然!拜托您了。"寿明深深地鞠了一躬。

自那天起,每逢满月夜,寿明都会在受念时一边哼歌一边录音,第二天把录音送到冈崎家。大约两周后,寿明再去听冈崎弹奏,然后提出感想和意见。后来,为了正式制作曲子,冈崎经常前往位于涩谷的工作室,寿明也改为在那里和她碰面。

冈崎每次弹出的曲子，完成度都在不断提高，这一点连对音乐一窍不通的寿明也可以明显感觉出来。

"但还是不行。"佐治把手放到无线音箱上，"已经相当接近了，就差一步，但这一步的距离很远。乐曲不光有主旋律，还有低音部分和和音什么的，缺一不可。如果仔细听，这些都可以听出来，但根本哼不出来啊。我想知道到底是哪里不一样、有什么不一样，才把音箱带进去，打算比对着去听，可进展还是不顺利。我在神楠里练习了好多次，仍是白费力气。"

"这么说来，您刚才确实是一会儿放音乐，一会儿哼歌。"

"没错。"佐治点点头，随后惊讶地看向玲斗，"你怎么知道？对了，刚才优美手上拿的是什么？"

"这件事回头再说。"优美说道。

"真是的，你这孩子从小就这样……"佐治嘟囔着，把音箱装进纸袋，对优美说，"明天白天我约好和冈崎女士见面，你去吗？"

"去。"优美当即答道。

佐治收拾完站起身。"明晚我还会来，到时麻烦你了。"

"恭候您的莅临。"玲斗低头致意。

佐治父女出了值班室，并肩向神社出口走去，两人的对话声清晰可闻。

"优美，你怎么来的？"

"开公司的小货车。"

"什么？喂，公车怎么能私用？"

"你自己不也偷偷用过。"

"我可是社长。"

"你女儿是社长的千金。"

"千金？别开玩笑了。"

父女俩轻松的对话声逐渐远去，直至消失。

目送二人离去后，玲斗回到值班室。他感到内心深处涌动着一股暖流，不知是因为亲眼看到佐治父女重归于好，还是感动于寿明与喜久夫的手足之情。玲斗觉得神楠的力量真是太神奇了，祈念也动人心弦。他此前已经逐渐明白祈念是怎么一回事，但没想到如此不可思议。语言难以表达的丰富情感、大脑中创作出的凄美乐章，竟然都可以传递，这简直远远超出了他的想象。

玲斗再次认识到神楠守护人这份工作的责任之重，并且从心底对委托给他这份工作的千舟生出了感激之情。

24

翌日午后,玲斗盘腿坐在小小的神殿里擦拭旧铃铛。这时千舟来了,睁大眼睛问道:"这个你都能拆下来?"

"值班室后面有三角梯。这个铃铛的声音不好听,可能是太脏了,好好擦一擦,声音说不定就能变得清脆。"

千舟来回看了看玲斗和铃铛,似乎在做比较。"看来,你对这座神社也产生感情了。"

"说是对神社,我觉得更应该说是对那棵神楠吧。"

"这是好事。我今天把这个带来果然没错。"千舟拍了拍肩上的托特包。

"带什么来了?"

"您。"

"啊?"

"不是'带什么来了',是'您带什么来了'。你一不小心就会忘记用敬语,说话时需要注意。"

玲斗抬了抬下巴,点点头。"对不起。"

"擦完铃铛再说。我在值班室等你。"千舟说完转身离开。

玲斗把擦好的铃铛系回绳子上，收好三角梯，回到值班室。千舟正翻着手账喝茶，看到玲斗进来，慌忙合上手账，迅速放进包里。

"打理完了？"

"嗯。"

"辛苦了。"千舟从包里拿出一本很厚的旧笔记本，放到桌上，"我给你带来了这个。"

"我能看看吗？"

"嗯，我就是为此才带来的。"

玲斗拿起笔记本。封皮上是手书的字迹，写着"神楠守护人心得"。翻开第一页，开篇是"念即人生，勿触勿予"，下一页写的是"第一章 接待希望祈念者心得"，标题下面列举了许多注意事项。

"两个多小时前，我接到佐治先生的电话。他向我咨询了一些问题，顺便把昨晚的事也告诉我了。关于这次祈念的理由，他也对你说了吧？"

"嗯，之前发生了很多事……"玲斗慌张得不知如何回答。佐治不会连他和优美合起伙来窃听祈念一事都说了吧？

"佐治先生告诉我，他的女儿强迫你做了一些事，这是他不得已才说的。他似乎并不希望追究此事，我也没再多问。对我来说更重要的是，你好像已经慢慢明白祈念究竟是怎么一回事了。听完佐治先生的话，你有什么感受？"

"我觉得很神奇。不，是特别神奇，神奇得不得了，实在太神奇了！"

千舟略显厌烦地皱起眉，撇了撇嘴。"你是怎么回事？除了神奇，其他的话都不会说了吗？"

"抱歉。"玲斗摸了摸头,"可我太吃惊了,一时间也不知道怎么形容。我没有祈念过,不清楚具体的感受,但明白了它可以支配人心,令人震动,给人一种无须多言的感觉。"

"对,无须多言。"千舟满意地用力点了点头,"与用语言传递的信息不同,脑海中浮现出的东西得以原样呈现,没有虚假,也无法粉饰。无论寄念者的真实想法如何,受念者都会原样接收到。正因如此,来祈念的访客中,打算留下遗言的人最多。仅凭文字和话语难以表达的心绪,不管多么复杂而朦胧,通过祈念都可以精确传达。与柳泽家往来密切的世家中,当一家之主想把自己的理念、信念和使命感传递给继承人的时候,不少人都会借助这份神力。"

"这么说……"玲斗眼前浮现出大场壮贵的面容。

"作为一家之主,最大的愿望就是家族的延续和繁荣。继承人受念,并为实现前人的理想而继续努力。许多前人未竟的事业不都是由后人实现的吗?传说向神楠祈念,就可以实现愿望,其实是这个意思。"

"原来如此!"玲斗拍了一下手。

"我们没想到的是,不知从何时开始,整个过程被武断地简化为许愿就可以灵验,这里还被当能量景点,但这倒是很好的保护色。有谁会真心相信一棵楠树能让人美梦成真呢?"

"的确,要是神楠的力量公之于众,一定会引起骚乱。"

"正因如此,柳泽家族才肩负着重要的使命。刚才我提到了传递理念和信念,可是念并非只有至清至净的,还有疑念、挂念、执念和悔念。寄念者心中所有的留恋之情都会包含在内,非但如此,就连杂念和邪念,神楠也可以如实传递。据说在以前,诅咒仇人死去的祈念非常多,其实那就是在驱使后人替自己复仇。"

玲斗忽然觉得好像有人和他说过类似的话，略一回忆，想起那人是在公共浴池遇到的老人饭仓。

"总之，"千舟看着玲斗手中的笔记本，"这上面总结了具体的行为准则和心得体会，它会告诉你作为神楠守护人如何才能做到尽善尽美。说得直白一点，它是一本工作指南。除了历代守护人传下来的内容，我还做了补充。你有时间好好研读，遇到不明白的地方随时问我。"

此前千舟一直对玲斗守口如瓶，现在看来或许情况将有所转变。

"那我现在能先问您一个问题吗？"

"都没仔细看过就要提问吗？好，你问吧。"

"念并不是谁都可以顺利接收到的，对吧？进入神楠后，也有用尽全力去回忆寄念者却感知不到任何东西的情况吗？"

千舟缓缓点头。"有，而且并不少见。比如，血缘关系太远就不行。最好是三代以内的血亲，四代勉强可以，五代以外就很难了。另外，如果血缘关系近，但寄念者和受念者之间非常疏远，也可能出现感知不到的情况。应该还有其他影响因素，偶尔会有访客说没有接收到念，不想给香资。"

这正是大场壮贵遇到的情况。玲斗向前探身问道："这些人之后怎么办？再也不来了吗？没有想过再努力尝试几次吗？"

"自然有，特别是那些不清楚自己为何受念失败的人，还有一直没有放弃、每逢满月都来祈念的人。"

"如果还是接收不到呢？"

"因人而异。有的很快就放弃了，有的则坚持了很久。"

"有没有一个大体的标准？比如祈念五次都感知不到，那就一定没希望了。事先告知访客类似的数据不是更好吗？"

"没有这个必要。神楠守护人不能干涉祈念者。"刚才还在耐心教导的千舟，表情忽然警觉起来，用探究的眼神看着玲斗，"你为什么要问这个？"

"我偶尔也要多想一想……"玲斗吞吞吐吐地说。

"怎么话都不会说了？想说什么就痛快说出来。"

"不，不是我想说什么，是有人想让我提供一些建议。"

"建议？给谁提供？哪方面的？"千舟提出一连串问题。

"其实是……"玲斗只好说出大场壮贵曾来找他咨询。

千舟似乎早已料到会发生这种事。"大场壮贵先生问你这些……对了，他预约了明天晚上祈念。我隐约察觉到他上次来祈念时不太顺利。"

"我感觉他已经放弃了，只是想找个不用再来的理由。"

"是吗？我再次提醒你，我们无法提供任何建议，只需要负责接待预约祈念的访客。"

"看来只能这样了。我就是看他有点可怜，但也没办法……"

"继承人的问题到哪里都很麻烦，在历史悠久的家族或庞大的组织中更是艰难。好在我很快就卸任了，这些与我无关。"千舟一副无所谓的态度，和以前的她显得不太一样。

"卸任？什么意思？"

"下一次高层会议上应该会宣布，我将不再担任顾问，然后在接下来的董事会和明年春天的股东大会上表决通过。之后，我的工作就正式结束了。"

"为什么？柳泽集团还非常需要您呢。"

玲斗的话似乎令千舟出乎意料，她眨了眨眼。"你这么说可真让我感到意外。你对柳泽集团很了解吗？"

"这……不是很了解，但在涩谷的酒店……"

"涩谷？哦，柳之酒店，在那里怎么了？"

"我读了放在房间里的一本小册子，上面写着社长的寄语。"

"嗯。你看那个了？"

"我对上面写的内容很感兴趣。"

"这样啊……"千舟似乎陷入沉思，但很快表情放松下来，微笑着说，"任何组织都需要更新换代，高级顾问或咨询顾问这类职位已经跟不上时代了，股东们也不认可，所以我离开集团理所应当。只是我心里放不下柳泽酒店。"

"因为柳泽酒店要停业吗？"

"就算我卸任了，也想保住那里。"千舟抬起右手托着脸颊，凝望远方。她好像忽然想起了什么，打开一旁的手账写了起来。

已过了晚上十点，玲斗在值班室里听到旧铃铛发出浑浊的声响，看来再怎么擦拭也无法使它的声音变得清脆了。

玲斗走出值班室，看到佐治和优美站在门外。"晚上好。"玲斗问候道，"我听姨妈说了，今晚先由优美小姐试着祈念。"

"柳泽女士说优美恐怕无法成功。没关系，试试看吧。"

玲斗看向优美，见她耸了耸肩，显得有点难为情。看来她也没什么信心。

三人走向神社院落一角，在祈念入口驻足。

"那我先过去了。"优美拎起装有蜡烛的纸袋，表情平静地说，"爸爸说蜡烛点着后，一般不到五分钟就能感到念向他涌来。我坚持十分钟，不行就回来。"

"好，去吧。要用心啊。"佐治对女儿说道。他好像并不抱期待，声音显得有些无力。

佐治问千舟能否让女儿代替他进入神楠祈念，出于一些原因，他想让女儿试试。

玲斗听千舟说了此事,马上明白过来。如果优美能接收到伯伯的念,就可以把那首曲子中佐治听不出来的部分补充完整。优美说过,她对自己的音感相当有自信。

"也不知道会怎么样……恐怕还是不行吧……"佐治双手插在裤兜里,微微晃着身体。

"优美小姐对您哥哥的事情一无所知吧?让她回忆起什么确实有点勉强。"

"我和她大概说了说我哥以前的事,照片也拿给她看了。"

"哦。"玲斗含糊地应道。他并不认为这样能骗得过神楠。

佐治自己或许也没抱希望,外面这么冷,他却没去值班室,而是在这里等着,这一点即是证明。他大概觉得优美很快就会出来。

果然,没过多久,优美的身影出现在树林深处。"不行,什么都感觉不到。"她脸色阴沉,"蜡烛我已经吹灭了。"

"没办法啊。轮到我了。"佐治向树林深处走去。

玲斗和优美决定回值班室等待。

"今天我去了那个在涩谷的工作室,见到了冈崎。"优美用盛着可可的杯子暖着手说道。

"她是个怎样的人?"

"人很好,长得好看,性格温和,还有才华。我竟然怀疑她是爸爸的情人,真是太对不起她了。"优美表情严肃,应该是真心这么认为。

"曲子谱得怎么样了?"

"嗯……"优美犹豫片刻,"还差一小段,但很难推进。我觉得目前的曲子已经很好了,可爸爸说还是不一样,音调上有细微的区别。我想让他说清楚到底哪里不一样,他就生气了,说他表达不出来也很难受，还说我根本不知道要把一首只能在脑海中回响的曲子用语言描述出来有多难。这算什么嘛。"

"佐治先生想尽量做到完美吧，他也有自己的坚持。"

"嗯，他说有个想法。"

"什么想法？"

"等曲子完整谱出来后，他想拿给奶奶听，毕竟这本来就是伯伯为奶奶创作的。如果能用钢琴演奏出来，奶奶就也能听到了。"

"你奶奶不是有认知障碍吗？应该听不明白吧？"

"那也没关系，反正要让奶奶听到。他还说，就算奶奶糊涂了，那首曲子也一定能打动她。都说到这个地步了，我自然不好再反驳，就让他做到自己满意为止吧。"

"真是不容易。"

"是啊，这件事说得轻巧，做起来不知道有多麻烦。不过……"优美歪着脑袋说，"我现在对爸爸有点刮目相看了。"

优美的话似乎砰的一声在玲斗心底燃起了一团火焰，他默默注视着优美，良久无言。

"怎、怎么了？你能不能别这么看着我？"优美用右手遮住了脸颊。

玲斗慌忙移开视线，透过玻璃窗望向夜空。圆圆的月亮像满载祝福的热气球，飘浮在空中。

今夜依旧无云。

25

和上次一样,大场壮贵在福田的陪同下来到神社。仔细一看,其实是福田拽着壮贵走了过来。两人都阴沉着脸,福田的表情里似乎还夹杂着几分坚毅。壮贵则丝毫看不出干劲,双手揣在黑色皮衣的口袋里,摇摇晃晃地走了过来。

"恭候多时了。"玲斗鞠躬致意。

"时隔一个月,又要麻烦您了。"福田说道。上次他和玲斗单独在一起时,语气有些随便,看来在壮贵面前,他觉得还是用敬语和人交谈为好。

"这个给您。"玲斗把装好蜡烛的纸袋递给壮贵。

"虽然明知道不行,还是想问一下,我今晚依然不能陪同祈念吗?"福田谄笑着说道。

"是的,实在抱歉。"

"这样啊。"福田的笑容顿时消失了。

"请您跟我来。"

玲斗打开手电筒,正要迈步,只听壮贵说道:"福田叔,你不用过来了,在车里等我吧,结束后我就回车上。"

"啊,但是……"

"没关系吧?"玲斗说,"从这里到停车场的路,壮贵先生可以一个人走,他已经成年了。"上次福田说壮贵还未成年,大概是觉得那样说就可以跟着进去。

福田面色铁青,或许是因谎话被拆穿而感到难堪。"那我在车上等您。"他对壮贵说完,便转身快步离开了。

壮贵哼了一声。"我说自己来就行,那个老头非要跟着,我怎么说都不听。他肯定是怕我跑去其他地方打发时间。"

"福田先生也是拼尽全力了,他一定衷心希望您能祈念顺利。"

"为了把我推举为继承人,他已经没有退路了吧。可那些乱七八糟的事和我根本没有关系。"

他们边说边向树林走去。

"对了,上次委托你的事,帮我打听了吗?如果祈念一直都不成功,到第几次就可以不用来了?"

"我问过姨妈,她说这要由祈念者自己决定,我们不能干涉。"

"果然如此,真没办法。"壮贵重重地叹了口气。

离通往神楠的入口越来越近。

"您没有回忆吗?"

"什么?"听到玲斗的问题,壮贵停下脚步,"我不明白你的意思。"

"我想,您是不是缺少和您父亲在一起的回忆。如果想接收到念,一定要清楚地回忆起有关寄念者的事。要是本就没有什么值得怀念的事,祈念肯定不会顺利。您接收不到念,或许是这个缘故。"

壮贵撇撇嘴,吸了一下鼻子,双手仍揣在皮衣口袋里。他抬头望望天空,又低头看看脚下,随后将目光转向玲斗。"不,我和老爸的回忆太多了,光是我们俩拍的照片都不止一二百张。"

"您父亲和您的关系很亲近啊。"

"嗯,这么说有点难为情,他真的非常疼爱我,毕竟五十多岁才有了我这个独子。我记得很清楚,我在上幼儿园的时候,他还拖着年迈的身体强打精神去参加我们的拔河比赛。"

"是吗?真让人羡慕。我从来没有过这种经历。"

壮贵有些惊讶地看着玲斗。"你父亲呢?"

"我没有父亲,一次都没见过。"

"他在你小时候就去世了吗?"

"不是。其实我父亲另有家庭,从未与我相认,而我母亲又去世得早,到现在我都不知道自己的父亲是谁。"

壮贵脸上滑过一丝忧郁。"你的经历也不简单啊……"

"我母亲年轻时在夜总会上班。我出生后,她依然和不少男人有来往。他们没来过我家,但我在外面见到过几个,可能母亲也考虑过是否要另外嫁人。他们看起来都不坏,可我就是不喜欢,因为我知道他们也根本不喜欢我。这种感觉很难说清楚,但一眼就能看出来。母亲大概也察觉到了我的心情,带我见过对方后,基本很快就分手了。当时,她并不打算找一个丈夫,而是最希望为我找一个称职的父亲,可终归没有找到。仔细想想,这也是理所当然,那些男人看上的是我母亲,至于她的儿子,怎么看都会碍眼,有哪个男人能喜欢其他男人的孩子呢?要真能组成一个和和美美的家庭,那才真是厉害。您不这么认为吗?"

壮贵警觉起来。"你到底想说什么?"

"抱歉,我跑题了。我只是想说我没有父亲,听到您有这么疼爱您的父亲,由衷感到羡慕。"

"就这些?"

"是的,难道还有其他的吗?"

"没有最好。"

"您进去吧,衷心祝福大场先生的祈念可以打动神楠。"玲斗低头致意。

壮贵似乎还想说什么,却赌气般没说出口,径自走进了树林。

玲斗转身朝值班室走去,突然察觉身后有光照过来,回头一看,壮贵正拿着手电筒站在树林中。

"您怎么了?"玲斗高声询问。看到壮贵缓缓走来,玲斗迎了上去,又问了一声:"您有什么事吗?"

壮贵犹豫地说道:"你跟我一起,怎么样?"

"一起?"

"你能不能跟我一起进神楠?"

"为什么?"

"反正我怎么祈念也没用,我不可能接收到老爸的念。一个人在那里待着太无聊了。"

"但是……"

"你知道我总是祈念不顺利的原因吧?所以才和我说了那些话,不是吗?"

玲斗无言以对。

"我想和你聊聊。如果你不愿意,我也不会勉强。"

"和我聊?您确定?"

"毕竟我也没法和别人说。"壮贵的表情十分认真。

看到壮贵的眼神如此坚定,玲斗点了点头。"好的,我明白了。"

"我想先问个问题。你是怎么发现我不是我老爸的亲生儿子的?"

玲斗挠了挠眉梢。"这件事说来话长。"

"去那边说吧。"壮贵迈开步伐。

神楠中泛着一丝暖意。壮贵将蜡烛立在烛台上,刚要点燃,玲斗制止了他:"请等一下。神楠里如有两人以上是不能点蜡烛的,受念者只能是一个人。"

"反正我无法受念。"

"或许如此,但这是规定,抱歉。"

"好吧。"壮贵没有关手电筒,盘腿坐了下来,"你现在可以回答我的问题了。"

玲斗靠着树洞内壁坐在地上,双手抱膝。"您第一次来神社时,显得有些不耐烦。能有这种神秘体验的人,大都会很兴奋,可您非但没有那种感觉,还确信祈念不会成功。"

"嗯,然后呢?"壮贵努了努下巴,示意玲斗继续。

"祈念成功有两个必要条件:一是必须和寄念者有血缘关系,二是拥有许多和寄念者一起留下的回忆。当时我认为您可能不满足其中之一,所以才从一开始就没抱任何希望。但如果您是因为和父亲关系疏远或没有什么回忆,估计早就对福田先生说了。您没有这么做,便只剩下一种可能——你们没有血缘关系。所以,您不是大场藤一郎先生和您母亲生下的孩子吧?"

壮贵勉强撇了撇嘴,挤出笑容,身体微微颤抖着。"你是想说我老妈出轨,怀上了其他男人的孩子,却不知道那个人是谁,又不能透露此事,最后只能生下来,还一口咬定是大场藤一郎的骨肉,并把他养大,傻傻的丈夫则一直相信妻子,还溺爱着妻子和情人生下的孩子,对吧?"

"不……我觉得和一般的出轨不太一样,说不定是出于无奈。"

"什么意思?"

"冒昧问一下,您的父母是奉子成婚吗?"

壮贵的目光中充满戒备。"为什么这么想?"

"因为这样才合理。您母亲曾是大场家的女佣吧？从每天在同一屋檐下生活，到办完入籍手续，其间不可能没有发生过关系。只是后来发现怀了孕，才决定结婚。通常一家之主和比自己小三十岁左右的女人结婚，周围一定有人反对，但如果有了孩子，旁人也就无法再说什么了。"

"嗯，你分析得倒是挺透彻的。"

"实际情况是这样吗？"

"差不多。我听说是老妈怀孕后才匆匆忙忙地入了籍。"

"果然。"

"可让她怀上我的人不是我老爸。老爸大概是糊里糊涂地被她骗了吧。"

"有没有可能您母亲当时也无法断定孩子是谁的？也许，您母亲和您父亲确定关系时，恰好是在她和前男友分手后不久。女人通常都知道自己孩子的父亲是谁，但如果是这种情况，您母亲在您出生前很可能并不知道。她也许不想欺瞒您父亲，结果却变成了这样。"玲斗有些担心壮贵会生气，因为他的推测可能让人觉得自己的父母受到了侮辱。

壮贵的表情却几乎没有变化。"我想问你个问题。"

"什么？"

"看你说得头头是道，那你认为，如果事实果真如此，我是不是早就知道了？"

"如果我说对了，那您应该是知情的。如果您不知道自己和父亲没有血缘关系，就会……"

"更积极地来祈念？"

"对。"玲斗点点头。

"那我是怎么知道的？我老妈告诉我的吗？"

249

"这不太可能。应该还有一个人了解真相,就是您的亲生父亲。他听说前女友生了孩子,想弄清楚是不是自己的,于是找到您母亲提出质问,或是在您母亲带着孩子外出时突然出现,强迫她说出真相。那个孩子小时候可能经常遭遇这种事。因为还不懂事,并不知道自己目睹了什么,但随着慢慢长大,他逐渐明白过来,开始怀疑自己不是父亲的亲生儿子。"玲斗一口气说完后问道,"我猜对了吗?"

壮贵拍手大笑起来。"你的想象力太丰富了!你真聪明。"

"谢谢。那我猜中了?"

"没有。"

玲斗差点后仰过去。"没猜中?"

"有猜中的地方,但最关键的部分猜错了。不过还挺有趣的。"

"最关键的是指哪部分?"

壮贵依旧盘着腿,双手撑在膝盖上,看向玲斗的目光中透着坚定。"接下来我要说的这些,你能替我保密吗?就算对你姨妈也不能说。"

玲斗察觉到壮贵要告诉他一些很重要的事情,便端正坐姿,用力点了点头。"我保证。"

壮贵清了一下嗓子。"我很佩服你的想象力,但我没见过亲生父亲,也从来没有别的男人找过我老妈,至少在我印象里没有。到底是谁跟我说的呢?其实不是别人,就是我老爸——大场藤一郎。"

"什么?"玲斗不禁感到惊讶。

"吓了一跳吧?但这就是事实。"壮贵微微笑了笑,"在我上初二时,老爸把我叫到身边,说有重要的事向我交代。他先问我:'壮贵,有没有人和你说过你什么地方像老爸?'我当时不明白他怎么会问这么奇怪的问题，不过还是回答：'人家都说我跟您一样倔。'老爸得意地笑着说：'确实。'他看上去很开心，但马上就变得严肃起来，说，'老爸指的不是性格，而是长相或身材，没有人说像我吗？'我想了想，才意识到的确没人这么说过。接着，他说了一件令我震惊的事：'说不定老爸和你没有血缘关系。'我一下子蒙了，以为他在开玩笑。他那认真的眼神让我觉得很有压迫感，甚至感到害怕。他继续对我说：'这件事总有一天要告诉你。现在你十四岁了，应该也能理解了，这才决定跟你说。'说实话，当时我特别恐惧，预感到老爸要说的事一定很不好，只想立刻逃跑。"

"你跑了吗？"

"我想跑，但两条腿不听使唤。"大概是回想起了那时的情景，壮贵的视线定住了，"老爸对我说了我的身世。和你猜的一样，他和家里的女佣，也就是我老妈发生了关系，后来发现我老妈怀孕了。他当时开心得都跳起来了。他是真心喜欢老妈，更重要的是大场家终于后继有人了。于是他很快向老妈求婚，没想到老妈不光没同意，还说决不能生下这个孩子。"

玲斗惊讶地睁大了眼睛。"难道您母亲亲口告诉他，孩子的父亲可能是别的男人？"

壮贵点了点头。"当时老妈有一个男朋友，但也不应该指责她出轨，因为老爸明知她不是单身，还要强迫她和自己在一起。而且，老妈的那个男朋友是有家室的。"

"啊……"玲斗不禁皱起眉头，闭上双眼。大场壮贵的故事里也有这样一个不负责任的男人吗？

"知道真相后，你猜我老爸怎么说？他竟然说那也要和我老妈结婚。真让人难以置信。"

"因为他相信孩子是他的？"

壮贵摇摇头。"他哪儿有什么信心？还不是没有办法。既然孩子有可能是他的，就绝对不能打掉，但如果要生下来，就只能结婚。"

"可是，如果孩子出生后不是……"

"不是他的怎么办？我老爸压根没这么想过。不管妻子生下的孩子是不是他亲生的，他都决定视如己出。他对我说：'其实任何男人都不知道妻子生下的孩子到底是不是自己的，只要选择相信，你就是我的孩子。'"

"这……"玲斗感到疑惑。说得容易，真有男人可以这么豁达吗？但玲斗能理解大场藤一郎想留下孩子的心情，毕竟这可能是他这辈子拥有自己孩子的唯一机会了。

"老爸对老妈说，希望她和那个男人分手。这自然没有任何问题，其实，老妈和老爸的关系进一步发展后，就已经不再和那个男人来往了。听说老妈有一阵子很痛苦，犹豫到底要不要生下我，好在最后还是听了老爸的。"

"原来发生了这么多事。"

"所以，我就成了大场家的独子，在宠爱中长大。日子风平浪静，但其实老爸心里一直有些不安。将来可能会因为我的身世产生纠纷，如果到了那个时候我才知道这件事，很可能会陷入混乱，导致我无法准确判断。他想趁早把实情告诉我，让我有个心理准备，万一出现特殊情况也能正确应对，所以他一直在找机会向我说明。"

"这样啊。我不知道说什么好，只觉得大场藤一郎先生是个很了不起的人，很有魄力。"

"我也这么认为，他冷静又有胆识。他最后还说：'以后说不定会有一些不利于我们父子关系的医学证据，即便如此，你也仍是我儿子，老爸的这个想法不会动摇，我会一直把你当作我的亲生儿子，尽我所能教导你、锻炼你，我可不会手下留情，你也别放松！'再后来，我们都没有再提起过这件事。没过多久，他病情恶化，也没机会再说了。"壮贵长舒了一口气，"我想说的就是这些。"

"你们没去做过亲子鉴定吗？DNA之类的。"

壮贵苦笑着说："根本不需要做什么鉴定。有没有血缘关系这种事，只要生活在一起，自然而然就能感知到。这种感觉很难说清楚。"他的语气中流露出几分懊恼，或许，他内心其实渴望自己是父亲的亲生儿子，却又不得不面对极力想要逃避的现实。

"但藤一郎先生并没有完全放弃您是他亲生儿子的希望吧？正因如此，他才将您指定为唯一的祈念者。"

"这一点我也很疑惑。连我都知道我和他之间没有血缘关系，他又怎么可能不明白呢？既然如此，为什么要祈念？真是莫名其妙。你说呢？"

"问我吗？"

"你倒是说说意见啊。你不是神楠守护人嘛，给我点智慧。"壮贵戏谑般笑了笑。

玲斗能深切体会到，在那笑容背后的，是壮贵复杂而又恳切的心境。他不知该如何作答，微微低下头说："实在抱歉，我帮不上忙。"

26

面向琴键的冈崎实奈子背影气魄惊人,看起来像是漫画《怪医黑杰克》的主人公——一名没有行医资格的天才外科医生,手术时操刀的速度异乎寻常,双手动作幅度很大,充满动感。

然而,钢琴发出的曲调给人的感觉却并非勇猛无畏,恰恰相反,接连不断的音符细致、紧凑且浑厚。伴随着美妙的韵律与节奏,听众的身心时而急切紧张,时而安心放松。曲风整体高雅庄重,却也有轻快的部分舒缓人心。

玲斗偷偷看了一眼坐在身旁的优美,她正闭着双眸,随节拍轻轻摇摆,大概是听到音乐后身体的本能反应。坐在优美对面的佐治也闭着眼睛,不同的是他一动不动,脑海里似乎正在联想什么。他的确思绪纷繁,他在想死去的哥哥、病床上的母亲,还有祈念。玲斗的目光移回前方,冈崎实奈子的弹奏已近高潮。

他们正在冈崎位于涩谷的工作室中。优美此前主动邀请玲斗:"要不要一起听听那首曲子?"正值满月与新月之间,没有访客预约,玲斗尚有空闲。他对此很感兴趣,最主要的是他找不到理由拒绝优美的邀请。

冈崎的动作停止了，余音还在回荡。等到声音消失，她才转身面向三位听众。

优美鼓起掌来。"太好听了！"她兴奋地说道，"比我上次听的更棒了，真让人感动！"

玲斗也鼓掌表示赞同。"同感。我之前听的还是录音，今天听过现场，觉得旋律特别丰富，或者说特别细腻。真是太厉害了！"玲斗不知如何赞美，只能尽力抒发感想。

"上次佐治先生特意把很多低音部分的细节录了下来，所以这首曲子给我留下的印象也变得具体了许多。"冈崎转向佐治，"您觉得现在这个程度怎么样？"

佐治立刻直起腰，满足的神情中似乎带着些许迷惘。"我也觉得非常好听，不知不觉就听得入迷了，像是进入了一种忘我的境界，又像是在做一场梦。"

"和您哥哥的乐曲相比呢？还有不一样的地方吗？"

佐治眨眨眼，先看了看优美和玲斗，然后才转向冈崎。"这一点……说实话，我也弄不明白。我觉得几乎一样了，但不敢肯定地说完全一样，感觉还是有一点不同。"

"但您也听不出来究竟是哪里不一样，对吗？"

"是的。我脑海里最近一直回响着那首曲子，现在再听您演奏，一下子混在一起了……"

"爸爸，你真的好好记住伯伯的曲子了吗？会不会是因为记得模糊，才比较不出来？"优美提出疑问。

"说什么呢。就是因为记得很清楚，才完成到现在这个程度，就差最后一步了。"佐治似乎有点意外，生气地看着女儿。

"到底怎么样只有你知道。说不定你觉得就差最后一步，其实还差得很远呢。"

"就差一步了,我敢肯定。"

"爸爸,你确定不是错觉吗?可能是你自我感觉良好。"

"什么?哪有这种事!"佐治噘起嘴。

"那你倒是说说哪儿不一样嘛。"

"我不是说了吗?我也不清楚,正发愁呢。"

"好了,两位都别着急。"冈崎坐在琴凳上,伸出双手上下微微晃动,示意父女俩都停一下,"我认为佐治先生的记忆没有问题,否则不可能谱出这么好的曲子。"

"好好听听人家说的。"

"你得意什么?说不定是人家冈崎老师润色润得妙。"

"怎么可能?啊,可恶!真想把我的脑袋切开,把脑浆倒出来让你听听那首曲子。"佐治敲了敲脑袋。

大概是吵累了,优美默默地把头转向一边。冈崎似乎也有些不知所措,微微低下了头。

苦闷的沉默中,时间一点一滴地流走。

这时,一个念头在玲斗脑海中一闪而过。"啊……"他举起手,"试试这个方法怎么样?"

三人的目光同时聚焦在他脸上。

"什么方法?"佐治问道。

"让优美小姐去听听佐治先生脑海中的曲子。"

"说什么傻话!这怎么可能听到?你不会真想让我切开脑袋,把脑浆倒出来吧?"

"佐治先生,您自己不就听到您哥哥脑海中的旋律了吗?"

优美不禁"啊"了一声。随后佐治惊讶地说道:"您的意思是让我去神楠祈念?"

"是的。新月夜时,佐治先生先去神楠寄念,等到满月夜再由优美小姐受念。这样一来，优美小姐就能听到那首曲子了。"

"好主意。"优美指了指玲斗，接着对佐治说道，"爸爸，试一下吧！"

"能行吗？"佐治显得很谨慎。

"不试试谁也不知道。目前还没有想到不可行的理由，我觉得至少值得尝试。"玲斗拿起手机查看祈念的预约状况，"下个新月夜的前一晚还空着，和我姨妈联系，应该可以预约上。"

"嗯……"佐治双臂环抱，"寄托给神楠……"

"我可以说一句吗？"冈崎实奈子开口道，"我不太了解神楠的事，但如果优美小姐真的可以听到佐治先生脑海中的乐曲，然后和我说说感受，对我一定很有参考价值。不用多么详细，哪怕只是大致印象也可以。现阶段最需要的是除佐治先生以外的听众的感受，这样才能更客观。"

到底是实际负责写谱和作曲的人，说出来的话极具说服力。三人都看向佐治。

"冈崎女士都这么说了，我就试试吧。"佐治小声说道，神色中依然流露出踌躇。

明晚才是新月夜，但今晚的天空也一片漆黑，密布的乌云把星星遮得严严实实。白天天气就很阴沉，玲斗盼着不要下雨，好在这个愿望实现了。

玲斗看了看手表，不禁感到疑惑。已经快十点十分了，如果是平时，佐治应该已经到了，今夜却迟迟听不到铃铛声。他拉开窗帘看了一眼窗外，院内一片昏暗，一个人影都没有。他拿起手机打给佐治。虽然感觉不太可能，万一他真的忘记了呢？

电话一直打不通。玲斗不知道到底发生了什么，无奈之下决定问问优美。

这次电话很快接通了。没等玲斗说话,优美就担心地问道:"怎么了?出什么事了?"她知道佐治预约了今晚的祈念。

"佐治先生还没有来。"

"什么?"

"不会是忘了吧?"

"不可能啊。晚饭后,我还说终于等到今晚了。他点头应了一声,九点左右就出发了。"

"那早该到了。我刚刚打了电话,也没打通。"

"太奇怪了,不会遇到事故了吧……"

"或者是途中突然有急事?"

"那应该会提前和你联系啊。"

"也是。你母亲知道吗?"

"好像不知道,今晚祈念的事一直瞒着她呢。"

"嗯?为什么?"

"我也不清楚。他倒是和妈妈说过要重现伯伯创作的曲子,但特意叮嘱我不要告诉她我俩之间要传念的事。"

"为什么?"

"他说妈妈不可能相信神楠祈念这种事。"

"可总有一天要交代清楚吧?"

"是啊。可他一会儿说现在解释太麻烦,一会儿又说等曲子完成后再说也不迟,简直语无伦次……"

"这……"

"现在不是说这些的时候,眼下怎么办?电话打不通,我们什么都做不了。"

"万一遇到事故,一定会有人和你联系,到时你能尽快告诉我吗？我了解到什么情况，也会第一时间通知你。"

"知道了，那拜托你了。"

挂断电话，玲斗盯着手机想，佐治先生到底怎么了？他拿起手电筒，走出值班室。说不定是出于某种原因，佐治先生没和自己打招呼就一个人去祈念了。玲斗打算先去确认。

还没走到入口，玲斗就停下了脚步。他用余光看到有什么东西在动，随即集中精神，环视神社。鸟居下似乎有个人影，玲斗吃了一惊，定睛一看，有个人正蹲在那里。他小心翼翼地走过去，发现竟是佐治正坐在鸟居的基座上。

光柱和脚步声让佐治也意识到有人来了，他回过头。"哦，是直井啊。"他的声音非常放松，与当下的情况格格不入。

"您在这里做什么？"

"嗯……"佐治低声沉吟，"我走到这里时不知为什么有点犹豫了，然后就在这里胡思乱想。"他拿出手机看了一眼，"啊，都这个点了。你肯定很担心吧？不好意思。"

"怎么了？您在犹豫什么？"

"没什么……就是心里没底，不知道这么做有没有问题。"

"您觉得有什么问题呢？为什么会心里没底？"

佐治重重地叹了口气，抬头看着玲斗。"你没有祈念过吧？不用说寄念，受念也没有过吧？"

"嗯。"玲斗点点头，"怎么了吗？"

"那你应该无法理解。神楠的力量太神奇了，寄念者心里想的一切都会传达过去。我哥只想向母亲忏悔，把那首曲子送给母亲，但其他心绪也全部闯入了我的脑海。其中并不都是光明的，也有阴暗的想法和负面的情绪，它们都一起向我涌来了。"

"我听姨妈说过，不光是信念和理念这样纯净的念，神楠也可以寄托和传递邪念或杂念。"

"是啊,所以令人害怕。"

"害怕?"

"让优美听我脑海中的曲子确实是个好主意。在音乐方面她比我强,说不定真能听出我脑海中的曲子和冈崎女士弹的有什么不同。可这样一来,我就得把心里想的一切都暴露出来。这么做到底好吗?我真的下不了决心。"

玲斗明白了佐治的意思。"您是说您有事瞒着优美小姐?"

"这不是理所当然的吗?人活在这个世上,哪会只做好事?就算不至于犯罪,还是多少会做一些违背道德或伤害别人的事。我也是普通人,说不定还不如普通人。一想到所有秘密都要被女儿看得清清楚楚,我就一下子害怕起来。"

玲斗再次认识到祈念的意义。佐治说的确实有道理,他会害怕也是人之常情。换作是自己,恐怕也想要逃跑。"多数寄念者在世时都不会和孩子说起祈念的事,只在遗书上提及,或许想的也和您一样。"

"正是如此。等我死后,我的秘密再怎么曝光都无所谓,反正那时候我都不在这个世界上了,别人也不会再埋怨我。我有个朋友的父亲去世了,他在收拾父亲的遗物时,从壁橱顶上翻出一大堆成人影片和色情书。他父亲肯定想在死前处理掉,可攒得太多了,根本无法处理,但至少活着的时候绝对不能让家人看到。我的情况也一样。"

"那今晚您打算怎么办?神楠守护人无权左右您是否祈念,如果您要取消,我会照做。"

佐治将肘部撑在弯曲的右腿上,托着脸颊问玲斗:"能让我再稍微考虑一下吗?"

"好。但是过了午夜零点,神楠的力量就会逐渐减弱,这一点请您不要忘记。"

"好的。"

"还有,我可以向优美小姐解释一下具体情况吗?刚才我和她通过电话,她也正为您担心呢。"

"跟优美说这个?嗯……还是有点……"佐治面露难色。

"即使我不说,她也会要求我解释的。"

"这倒也是。"佐治叹了口气,"算了,交给你了。"

"我还是联系一下她吧。这里很冷,您要不要去值班室坐坐?"

"不用了,在这里就行。漆黑的环境适合思考。"

"我知道了。"玲斗转身离开。回值班室的路上,他给优美打了电话。优美大概一直在焦急地等着,电话很快接通了。

"怎么样?"

"佐治先生就在神社,只不过他还没下定决心祈念。"

"要下什么决心?"

玲斗向优美说明了情况。为了解释得更加易懂,他还灵活运用了那个收藏大量成人影片和色情书的老爷爷的事例。

"就因为这点小事?那老头的气量真小,谁会去管那些啊。"

"不,你父亲的秘密肯定比这重大得多,所以才会那么苦恼。"

"他以前出过轨?"

"我也不好说什么……"

"怪不得今晚的事情要对妈妈保密。万一他那些事被我知道了,只要不让我说出来,他就能应付过去。"

优美的想法十分合理,玲斗也有同感,但没有说出口。"佐治先生说还需要一些时间考虑。"

"哦。你能不能让我爸爸立刻给我打个电话?"

"给你打电话？你打算说什么？"

"我劝劝他。不知道他最后会怎么决定，但我想先和他聊聊。"

玲斗认为优美大概已经有主意了，便答了一声"好吧"，挂断了电话。他随即回到佐治那里，传达了优美的口信。

"她竟然……"佐治拿出手机开了机，正要拨电话时瞥了一眼玲斗，大概是介意父女间的对话被外人听到。

"我不打扰您了。"玲斗说完便离开了。

回到值班室，玲斗翻看着"神楠守护人心得"等待着，想查查有没有恰当的办法能解决佐治的烦恼，可没能找到。他合上笔记本，按摩起眼睑。这时，他听到外面传来铃铛声，慌忙跑了出去。

佐治站在外面，显得有些难为情。"已经有点晚了，但我还是想去祈念，可以吗？"

"当然。寄念的程序您清楚吗？"

"嗯，只要专注于自己想传达出去的想法就可以，对吧？"

"没错。请您稍等，我去取蜡烛。"

与受念相同，寄念也需要烛香为伴。玲斗把装有蜡烛的纸袋交给了佐治。

"我会尽量不去想曲子以外的事情，也不知道有没有效果。"

"请您留心脚下，衷心祝福佐治先生的祈念可以打动神楠。"

佐治轻轻挥了挥手，向树林走去。

大约一个小时后，佐治回来了。看到他神清气爽的样子，玲斗放下心来，至少他没有表现出悔意。"您辛苦了，感觉怎么样？"

"嗯，能做的都做了。我一直在脑海中重复哥哥的曲子，接下来就要看优美能接收到多少了。"

"一定会顺利的。"

"真是这样就太好了。再见。"

佐治刚要离开，玲斗叫住了他。"请等一下，您和优美聊了些什么？"

佐治稍作迟疑后说道："她是这样说的。'爸爸，无论你过去做过什么，只要现在是问心无愧的，就去寄念吧。我受念后，就算知道了你以前犯过的错误，也会装作一无所知，决不再提。可是，如果现在你正在做对不起这个家的事，就别寄念了，赶紧给我回来。'你对此有何感想？"

"她竟然这么说……"

佐治忍不住笑了出来。"太机灵了吧？我要是什么都不做就回去，不是等于承认自己正在做什么亏心事吗？"

"的确如此。优美小姐还真是想到了绝妙的说服方法。"

"我对她说：'我不想让你知道的不光有坏事，还有你最好不要知道的事。有的事会变成你的压力，而你本不用背负这些，这样也没问题吗？'她却说：'没什么大不了的，咱们是一家人嘛。'"

"您听了应该很开心吧？"

佐治有些不好意思，伸手蹭了蹭鼻子下方。"真是的。孩子啊，在父母一不留神的时候就长大了。"

"这也得看孩子的父母。我觉得身边要是没有好榜样，孩子也不会有所成长。"

佐治似乎很意外，睁大眼睛看着玲斗，微笑道："你真会说话。"

"这是我的真心话。"

"好，今天就先到这里吧。"佐治挥了挥手，迈步离开。

玲斗低头道别，目送佐治的背影消失在夜色中。

27

抬头望着关得严严实实的大门，玲斗心想这简直是历史剧里的东西。颇有年代感的板材整齐地排列成门板，散发着深厚的底蕴。玲斗不禁想象背后的门闩有多坚固。门柱也很粗，几乎与肩同宽。柱子上方悬挂着一块牌子，上面写着"柳泽"二字。

大门旁边还有一扇便门，信件投递口和门铃并排放置。玲斗按下门铃。

"您好。"千舟的声音传来。

"是我，玲斗。"

"请进。"话音未落，便听咔嚓一声，便门的锁开了。

玲斗走了进去，看了一眼大门内侧。果然，巨大的门闩横插在那里。沿着庭院中的踏脚石前行，他来到安装着木格门的玄关前，刚停住脚步，木格门便打开了。

"欢迎，"身着和服的千舟说道，"请进。"

"打扰了。"玲斗走了进去。

昨天千舟联系玲斗，说有一样东西想给他看，让他到柳泽家去。佐治寿明和大场壮贵等人都已多次到访过柳泽家，而玲斗还是头一次。

玲斗以为千舟会带他去一间铺着几十张榻榻米的和式房间，没想到却来到一间西式客厅。房间里有一张大理石面的桌子和与之配套的真皮大沙发，墙边设有壁炉，上方装饰着裱好的风景画，俨然是外国老电影中的布景。

"请问，申请祈念的访客也是在这里和您见面吗？"

"是啊，怎么了？"千舟端起茶壶，往杯子里斟上红茶，放到玲斗面前。

"没什么，就是有点没想到。看您家的外观，我还以为里面只有和式房间呢。"

"如今这个时代，只有和式房间会多有不便，加上我外公又很崇尚西方文化，便对这个房间进行了改造。他本想彻底重建，可宅子实在太大，最后还是没能下定决心。"

"这里的面积大约有多少啊？"

"具体我也不记得了。三百坪①？应该得有这么大。"

虽然听到了具体数字，玲斗还是没概念。如果说有几个网球场那么大，他或许还更清楚些。

"如果我死了，这座宅子将由你继承。"

听到千舟轻松地说出这句话，玲斗差点被刚喝下去的红茶呛到。"啊？真的吗？"

"这不是能开玩笑的事情。我终身未婚，没有孩子，父母已不在世，唯一的妹妹直井美千惠——你的母亲也去世了。你是我妹妹的孩子，自然成了唯一的继承人。"

玲斗做了几次深呼吸，小声重复道："真的吗……"

---

① 日本度量衡单位，用于丈量房屋和宅地面积时，1坪约等于3.3平方米。

"不过，你继承的只是房屋，土地归柳泽集团所有，我只是在无偿使用。"

"这样啊。"

"你失望的表情太明显了。如果这块地也能继承，你是不是打算毫不吝惜地卖掉变现？"

"我倒是没想那么长远……"玲斗无法否认，他刚才确实已经开始在心里盘算这块地值多少钱了。

"宅子里的一切物品也都会由你继承。虽说都是卖出去也值不了几个钱的东西，但全都处理掉多少还是能拿到一笔钱的，敬请期待吧。"千舟说完，把茶杯端到嘴边。

"哦，好……"玲斗想问千舟有多少存款，想了想还是没有问出口。

千舟从怀里掏出一个小信封，放到玲斗面前。"这个你带在身上。"

玲斗拿过信封，里面是一张门卡。

"这是玄关的钥匙，只要贴近门铃旁的传感器，门锁就可以自动打开。从今天开始，你可以自由出入这里了。"

"我可以随意进来吗？"

"请便，但未经允许不要进我的房间。就算进了，我想对你也没什么好处。"

玲斗把门卡装进衣兜，强装镇定，其实已有温热的东西涌上心头。他真切地有了被人信任的感觉。在迄今为止的人生中，从来没有人这样对待过他。

不知何时，千舟打开了手账，正往上面写着什么。

"这本手账您一直带在身上啊。"玲斗问，"您在上面写了些什么？"

"没什么特别的,只是一些笔记。"千舟合上手账,看着他,"对了,佐治先生的祈念顺利完成了吗?他前几天寄念了吧?"

"啊,还算顺利。"

"佐治先生把经过都告诉我了。通过他的念,让佐治小姐也能听到伯伯作的曲子,听说这个主意是你出的?"

"嗯,最终能不能成功还不知道。"

"我觉得这个主意很不错。看来你对祈念了解得相当充分了。"

"谢谢您的夸奖。"玲斗调皮地点了点头。

千舟端起茶杯喝了口红茶,接着轻吸一口气,表情认真地看向玲斗。"我刚才说到了处置宅子里的物品,但并非所有东西都可以,有的是绝对不能处理的。今天让你来,为的就是提前交代好。"

"是什么?"

"我带你去看,跟我来。"千舟站起身。

出了客厅是一条幽暗细长的走廊,走到头左转后便没有路了,正面的墙上挂着一幅水墨画,前面有一扇纸拉门。玲斗以为千舟要拉开那扇门,没想到她却把那幅画向一旁挪开了,后面的墙上有十个围棋子大小的小洞,竖着排成一列。

"仔细看好了。"千舟将食指伸入其中一个小洞,微弱的咔嚓声随即传来,她抽出手指,伸入另一个小洞,又有声音传来,她又伸入第三个小洞……如此反复五次后,从墙壁另一边清晰地传来啪嗒一声,像是有什么东西脱落了。千舟握住悬挂水墨画的金属头,横向用力一拉,整面墙向旁边滑开了,面前出现一段向下延伸的台阶。

"天啊!"玲斗不禁感叹道,"简直是一座忍者宅邸。这是逃生用的暗道吗?"

"的确是道暗门,但不是逃生用的,哪儿也去不了。"千舟说完,将墙壁恢复了原样,只听哗啦一声,和刚才的声音不同。"你来打开试试。"

玲斗模仿千舟握住金属头横向用力,墙面却纹丝不动。"打不开啊……"

"墙面只要合上,里面的装置就会自动上锁。想重新打开,便需要按这些小洞里的按钮。一共有十个,其中只有五个为真,另外五个是用来混淆视听的。顺序一旦按错,锁就打不开。你再试试。"

"嗯?我吗?"

"对啊,刚才我开的时候你不是看到了?"

"看是看到了……"玲斗当时正在发愣,哪里记得什么顺序。凭借模糊的记忆,他胡乱按了五个小洞里的按钮,不出所料,没有听到锁被打开的声音。他又攥着金属头用力,墙还是纹丝不动。"打不开。"

"我料到了。"千舟面无表情地伸出手,娴熟地将手指依次伸进五个小洞。玲斗屏住呼吸,全神贯注地盯着千舟的手。听到啪嗒一声后,千舟像刚才一样打开了墙壁。她看着玲斗,似乎在问:记住了吗?

"太难了。"玲斗表示认输,"看一次真的记不住。"

"或许吧,毕竟排列组合起来有三万种方法。"

"这算是密码吧?看起来不像是电子的,内部是什么构造?"

"过去的能工巧匠很令人敬佩。具体构造我也不清楚,所以没法调整顺序,如果忘掉了也不可能重新设置。现在,知道正确顺序的只有我一个人。以后我会教你,你绝对不能对别人说起,明白了吗?"

"这么重要的事,交给我真的没问题吗?"

"只能交给你,这也是你必须继承的东西。"千舟按下暗门边的开关,打开了天花板上的灯。

下到台阶尽头,还有一扇拉门。千舟拉开后走到里面开了灯。玲斗紧随其后。

这是一间约八叠大的房间,天花板很低,有一面墙都是书架,上面放着厚厚的文件夹、一摞摞装订成册的和纸,以及扁平的木盒,每一样看起来年代都相当久远。

"这些……是什么?"

"祈念记录。"

"全部都是吗?"玲斗深吸了几口气,"还真有一股神楠的香气。"

千舟皱起眉头,有些嫌弃地说道:"确实有香气,不过那只是防虫剂的味道。"

"啊,这样啊。"

"这里放的都是柳泽家的秘密财产,由历代神楠守护人保存至今。我目前查阅到的最早记录是大约一百五十年前的,再好好找找说不定还有更古老的。"

"一百五十年?太厉害了!"

玲斗走近书架,找到一本看起来还算新的文件夹,看了看侧脊,发现上面标注的是"昭和五十二年"。连这本看着略新的文件夹都已经是四十多年前的了。

"只有神楠守护人知道这些记录保存在这里,柳泽家族中除我以外无人知晓。现在你也知道这个秘密了,等我死后,这里将由你来管理。"

"我?"玲斗吓了一跳,"要是换换防虫剂什么的,我倒是能做。"

"这里存放的可不是一堆纸。何地的何人于何时在神楠寄念,又是由谁来受念,所有相关记录都在此保留着。这是那些人的历史,也是那些家族的历史。所以,在保管时一定要小心谨慎,绝不能让任何外人踏进这个房间一步,看到里面的一字一句。这件事,你一定要铭记于心,明白了吗?"

"请等一下。"玲斗向前伸出双手,"这些对于我来说负担太重了,能不能找其他人代替?"

"同样的话不要让我重复多次。你是唯一的继承人,既然已经承担起神楠守护人的工作,就不能逃避,要做好心理准备。"

哪里是主动承担,明明是被迫接受——玲斗心里暗暗叫苦,嘴上却一本正经地应了一声"好"。

"还有一件重要的事。"千舟说完,蹲下身来。书架最下面一层有一个大抽屉。千舟双手握住把手,拉开了抽屉。

"啊!"玲斗惊呼出声。

抽屉里存放的是祈念时使用的蜡烛,值班室里也留有几根,每次祈念时,玲斗都要把这种蜡烛交给前来祈念的访客,原来是从这里拿过去的。

"如果不用这种蜡烛便无法祈念,只有柳泽家才有制作这种蜡烛的手艺,不能外传。我到时也会教给你,你做好心理准备。"

玲斗一时无言,点了点头。他难掩沮丧的心情,茫然中还有些担忧——今后还将有什么重担落到自己肩上呢?他只能低头注视着蜡烛。

晚上,千舟订了寿司,两人在客厅面对面吃了起来。听千舟说,柳泽家是这家寿司店的老顾客。与一般的回转寿司相比,这家店的寿司在鲜度和口感上要胜过许多。至今为止只吃过回转寿司的玲斗,终于明白了什么才是真正的寿司。

"下个月有高层会议。记得之前跟你说过,会上将对免除我顾问职务一事做出决议。随后我就会闲下来,到时再传授你蜡烛的制作方法。"

"好的,那就拜托您多多指点了。"玲斗心想,不用特意在饭桌上提起这件事吧?这么好吃的寿司都变得不美味了。

"教完你之后,我计划出去旅行一段时间。"

玲斗闻言停下筷子,抬起了头。"您一个人吗?"

"是这么打算的。"

"去哪儿?"

"以后再考虑。我不会事先就制定好周密的计划,那样的旅行太过呆板乏味。到时会看当天的心情,去想去的地方,住想住的酒店。"

"那真是不错。旅行到什么时候?"

"还不确定。如果有合心意的地方,可能会长期住下去。"

果然是有钱人啊!玲斗发自内心地感叹,寻常人家怎么会有这样的想法?

"我不在的那段时间,想托你来这里看家。我离开前,你要先熟悉这座宅子里的大小事项,因此我才给了你门卡。"

"明白了。"玲斗环视整栋屋子。他从没在这么宽敞的地方住过,这令他有些不安,担心在这里看家时应付不过来。

千舟舒了口气,把自己的寿司盒推到玲斗面前。"我吃饱了,如果不嫌弃,你把剩下的吃掉吧。"

盒中还有鱿鱼和金枪鱼中鱼腩。"那我就不客气了。"玲斗兴奋地说道。

千舟端起茶杯送到嘴边,盯着玲斗说:"你应该已经适应了神楠守护人这份工作。我想问你将来有什么打算?"

面对突如其来的问题,玲斗不知如何作答。"将来……"

"前不久的那次晚宴上,将和问过你同样的问题,还说你是不是想一辈子守着神楠。他也许是在刁难你,但这个问题的确非常关键。你当时的回答是漂到哪里,哪里就是人生。现在你的想法有什么改变吗?"

玲斗放下筷子,挠了挠头。"不改变会不太好吗?"

"好与不好,要由你自己做出判断。如果你认为目前的状况很好,我也不会多说什么。"

"那我想还是暂时维持现状比较好。"

"你的意思是对现状十分满意?"

"没有什么特别不满意的地方,能活下去就已经很好了,不管走哪条路,我的人生都平凡无奇。"

千舟撇了撇嘴,皱纹随即显现。"你还真是厌世啊。"

"厌食?"

"厌世,意思是对这个世界感到绝望。你为什么会这么想?"

"您看,从我出生开始不就是随随便便的吗?我可是一个夜总会女招待和有妇之夫生下来的孩子。您当时看到我妈抱着还是婴儿的我时,也不明白她为什么要做这么傻的事吧?连亲戚都和我们断绝了关系。说直白一点,我这个人本就不该出生,像我这样的人——"

啪!千舟把茶杯放到桌上,发出一声脆响。玲斗吓得连要说什么都忘了。千舟的脸颊在微微颤抖,似乎正紧咬牙关。过了一会儿,她闭上双眼,胸脯缓缓起伏几下,调整好呼吸才睁开眼睛。玲斗心下一惊,他看见千舟的双眼因充血变得通红。

"我无意对你的人生态度指手画脚。"千舟语气平静,拼命压抑着感情,"但我想请你记住,这个世界上没有任何一个人不应该被生下来,无论在哪里都没有。任何人都有来到这个世界的理由。"

玲斗感受到了一股无声的压力,让他无可反驳。他咽了一口唾沫,挤出了一声"好"。

千舟站起来,立刻转过身去。"我回房间休息了。吃完寿司后,餐具就放在那里吧。想回去随时可以走,出门时别忘了锁门。"

"我知道了……"

千舟用右手捂着眼睛,走出了客厅。

离开柳泽家,玲斗来到常去的那家公共浴池。他泡着澡,回想起刚才和千舟的对话。

玲斗一直不喜欢谈未来和梦想,上学时遇到这样的作文题目便会觉得十分厌烦。医生、政治家、律师——对于其他同学的理想,他只是冷漠地听着,心里忍不住自嘲:生在穷人家,这些注定已与自己无缘,至于什么运动员、演艺明星、艺术家就更难了。虽只是个孩子,当时的他也很清楚,仅凭平庸的能力不可能取得成功。

任何人都有来到这个世界的理由——千舟的话一直在玲斗脑海中回响。他不理解,自己来到这个世界,不就是因为母亲是个傻瓜吗?怀上有妇之夫的孩子,轻信对方会接济他们母子的生活,因此把孩子生了下来,理由不就是这样吗?

玲斗茫然地思考着,突然听到有人向他打招呼。

"哎?又见面了。"一个瘦骨嶙峋的老人正要下到浴池里来。

"啊,晚上好。"

是饭仓。"神楠那里的工作后来怎么样了?"

"马马虎虎吧。"

"这样啊。上次见面的时候,你还说对祈念不了解呢。现在明白点了吗?"

"嗯,已经明白不少了。"

"太好了。我也是寄念者,如果守护人一直是个见习生,我心里也会不踏实啊。"老人咧开没有门牙的嘴笑了。

"对了,您前阵子还去祈念了吧?"

闻言,饭仓显得有些诧异,皱了皱眉头。"嗯?什么时候?"

"上上个月新月的时候,您不是预约祈念了吗?那晚应该是姨妈值班。"正是玲斗住在柳之酒店的那晚。

没想到饭仓半张着嘴,摇了摇头。"没有,我没去。去年祈念结束后我就再没去过了。是不是哪里弄错了?"

"应该不——""可能"还未说出口,玲斗就咽了回去。饭仓没有任何理由说谎。既然他说没去,那就不会有错。

"我记得您的名字是孝吉?"

"嗯,不孝子的孝,不吉利的吉。"

玲斗陷入回忆。千舟当时说要值班,他心里疑惑到底谁要来祈念,所以才对查到的名字有印象,就是饭仓孝吉。他还有些吃惊,以为饭仓对于姨妈来说是很特别的人。难道是同名同姓?不可能,那未免过于巧合了。

"你怎么了?我没去有什么问题吗?"饭仓有些担心地问道。

"不,没问题。"玲斗起身走出了浴池。

怎么回事?玲斗边洗头边琢磨。如果饭仓真的没有预约,那天晚上到底发生了什么呢?

只有一种可能,另一个人在神楠里祈念了。

28

满月将近，繁星果然不见了，玲斗抬头望着天空想道。今天是晴天，没有云，玉盘般的月亮毫无保留地散发着皎洁的光辉，照得一颗星星也看不到。

玲斗看了看手表，马上就要到午夜零点了。差不多快出来了。他从折叠椅上站起来，朝树林走去，来到通往神楠的小径入口驻足等待。一道光柱从树林深处逐渐靠近。对面的人似乎注意到了玲斗，稍作停顿后走了过来。

等到看清那人的面容，玲斗招呼道："辛苦了，祈念还顺利吗？"

优美歪了歪脑袋，似乎在自问。她的表情有些僵硬，整个人仿佛仍陷在紧张的氛围中。

"你父亲的念，都接收到了吗？"玲斗换了个问法。

优美望着远处，做了个深呼吸，看向玲斗。"你……太厉害了。"

玲斗一时间有些不知所措。"我？为什么这么说？"

"你守护着那棵神楠，这就已经很厉害了，真的很厉害。"

玲斗摊开双手，苦笑道："我只是个引导员。不过，看来祈念很顺利。"

"嗯，非常顺利。"优美的眼神依然有些茫然，就像灵魂因祈念而离开了身体。

"听到喜久夫先生的曲子了吗？"

优美倏地睁大双眼，缓缓点头。"听到了，特别清楚。"她双手抵在胸前，"太感动了。"

"冈崎女士弹的和你听到的有区别吗？"

"嗯，"优美点头说道，"完全不同。"

"啊？"

优美双手贴上脸颊。"说完全不同可能有点过分，冈崎女士弹的曲子中有一个特别重要的东西没有体现出来，原曲在爸爸的脑海中竟是那样回响的。现在可真是进退两难了……"

"你能向冈崎女士传达那个重要的东西吗？"

"不知道，但我觉得可以。"

玲斗从优美谨慎的口吻中听出了自信。"太好了。"

优美长舒一口气，拿出手机看了眼时间。"都这么晚了，我得赶紧回去了。"

"我送你上车吧。"

"好啊，谢谢。"

他们并肩走出神社。

"除了曲子还有什么？"玲斗问起令他在意的事，"你父亲的各种回忆是不是也一起接收到了？"

"那些啊……嗯，差不多都接收到了。"优美的话中似乎另有深意，她深吸了口气，接着说道，"果然和我想的一样。"

"一样？"

"怎么说呢，就是爸爸不光有善良的一面。"

"啊……"

"我一点也不意外。现在这个时代，只当个好人可没法活下去。为了养活一家人、给员工发工资，有时需要抓住他人的弱点，甚至排挤对方。干干净净、堂堂正正、漂漂亮亮地做人简直是做梦。我自己也是这样啊。现在如果有人要看看我脑子里想的是什么，我肯定不愿意，因为里面装了很多忌妒、偏见和其他见不得人的想法。所以我觉得，敢于寄念的人一定对自己充满信心。如果糊里糊涂地过了一生，肯定没有勇气去寄念。"

"这么说，光凭敢去寄念这一点，你父亲就值得尊敬。"

"没错。"优美的语气中充满力量，"或许也是我逼出来的结果。"

"佐治先生告诉我，你跟他说的是如果正在做愧对家庭的事就放弃祈念。你都这么说了，他还能什么都不做，直接回家吗？"

"说不定来祈念的人中有很多都是不得不进去的，比如本人并不愿意，但祈念是世代定下来的规矩，如果逃避就会被人议论是做了亏心事。反过来说，堂堂正正地来祈念，也是在向外人表示自己对这一生问心无愧。"

"竟然还有这种作用。"玲斗顿时有种茅塞顿开的感觉。

下了台阶，可以看到空地的一角停着一辆大型轿车。看来优美今晚借用了父亲的代步工具。

"晚安。"优美打开车门，边上车边向玲斗道别。

"晚安，今天辛苦了。"玲斗微微低头致意。

引擎启动，车灯随即点亮，轮胎摩擦着地面，车子开动了。看到驾驶席上的优美笑着点头，玲斗也嘴角上扬，挥了挥手。

车打着转向灯开到马路上，逐渐远去。玲斗转身折返，一瞬间想到了什么，停下脚步。堂堂正正地来祈念，也是在向外人表示自己对这一生问心无愧——他反复琢磨着这句话。

啊，原来是这样。玲斗突然看到了之前一直没有看到的东西。

29

悬在半空的月亮呈现出完美的圆形。玲斗拿着装有蜡烛的纸袋在值班室前等候。一个人影从鸟居对面走来,从身形可以看出是大场壮贵,脚步声略显沉重,似乎对今夜的祈念依旧抗拒。

玲斗起身迎接。"晚上好,恭候多时了。"

"别这么假惺惺的。"壮贵撇了撇嘴,"其实你心里想的是,这小子屡教不改,竟然又来了,是吧?"

"没有的事。"

"不用骗我,这么想很正常。如果我是你,早就看笑话了。"

"我不会笑您。福田先生呢?"玲斗看了看壮贵身后。

"他在车里等着呢。"

"这样啊,那正好。"

"怎么了?"

"上次您把一切告诉我之后,不是说我既然是神楠守护人,就应该给您提供建议吗?"

"是啊,怎么了?"壮贵的目光锐利起来,"难道你想出了好主意?"

"嗯，其实很简单。"

"怎么做？"

"一会儿您回到车上跟福田先生说，您和此前一样在神楠里点燃蜡烛回忆父亲，结果以前没有感知到的父亲的念都清清楚楚地传递了过来。怎么样？"玲斗微笑着看向壮贵。

"什么？"壮贵瞪大眼睛，"你是认真的吗？"

"非常认真。"

"别开玩笑了，怎么可以这么做？"

"为什么？"

"这种谎话没两天就会被拆穿啊。"

"怎么会呢？其他人无法受念，只要您不说，就没人知道。"

"肯定瞒不住，我也想过总是这样太麻烦了，不如干脆撒谎说接收到了老爸的念。可是，肯定会不停有人问我具体是什么念。到时候我怎么回答？总不能说必须保密吧？"

"祈念的内容绝对不能对其他人透露，这样说呢？"

"怎么可能？"壮贵双手用力上下摆动，"你是神楠守护人，难道不明白祈念的意义吗？祈念原本的目的是让一家之主把信念和理念传给继承人。以我家来说，就是匠屋本铺今后该怎么经营。董事会那些人如果问我老爸是如何考虑的，我该怎么办？现编？"

"那是不太好。但您把能想到的都说出来不就行了？"

"能想到的？"壮贵眉头皱得更紧了，"想到什么？"

"当然是您父亲的想法了。如果大场藤一郎先生还在世，他会怎么做，会怎么考量？您一定可以想到。"

壮贵一脸厌烦，转过头去。"别说风凉话了，你了解我吗？"

"不了解，但上次您跟我聊了很多。您父亲曾说，即使知道你们没有血缘关系，他也把您当成亲生儿子，这一点不会有任何改变,还说要尽他所能地教导您、锻炼您,不会手下留情。如果您父亲说的这些都出自真心,那他的信念和理念应该早就渗透到您心里了,哪里还需要通过寄念和受念来传达呢?至少在你们父子之间是完全不需要的。"

壮贵看上去如梦初醒,很明显,他受到了冲击。这种解读从未在他脑海中出现过。他很快抬起手,在脸旁摆了摆。"你太高看我了。像我这样的人怎么可能接替老爸呢?"

"是吗?那为什么您父亲明知道您接收不到,却不允许其他人来受念呢?和他有血缘关系的没有其他人了吗?我觉得他一直相信,即使儿子接收不到念,也一定能继承他的遗志。"

壮贵陷入了沉默,双手揣进大衣口袋,低头盯着地面。

一阵冷风吹过,玲斗感到耳朵被冻得有些疼。"我们还是先回值班室——"

"把蜡烛给我。"壮贵忽然伸出右手。

"您想做什么?"

"我要去神楠那里,想我老爸。"

"今天再试一下?"

壮贵摇了摇头。"我知道肯定没希望了。反正也接收不到念,不如好好回忆并领悟一下老爸对我的言传身教。"

"这样最好不过了。"玲斗递过纸袋。

"今晚估计要多花点时间。"

"没问题。"

"结束后我就回去了。你不用帮我看着,我一定会吹灭烛火。"

"好。"玲斗猜想壮贵之所以这么做,是不想从神楠出来后又被问及今后的打算。壮贵眼下正向黑漆漆的树林走去,玲斗冲着他的背影喊道:"别着急,慢慢来!"

福田守男来到月乡神社时，玲斗正在神楠附近埋头打扫落叶。起初玲斗还以为只是游客，听到熟悉的问候声，他惊讶地抬起头。

"昨晚打扰了。"福田一脸殷勤地走了过来，"现在忙不忙？"

"不太忙，您有什么事吗？"

"有件事想向你确认，应该说商量更好，需要占用你一点时间，可以吗？"

"嗯。"

"你喜欢甜食吗？"

"甜食？"

"鲷鱼烧，从车站前买来的。"福田举起一个白色塑料袋，"一起吃吧？"

"好，咱们换个地方吧。"

玲斗带福田来到值班室，往两个茶杯里倒上焙茶。

"我不喝酒，所以买甜食也不是为了替代酒，只是看到了就想吃。"福田把塑料袋里的纸包拿出来放到桌子上打开，里面是两个烤成浅棕色的鲷鱼烧。

"那我就不客气了。"玲斗拿起一个咬了一口，恰到好处的甜香味道在口中扩散开来。他已经很久没吃红豆馅的点心了。

福田掰了一块放进嘴里。"嗯，味道真不错。"

"请喝茶。"

"谢谢。"福田端起茶杯，看了看办公桌，"今晚也有人预约吗？"桌上放着立好蜡烛的烛台。

"嗯。"

"这根蜡烛很精致，看来今晚的祈念者很特别。"

"抱歉，我不能告知。"

"失礼了。"福田喝了口茶,随后一声叹息,"昨天壮贵少爷回去后对我说,他总算接收到父亲的念了。"

"真是太好了。"

"你看起来并不吃惊。"福田试探般看着玲斗。

"我的确听说过有访客受念不顺利,多次尝试后才成功的例子。"

"你的意思是,壮贵少爷也是这种情况?"

"不是吗?"

福田垂下视线,随即再次看向玲斗。"我问壮贵少爷接收到了什么,他回答说很难用语言表达。他说自己已经明白了父亲生前的梦想,明白了父亲希望他成为什么样的人,所以他希望努力实现那些愿望。"

"这样不是很好吗?您可以松一口气了。"

福田露出意味深长的笑容,慢慢吃完了剩下的鲷鱼烧。"这是你出的主意吧?"

"啊?"

"不用装傻。昨晚来这儿之前壮贵少爷还不肯配合,看他那个样子,我以为这一晚又白费了。可他回来后像换了个人,态度完全变了。这种谎话不可能是壮贵少爷突然想出来的,一定有人出谋划策。我想,除了你不会有别人了。"

"谎话?我不明白您在说什么。"

"我不是说了吗?你不用装傻。所有的事情我都知道,包括壮贵少爷可能接收不到念。我在过世的会长身边待了四十多年,他向我透露过不少隐情。"

没想到福田会如实相告,玲斗思绪混乱起来。"您明知道壮贵先生无法受念,还特地带他来,是吗?"

"我没有别的办法,因为我只能装作不知道他们父子没有血缘关系这件事。既然会长在遗嘱上写明让壮贵少爷来祈念,生前又把他托付给了我,我怎么能不带他来呢?"

"您可以告诉壮贵先生您已经知道真相了。"

"要是能说,我就不用这么辛苦了。会长不让我说。"

"不让您说?"

"没错。会长对我说:'壮贵出生的秘密,这辈子就让我一个人承担责任吧。要是他得知还有人知道真相,或许会放松对自己的要求。遇到困难时把一切和盘托出,从而减轻身上的负担,这是本能,但一个组织的领袖不能这样做。'所以我才坚持让他去祈念,要是我一开始就不让他去,他便会以为我已经了解真相了。如果壮贵少爷产生了这样的怀疑,那就麻烦了。"

"第一次来的时候,您坚持要陪同壮贵先生去神楠那里,也是出于这个考虑吧?"

"嗯。不过,我其实是想让他觉得祈念特别无聊,好想办法尽早结束,也就是希望他能演一出已经受念的戏。可你别看他吊儿郎当的,也有认真的一面,根本想不到要撒谎。坦白说,我心里很着急。他成天闷闷不乐,我也跟着六神无主,不知道要耗到什么时候。结果昨晚他竟然说接收到念了,明明来之前还毫无干劲。我这才认为肯定是有人给他出主意了。"

"上次壮贵先生来祈念,告诉了我许多事。我很纳闷,为什么大场藤一郎先生一定要祈念呢?当然,可以理解成家族传统必须这么做,但他是一家之主,完全可以找理由搪塞过去,可他还是来寄念了,并指定壮贵先生为唯一的受念者。我想了很久他特意这么做的目的。"

"有答案了吗?"

283

"有了。答案其实很简单，就是他想通过祈念告诉周围的人，他这一生没有任何虚假。我猜或许早已有人在怀疑壮贵先生到底是不是藤一郎先生的亲生儿子。藤一郎先生主动祈念，便能向其他人证明自己对这一点深信不疑。而如果壮贵先生接收到了念，就可以消除所有人的疑虑，不会有人再有怨言。藤一郎先生希望壮贵先生做的只有一件事，即假装受念成功。"

福田满意地连连点头。"你真聪明。可壮贵少爷假装受念成功后，还是会遇到各种各样的困难。这一点，会长是否想到了呢？"

"我想，藤一郎先生相信壮贵先生。他一定认为即使无法受念，自己的心绪和想法也已经通过其他形式传递给了壮贵先生。"

福田露出佩服的表情。"今早，我问壮贵少爷会长究竟想让谁来接手公司，少爷信心十足地说出这样一番话：'老爸想先让现任社长的儿子龙人作为第一候选。至于我，要先从普通职员做起，从生产线到市场销售，在所有部门见习一遍，积累经验。是否要将我增补为候选继承人，要看我的工作表现，和董事们商议之后再做决定。'"

"您听了之后感受如何？"

"壮贵少爷已经完全领会了会长的想法，我不用再担心了。"

"从某种意义上来说，祈念成功了。藤一郎先生的愿望真的实现了。"

"多亏了你。"福田站起身来，伸出右手，"神楠守护人，名副其实。"

"我还差得很远。"玲斗握住了福田的手。

晚上十点，玲斗拎着一个大纸袋离开值班室，用手电筒照着前方迈步前行，不时查看四周，因为晚上也可能有访客来神社参拜。接下来要做的事情，他不想被任何人看到。他在祈念入口停下，做了个深呼吸。他依旧迟疑不决，内心深处的某个地方在犹豫该不该就此止步，但最终他还是迈出脚步，沿枝叶环绕的羊肠小径缓缓前行。

不一会儿，他来到了神楠跟前。白天已经清扫过，散落在四周的落叶并不多。不知是出于紧张还是罪恶感，他的心剧烈地跳动着，或许，最大的理由还是心中充满了期盼与好奇。

玲斗留神着脚下靠近神楠。他无比兴奋，与进树洞收拾时的心情完全不同。走进树洞，从纸袋中拿出烛台放好，蜡烛已固定在烛台上，正是福田看到的那根。他用火柴点燃烛芯，关掉手电筒。神楠的幽香充盈着整个树洞，烛火摇曳，奇特的烛香散发出来，逐渐在树洞中弥漫。

玲斗跪坐在地，双眼紧闭，思绪中萦绕的只有一个人。

30

玲斗按下门铃。过了几秒,扩音器传来一声"您好"。"我是玲斗。"他贴近话筒说道。

"咦?"对方的声音透着疑惑,"有什么事吗?"

"没什么,正好到附近有点事。"

"哦……"

"您不太方便吗?"

"没什么不方便。进来吧。"

咔嚓一声,门锁开了。玲斗打开门,沿着踏脚石来到宅子前,玄关的木格门没有上锁。

千舟的身影出现在走廊尽头。她穿着一套灰色正装。

"突然到访,实在抱歉。我在车站前一时冲动买了这个,想拿来和您分享。"玲斗晃了晃手中的白色塑料袋,"是鲷鱼烧。您喜欢吃甜食吧?"

"哎呀,谢谢。"千舟来回看了看玲斗和他手上的袋子,"可是抱歉,再过一会儿我就得出门了。"

"要去公司吗?"

"对，参加那个高层会议。"

"啊，就是今天啊。"

"一想到还要特意跑去接受他们下的最后通牒，我就觉得麻烦，但缺席同样难以忍受。"

"可以理解。"

"所以，我不能迟到。"千舟转过身，匆匆往里面走去。

玲斗脱掉鞋，跟着快步进了客厅。宽大的桌子上放着文件夹和资料，千舟站在桌边浏览起来。

"姨妈，这个怎么办？"玲斗举了举装着鲷鱼烧的塑料袋。

千舟瞥了一眼，摇摇头。"对不起，我现在没时间吃。"她的视线再次回到手中的文件上。

"那我能先吃吗？"

"吃吧，冰箱里有瓶装茶。"

"好的。"玲斗来到厨房，把日本茶倒进玻璃杯，又回到客厅。千舟还在快速阅读文件。玲斗注视着她，吃起了鲷鱼烧。

千舟抬起头，把资料放进身旁的托特包，又从手提包里掏出手账，表情严肃地翻阅起来。终于，她满意地点了下头，把东西都收了回去。"好了。"她自言自语道，接着对玲斗说，"我出发了。"

"好。"玲斗把剩下的鲷鱼烧放到嘴里，喝茶咽了下去。

"你不用急着回去。门卡带在身上吧？"

"我出门时忘记带了。我和您一起去车站吧，自行车就停在站前。"玲斗起身，"鲷鱼烧就这么放桌子上，可以吗？"

"嗯，回来后我再尝尝。"千舟来到落地衣架前取下大衣。玲斗拿起沙发上的托特包。

千舟穿好大衣，说了声"谢谢"，伸手准备接过。

"我帮您拎到车站吧。"

"哦？好绅士啊，还是说你在尊敬老人？"

"两方面都有。"

千舟皱起眉，轻轻摇头。"记住，这种时候你应该说'这是礼节'。"

"啊，好的，真不好意思。"玲斗缩了缩脖子。没说上几句就要被批评，他已经习惯了。

千舟从大衣口袋里掏出手套，边戴边朝玄关走去。玲斗拎着包跟在后面。

出了大门，两人走向车站。从柳泽家到车站大约需要走五分钟，枯叶在两人脚边舞动。

"已经入冬了，不知道北方有没有下雪。"千舟拉紧大衣领口。

"据说北海道已经下了。您要从北方开始旅行吗？泡在温泉里欣赏雪景，感觉应该很棒。"

"听起来不错，当作备选吧。"

玲斗偷看了一眼千舟的侧脸。她目不斜视地看着前方，但好像有些心不在焉。

二人到了车站，大约十分钟后会有一趟开往新宿的快速列车进站。千舟事先查过，卡好时间出的门。

千舟在候车室的椅子上坐好，伸出右手。"把里面的手提包给我。"玲斗站在她身边递过手提包。千舟取出交通卡装进大衣口袋，又将包递给玲斗。玲斗接过收好。

"以后就不用再去公司了吗？"

"应该不会马上不去，手头还有需要收尾的工作，但我打算尽可能不去了。已经被赶走的人总是在公司里晃来晃去，员工们会觉得碍眼吧。"

"应该会有人为您开欢送会吧？"

"怎么可能。"千舟扑哧一声笑了,"公司里可没有仰慕我到那个地步的人。真要说起来,我已经不是公司的员工了,只是个外人,连工位都没有。"

"是吗?"

"这就是所谓的顾问。"千舟看了眼手表,随即起身,"车快来了,把包给我。"

"我送您到检票口。"

"你今天好像格外温柔,是出于同情吗?"千舟抬头看着玲斗。

"这是礼节。"

千舟微微一笑。"很好,合格了。"

二人并排前行,玲斗在检票口前把包交给千舟。"姨妈,加油!"

"这个时候了,还有什么好加油的。"千舟把包挎到肩上,"谢谢你送我。"

"您路上小心。"玲斗双臂紧紧贴在身体两侧,鞠了一躬。

很快,列车进站了。千舟向玲斗挥挥手,潇洒地穿过站台。玲斗看着她走进车厢,等到车门关闭后才离开检票口。

玲斗坐在椅子上,看了看候车室的挂钟。已经过了上班高峰,车上应该有座位。千舟现在或许正在车厢里寻找空位吧。找到一处舒适的座位坐下后,她会先做什么?可能会拿出手机,看看有没有新的短信和邮件。要是有人发来了什么,一定还会想是否回复、如何回复,这大概又需要多长时间呢?

玲斗想象着,手机振动起来,是千舟打来的。距快速列车出站还不到五分钟,比预想的要快。玲斗调整呼吸,接通了电话:"喂,我是玲斗,怎么了?"

"手账不见了。"千舟轻声说道。

"什么?"

"手账找不到了,我明明放到了包里。"估计是怕影响到周围的乘客,千舟压低了声音。

"啊……我也不清楚。"

"怎么可能?你一直拿着包。"

"可我真的……啊,难道……"

"什么?"

"刚才您不是拿了交通卡吗?说不定是那时候不小心掉了。"

"那样我肯定会察觉。"

"如果您确实放到了包里,我能想到的只有那时候了。我现在还在车站附近,这就去找找看。"

千舟没有回应,只能听到她略显慌乱的呼吸。"好吧,我等你消息。"

"交给我吧。"玲斗挂断电话,在站内一路疾行,同时在裤兜里不停地翻找,最后在一排投币式储物柜前停了下来。他从口袋里掏出一把钥匙,打开右手边最下面的储物柜,里面放着一个西服收纳袋和一个纸袋。他把东西都拿了出来,来到洗手间。洗手间没有人,隔间也都空着。他迅速进入其中一间,插上插销,将收纳袋挂在挂钩上,打开拉链,里面是千舟特意为他买的那套压箱衣,纸袋里则装着同一天买的皮鞋。

确认没有遗忘物品后,玲斗拨通了千舟的电话。千舟应该一直在等,立刻就接通了。"玲斗,怎么样了?"

"您放心,在候车室找到了。果然是那时候掉的。"玲斗从防寒服口袋里拿出那本手账。那是他送千舟进站前偷偷从手提包里抽出来的。

"好,那我在下一站下车。能麻烦你帮我送过来吗?"

"那可能就赶不上会议了。您直接去公司吧,我给您送过去。"

"你送到公司？"

"对。"

千舟陷入沉默。睿智的她应该已经意识到这不是一次单纯的意外，此刻一定正在认真思考该如何应对。"我知道了，"她的声音异常平静，"我在公司等你。到了之后向前台报你的名字即可，我会事先打好招呼。"

"好。"

玲斗刚要挂断电话，只听千舟说道："还有，手账绝对不可以打开看，否则是侵犯个人隐私。"

"我知道。"

"如果被我发现你看过了，我们就断绝关系。"千舟的语气非常严肃，可以听出她并没有开玩笑。

"我会牢记在心。"

"这样最好，那就拜托了。"千舟仍严肃地说道。

在阳光的照射下，整栋大厦闪耀着银色光芒。玲斗仰起头，做了个深呼吸，他还是头一次来柳之公司总部。在列车里时领带松了，他重新系紧，朝大厦正门走去。

穿过自动玻璃门，来到宽敞的大堂，最里面便是前台，并排坐着的两个女员工说不上特别美，但很有气质。玲斗走近时，坐在左侧、脸庞稍显圆润的女员工面带微笑地站了起来。

"我是直井，有东西想交给贵司顾问柳泽千舟女士。"

看来千舟事先已经打好招呼了，对方看了看玲斗手上的东西，马上点头说道："已经做好登记了，请您拿好这个在那边稍等。"她递给玲斗一张系有细绳、印着"来宾卡"的名牌，伸手示意玲斗在候客区等待。

玲斗将名牌挂在脖子上,坐到沙发上。他看了一眼前台,女员工正在打电话。没过多久,手机有了来电,是千舟。"姨妈,我是玲斗。"

"你到底想做什么?"千舟控制着音量,她大概刚出会议室。

"您指什么?"

玲斗听到了叹气声。"我现在没时间,一会儿再说吧。我派人下楼找你,你把手账交给他。"

"不,这本手账太重要了,我得亲自交给您。"

千舟再次叹了口气,沉默片刻后说道:"果然如此。"

"什么?"

"我说了过后再谈。你先到三层三〇一会议室。不许推门就进,一定要先敲门。"

"知道了。"玲斗话音刚落,电话已经挂断。

玲斗再次来到前台,询问三〇一会议室的位置。女员工向他说明了电梯间的位置,告诉他出了电梯就可以看到。

玲斗乘电梯上到三楼,发现墙上挂着楼层平面图,三〇一会议室就在走廊尽头。他缓步前行。走廊上空无一人,静寂无声。玲斗用右手按了按胸口,他因紧张而心跳加速,感到口干舌燥。一想到接下来打算做的事,他就有些胆怯,但他拼命说服自己决不能当逃兵。

终于,玲斗站在了三〇一会议室门前。多次深呼吸后,他敲了敲门。门应声而开。一个戴着眼镜的男人从门缝中探出头。"我找千舟……柳泽千舟女士,想——"

后半句"给她送件东西"还没有说出口,男人便伸手示意不必再说下去,看来千舟已经交代过。"有位先生来找柳泽顾问。"男人对着室内说道。似乎是有人同意了,男人对玲斗点了点头,将门完全敞开。

玲斗踏进会议室。细长的会议桌两边坐着约二十个上了年纪的人,绝大多数是男性。从玲斗这边数,第三个座位上坐着千舟。他快步走到千舟身边,递过手账。

千舟眼神锐利地看了他一眼,说了声"谢谢",接了过来。

玲斗后退几步,靠墙站立。

"你站在那儿干什么?"问话的是坐在前方座位的柳泽胜重。他旁边坐着社长柳泽将和。"没事就出去吧。"

玲斗做了个深呼吸,开口说道:"我不能在这里吗?"

所有参会者都看向他,眼神中充满诧异。

"你说什么?"胜重盯着他问。

"我不能在这里听你们开会吗?"

"别说傻话了,当然不行。请赶紧出去吧。"胜重摆了摆手,像是在哄苍蝇。

"我不会捣乱的,只是想旁听。"

"不行,这里可不是你这样的人该来的地方,请快点出去。"

"拜托了!"玲斗深鞠一躬。

胜重一脸不悦,移开了视线。"柳泽顾问,您来说说吧。"

千舟转过身看了看玲斗,思索片刻后对胜重和将和说:"我也请求让他留在这里。"

胜重惊讶地张大了嘴巴。"什么?柳泽顾问,您打算干什么?"

"我认为这并没有什么不妥。"

"荒唐,非常不妥!除了记录人员,高层会议原则上只允许高层出席。"

"那是贵司的规定吧?可我不是内部人员,也不是高层。况且他是我的下属,我希望他可以一同参会。"

"这是什么谬论——"

"好了,也没什么不可以。"打断胜重的是将和,"他不会捣乱,那就让他留下吧。今天并不是正式的董事会。在座的各位有人反对吗?"他扫了一眼其他参会者。没有人吭声,于是他对千舟和玲斗点了点头,说道:"大家似乎都没有异议。"

"谢谢!"玲斗高声道谢。

"不过站在那里不太妥当,给他拿把椅子过来。"

那个戴眼镜的男人搬来一把折叠椅。玲斗再次道谢,随后落座。

"我们继续吧。"将和看了一眼胜重,"难得顾问来参会,先讨论箱根的议题,怎么样?那件事也放在一起说。他听完就可以满意地离开了。"将和说话时瞥了玲斗一眼。

"的确。好,那就由我来。"胜重面向参会者,"请各位打开资料的第五页。刚刚坂田董事已经汇报了,箱根的度假区项目进展顺利,按照规划,下一年度可以开工。另一个与此项目相关的议题是今后如何处理柳泽酒店。关于这一点,我们已多次讨论,绝大多数高层的意见是,柳泽酒店将于下一年度彻底停业,目前还没有强烈反对的声音。有关这一决定,如有异议,请在此陈述。如果没有,我们就按照计划,在下一次董事会上表决,并于三月的股东大会上提交报告。"

玲斗注视着千舟的背影,期盼她可以举起右手。胜重似乎也留意着千舟的反应。将和虽依旧直视前方,但应该也在用余光审视千舟。可是,千舟一动也不动,就连玲斗都可以感受到胜重如释重负的心情。

"既然各位没有异议,这项议题就此通——"

这时,将和抬手打断了胜重,对千舟说道:"柳泽顾问,下一次董事会我恐怕无法请您出席。关于柳泽酒店的处理问题,如果您有意见，请现在提出。"在玲斗听来，这番话是在告诉千舟：我们暂且听听您的想法，不过无论您说什么，对我们都不会有任何影响。

千舟面向将和说道："感谢你的关照，我没有意见。"她的声音平缓却有力。玲斗看不到她的表情，却可以想象得到她正气凛然的神情，千舟不需要对手的任何同情。

"我明白了。"将和用眼神示意胜重继续发言。

"那么，关于柳泽酒店的处理就这样决定了。另外，柳泽酒店是柳泽顾问经手的众多商业设施中最后一处仍保持原貌的，进一步说，如果柳泽酒店停业，意味着我集团今后不再需要借助柳泽顾问的宝贵智慧与经验。因此，经与柳泽顾问本人商谈，本年度结束后，她将不再担任顾问一职。柳泽顾问，感谢您长久以来的辛苦付出。"

最后这句话仿佛是个暗号，其他高层也都齐声说道："感谢您的辛苦付出。"似乎所有人都已事先知晓，没人感到惊讶。

将和起身缓缓走到千舟身旁，伸出右手。"辛苦了。"看来，他想要至少表达一下敬意。

千舟也站了起来，握住将和的手。"以后就拜托你了。"她的侧脸看起来有些冷漠。对于眼前发生的一切，她似乎早已看开了。

落座之前，将和看着千舟说道："哦，对了，接下来的议题并非要紧事，应该无须劳烦顾问，您想离开也没有问题。"言外之意是你已没有价值，可以离开了。

"好，"千舟平静地回应道，"那我先行告辞。各位保重。"她把椅子摆回原处，拿起手提包。刚要往门口走，她发现气氛有些不对，环顾四周后转身看向后方。

全场参会者的目光都集中在了千舟背后。这也是当然，因为玲斗正高举右手。

"各位,这样可以吗?"玲斗环视众人,鼓足勇气问道,"这样真的可以吗?念会断的。"

"玲斗,别说了。"千舟责备道,但她的眼神并不锐利。

"喂!"胜重厉声说道,"刚才是谁说不捣乱的?"

"不是捣乱,是陈述意见,为柳泽集团提供建议。"

"年纪轻轻说什么大话!明明是个外人。"

"我不是外人。我是代替千舟姨……柳泽顾问发言。"

"你适可而止!"

"好了,少安毋躁。"将和再次出面调停。他缓缓坐下,双臂环抱。"既然是代替顾问发言,我们便不能无视,听听吧。你刚刚说'念会断的'是什么意思?"

"就是字面意思。以柳之公司为核心的柳泽集团,其经营理念的基石便是柳泽家历代传承下来的念。它由三个概念组成,分别是——"玲斗竖起右手的三根手指,"勤勉、协作、质朴。社长您也是知道的吧?"

"当然。勤勉不怠、通力协作、质朴无华,不知被上一代教导了多少次。"

"正是如此。可是,念这种东西从来都是无法用语言表达完整的。念,是一代人的灵魂和人生,每一代的一家之主都会通过事业来传递念。千舟女士也是这样,柳泽酒店就是最具代表性的象征。这家酒店是千舟女士的信念和理念的结晶,一直保存到今天。这些信念和理念绝不是跟不上时代,也绝不是对未来毫无借鉴意义。实际上,直到现在,它们依然支撑着柳泽集团。"

玲斗再次环视在场的每一个人,最后视线落回将和的脸上。

"前段时间,我去柳之酒店住过,感觉很好,建筑风格和房间大小与柳泽酒店完全不同，我相信顾客也是完全不同的群体。可是我感受得到，两家酒店所蕴含的理念其实是相通的。比如声音，柳泽酒店的房间极其安静，即使闭上眼仔细聆听也听不到任何声音。曾经有客人投诉墙上的挂钟太吵，于是酒店把挂钟换成了没有秒针的。从此以后，柳泽酒店便专注于营造安静的环境，彻底排查客房里的杂音，荧光灯、冰箱、空调……只要发现音源，立刻采取对策。柳之酒店的冰箱会设置开关正是参考了柳泽酒店的这一经验。

"还有，柳泽酒店里的部分客房采用了卧室和客厅分开的格局，因为他们发现顾客喜欢卧室设计得更适度紧凑一些。人只要一躺在床上，就完全不想再动了。于是，柳之酒店也加大了床的宽度。客人躺在床上，只要伸伸手就能够到想要触碰的地方。

"酒店的选址也是如此，柳之酒店灵活地反向运用了柳泽酒店的经验。景区酒店重视的是周边景观、便利交通和用地规整，而对于柳之酒店来说这些都没那么重要，因此可以大幅降低选址门槛。当然，这会影响房间格局，无法保证房间是规则的四边形，但这一点无关顾客的需求。柳泽酒店对柳泽集团的酒店业务拓展给予了数不尽的影响，其中最不应该忘却的，也是我今天在这里最想对各位说的——"

玲斗向前迈了一步，站在千舟身旁。

"这些智慧，几乎都是由柳泽千舟女士贡献的。柳之酒店的每间客房里都放着一本小册子，里面写着'在现任社长和专务董事们的带领下，柳泽集团正在推进改革'。但是，如果没有千舟女士的建议，改革一定举步维艰。就连把酒店名称改为片假名写法，都是千舟女士提供给将和先生的方案。小册子里还提到了'社长套餐'，那是柳之酒店咖啡厅的特色早餐，五百元一份，配有小份牛肉烩饭、沙拉和咖啡,据说,这是工作繁忙的社长最喜欢的搭配。小册子里写道:'为客人制作我们最想品尝的美食,为客人提供我们最想享受的服务,这才是服务的核心。'我在柳泽酒店品尝清晨咖喱时,也曾听千舟女士说过相同的话——这绝非偶然,因为将和先生受到了千舟女士潜移默化的影响。

"千舟女士有着如此巨大的功绩,在座的各位却想要忘掉,想要当作从没有发生过。新老交替是理所当然的,人总有老去的一天,可是,把有功劳的人留下的功绩涂抹掉,这是明智的吗?柳泽家的念,难道不会就此中断吗?如果这样,柳泽集团还能继续繁荣下去吗?我想再次问各位,这样真的可以吗?"

玲斗一口气说完,闭上双眼,他的腋下已经湿透,太阳穴处也渗出汗水。他睁开眼,诚惶诚恐地看了一眼千舟。千舟频频眨着眼睛,眼中布满血丝。会议室里一片肃静。玲斗难以想象其他人此时的目光,他忽然感到恐惧,吓得不敢抬头。

房间里响起缓缓的鼓掌声。是将和。然而,他表情冰冷。"受教了。真是辛苦,请问你满意了吗?"他的声音听起来冷漠而生硬。

这算什么话!玲斗想要极力反驳。

就在这时,千舟叫住了他。"玲斗,我们走吧。"

参会者们的眼神中无不充满同情。见此情景,一股无力感顿时涌上玲斗心头。他不再作声,跟在千舟身后朝门口走去。

"从我包里偷偷拿走手账,就是为了这个?"千舟走在走廊上问道。

"对不起。无论如何我都想要说出来。"

"为什么?"

"因为我觉得您不会说,可您明明还有那么多遗憾,那么多想要说的话。"

"遗憾……对啊，遗憾的心绪也会寄托给神楠。"千舟停下脚步，"你是什么时候受念的？"

"上一次满月的第二天。真幸运，那天没有人预约。"

"你怎么知道我在神楠里寄念了？"

"您说要自己值班的那天晚上，我看到预约祈念的人是饭仓孝吉。可是，后来我见到饭仓先生时，他却说那天没去祈念过。我这才意识到，那天夜里是您自己去寄念了。"

千舟显得很吃惊，眨了眨眼睛。"你认识饭仓先生？"

"我在公共浴池见过他，之前和您提起过。"

"哦……我忘了。"千舟的神情中显出几分落寞。

"对不起，未经您同意就擅自去受念了。我只是很想知道您寄托的念是什么……"

"本来近期没打算告诉你的，事已至此，就这样吧。"千舟向前走了几步，又停了下来，"既然受念了，那你应该清楚，提出不再担任顾问的人是我自己。"

"是的。"玲斗点头答道，"理由我也知道了。"

"既然如此，还准备那么长的演讲？"

"正因如此，才要那么做。我必须替您传达。"

千舟移开目光，抿了抿嘴唇，好像要说些什么，但最终还是没有开口，继续向前走去。

31

"曲子完成了！"圣诞节前一周的一个下午，玲斗收到了优美的短信，他立刻打去电话。

"太棒了！怎么样？"

"嗯……"优美沉吟片刻，"很难描述，你最好自己听一听。"

"那是肯定的。你录音了吧？能带过来吗？"

"当然可以，但我想让你听现场演奏。"

"那真是太好了。还是到涩谷的那间工作室吗？"

"是这样的，平安夜那天，我们会在奶奶住的那家看护机构举办一场演奏会。"

"在看护机构？"

"据说，那里有一个小型音乐厅，常有业余音乐人去做慰问演出。"

"嗯，你父亲的确说过想让你奶奶也听到那首曲子。"

"对，所以才把曲子谱出来的。"

"好，我一定去。时间和地址呢？"

"我用短信发给你。还有啊，爸爸说如果可以，希望邀请柳泽女士一起。"

"我姨妈？"

"他说祈念的事多亏了柳泽女士关照。"的确，千舟为佐治安排祈念的次数比玲斗更多。

"好，我去和姨妈说。"

"拜托了，爸爸肯定很开心。"

挂断电话后，优美发来了短信，看护机构位于调布。玲斗开始打扫神殿。千舟恰好来了，今天她要传授蜡烛的制作方法。玲斗将演奏会的事告诉了她。

"原来佐治先生是为了让母亲听到他哥哥作的曲子啊。可他母亲有认知障碍吧？能听明白吗？"

"佐治先生觉得，哪怕只能传达一点点也好。如果真的做到了，那真是太了不起了。您也是这么想的吧？"

"当然。"

"我们也去听听吧。这件事和祈念密切相关，作为守护人，我感到这是我的责任。最重要的是，我很想知道那到底是一首怎样的曲子。"

千舟嘴角微微上扬，眯着眼睛看向玲斗，目光似乎别有深意。

"怎么了？我……又说错话了？"

"没有。"千舟摇了摇头，"我只是觉得，不知不觉间你已经像个大人了。神楠交给你，我可以放心了。"

"啊……谢……谢谢。"以前被千舟夸奖过吗？玲斗知道自己现在一定满脸通红。

"我也想欣赏一下那首曲子。你去联系吧，说我会过去叨扰。"

"好的。"玲斗掏出手机，边发短信边偷看千舟。只见千舟正望着远方，侧脸沐浴在夕阳中。

平安夜这天，一早就是响晴。玲斗像往常一样清扫神社，打理神楠。吃过午饭，玲斗骑着自行车来到柳泽家。大门前停着一辆黑色的大型轿车，车门旁站着一个司机模样的男人，看到他后点头致意。他也微微躬身。

进入屋内，玲斗一看到千舟便问道："门口的难道就是专车？"

"嗯。我查了查路线，搭列车有点麻烦，就叫了一辆专车。"千舟若无其事地说。

"我还是第一次见到。我……能跟您一起坐吗？"

"当然了，为什么要分头去？"

"我又不是柳泽集团的员工……"

"不用担心，我是以个人名义预约的。"

"太好了！"玲斗双手握拳举起，"早知道就穿身更体面的衣服了，真失败。"他今天穿的还是那件防寒服，该让压箱衣出场的。

"这身也没关系，今天的主角又不是你。一辆专车而已，有什么好慌张的。"

"知道了。"受到千舟批评，玲斗缩了缩脖子，吐了一下舌头。不可思议的是，近来被千舟批评时，玲斗感觉比被夸奖时更舒心。

二人走出大门，司机为他们打开车门。玲斗跟在千舟后面上了车，司机随后关上车门。这样的待遇对玲斗来说还是人生头一遭。

高级专车果然不同凡响。座位一侧带有各式按钮，靠背角度和座椅位置可以自由调整，再加上司机开车非常平稳，让人不经意间就能进入梦乡。

"太厉害了！上次参加高层会议的那些人天天都坐这个吧？感觉他们生活在另一个世界。"

"你羡慕吗？"

"嗯……也不是，我觉得有这些钱不如用在其他地方。"

"如果是用在其他地方后还剩下不少，然后才这样呢？"

"啊？这可超出我的想象了。我投降。"

"先别投降。你试着把这个世界想象成一座金字塔，每个人都是组成金字塔的一块石头，然后再想想自己正处在什么位置。一切都由此开始。瞄准塔尖还是滑落塔底，全看你自己。"说到这里，千舟皱起了眉头，"怎么了？我脸上有什么东西吗？"

"没有。"玲斗急忙摆手。他刚才在不觉间凝视起了千舟。"您的脑海中的确有座巨大的金字塔，而且无时无刻不在审视自己的位置。"

千舟叹了口气。"是啊，你都已经接收到我的念了，我还要特意再说出来，有点没意思了。"

"不，我虽然已经受念，但并不代表就了解了您的一切。今后还请您多多教导。"

"你是认真的？"

"当然。关于人生，我还想学到更多。和您在一起，我的收获太多了。拜托您了！"

千舟露出柔和的表情，缓缓地摇了摇头。"你的口才可真好。"

"谢谢您。"

"我可没在夸你。"

"咦？不会吧？"

"请你好好学学什么叫挖苦。"

"啊，又学到了。"玲斗无意中瞥了眼后视镜，司机的眼中带着笑意。

大约一个小时后，他们抵达了看护机构。周围绿树环绕，建筑楼层不高，看上去很新。玲斗在正门给优美打了电话，优美说马上出来迎接。

没过一会儿，优美出现了。玲斗把她介绍给千舟。

"父亲多次承蒙关照，给您添麻烦了。"优美在胸前合掌感谢。

"我没做什么。你父亲能把已故兄长在脑海中作的曲子再现出来，实在太了不起了！我守护神楠几十年，这样的事还是第一次经历。"

"您能这么说，父亲一定很高兴。"

优美带着玲斗和千舟来到位于建筑二层的音乐厅。据优美说，这里平时还会放映电影。

音乐厅大约可以容纳一百人。观众席整整齐齐地摆放着折叠椅，一半已有人落座，大部分应该都是住在这里的老人。前方是舞台，一架三角钢琴放在那里，舞台一侧的宣传牌上写着"圣诞节特别演奏会"。

"机会难得，所以想让其他人也一起欣赏。"看来优美对那首曲子很有信心。

观众无须对号入座，优美说靠近中间的位置音效最好。

玲斗正在犹豫坐哪儿的时候，佐治寿明的身影在入口出现了，后面还跟着一位女士，应该是佐治夫人。她的相貌和优美有几分相似，看上去似乎很好胜。

"柳泽女士，劳您今天特意前来，真是太感谢了！"佐治走过来向千舟鞠躬。

"您不必客气，我也非常期待。"

"您能这么说，我很高兴。直井也是百忙中抽空过来，谢谢。"

"我是无论如何都要来的。后来怎么样了？曲子完成得还满意吗？"

"这个嘛……一会儿听一听你就知道了。"佐治似乎在控制着兴奋的情绪。看来,他觉得无须多言。

"啊,奶奶来了。"优美看向入口。

玲斗看见一位老妇人在一名护士的陪同下拄着拐杖走了进来。她个子不高,戴着眼镜,穿着碎花图案开衫。

佐治和夫人匆忙走了过去,从两边搀扶着母亲贵子,缓慢地挪动脚步。贵子面无表情,眼神稍显涣散。众人朝玲斗他们这边走来。贵子在椅子上坐下,还在嘟囔着什么。玲斗听到了一些,有"学校",还有"课间加餐"。

"奶奶平时不愿意出自己的房间。"优美在玲斗耳畔小声说道,"只有骗她说有远足或运动会时,她才会开心地准备。一定是想到了上学的时光吧。上次我来时,她还误以为我是老师呢。"

贵子落座后,佐治和夫人分别坐在了她两旁。优美坐在佐治左侧,再往左并排坐着玲斗和千舟。其他人也陆续走进来。等玲斗注意到的时候,座位差不多都坐满了。

不一会儿,开演的时间到了。一名工作人员模样的中年女子走到台前。"圣诞节特别演奏会现在开始。为我们演奏的是钢琴讲师兼音乐评论家冈崎实奈子女士。有请!"

身穿红色礼服的冈崎实奈子从舞台左侧登场。为了今天的演奏,她特意做了发型,妆容更加明艳,气质优雅依旧。她微笑着向观众席鞠了一躬,全场掌声雷动。

冈崎转向钢琴,收起笑容。与此同时,掌声停止了。她缓缓走近钢琴,坐到琴凳上。一瞬间的静寂之后,冈崎双手落下,力道十足的钢琴声随即响彻全场。

刚开始演奏,玲斗就觉得这首曲子和之前的完全不一样。旋律本身倒是没什么变化,但丰富的音色、立体的结构和细腻的表现力相比以前简直大相径庭。整体而言，两者就像两首格调不同的作品，前者仿佛一块素朴的白布，后者则是花纹精致的壁毯。

旋律流淌入耳，在内心深处回响，余音未了便又有新的音符融入其间。玲斗感觉整个身体似乎都在随着音波荡漾，他深深陶醉于乐声中，甚至想就这样将身心寄托出去。

把玲斗从近似于冥想的情境中拉回现实的，是一件令人意想不到的事情——他听到一个仿佛从什么东西中挤出来的细微声音。"久夫……久夫……"那个声音从右侧传来。他转过头去，发现优美也正侧着脑袋，她旁边的佐治神情看起来有些奇怪。

突然，优美的祖母站了起来。发出声音的人正是她。"久夫……久夫……"

玲斗终于听清了贵子说的是"喜久夫"。

"喜久夫的……喜久夫的琴……喜久夫的……"贵子不停地重复着，就像被什么附体了一般。

"妈……"佐治也站了起来。

"喜久夫在弹琴，是喜久夫。啊，是喜久夫！喜久夫啊……"贵子用双手捂住了嘴，泪水溢出眼眶。

佐治搂住了贵子的肩膀。"嗯，对，是哥的曲子。妈，这就是哥为您创作的曲子啊。他虽然听不见了，却在脑海里谱写了出来。您一定要用心听啊。"

冈崎实奈子的演奏渐入佳境。玲斗凝望着她弹奏时柔中带刚的背影，不觉屏住了呼吸。

"父亲说，他从心底感谢您。"优美把玲斗和千舟送到正门，对千舟说道。佐治夫妇已经扶着贵子回房间了。

"真的非常精彩，感谢你们让我听到了这么美的旋律。你奶奶看上去很幸福，你伯伯在天堂也一定心满意足了。"

"我也是这么想的。可能是心理作用，听演奏时我觉得从前的奶奶回来了。"

"那不是心理作用，你奶奶一定很幸福。"

优美点了点头，看向玲斗。"谢谢你帮了我们这么多。爸爸说找机会再当面致谢。"

"不用客气……"其实我想再单独和你吃一顿饭——玲斗没有说出这句话，他还没成为能说出这种话的大人。

"玲斗，咱们回去吧。"千舟说道。

"好。"玲斗看了一眼优美，"那我走了。"

"我还能去看那棵神楠吗？"

玲斗用力点头。"当然可以，我等你。"

"太好了。"优美笑着说。看着她的笑脸，玲斗想，今天已经很有收获了。

回去的路上，玲斗坐在专车里假装睡觉。虽然很想和千舟聊天，但又不能让司机听到，他一直闭着眼，并不清楚千舟一路在做什么，大概是在看那本手账，或是望着沿途风景回味刚才的一幕幕吧。

玲斗感觉差不多快到柳泽家了，于是装作刚睡醒的样子伸手搓了搓脸，左右看了看。"嗯？到哪里了？"

"很快就要到了。"司机说道。

千舟沉默不语。

车停在了柳泽家大门前。司机为他们打开车门。玲斗下车后用力伸了个懒腰。"睡得好香。"

等到目送专车离开，千舟从包里取出门卡，向门口走去。她回头问玲斗："你回去吗？喝杯茶再走吧。"

"啊……怎么办好呢？"玲斗犹豫不决。他的确有话想对千舟说，但一想到要在房间里面对面交谈，就突然不安起来。"不了，我还是回去吧。"

"好。"千舟低头思索片刻，"今天的经历非常宝贵。谢谢你。"

"您不用感谢我。不过……"玲斗低头舔了舔嘴唇，抬起了头，"我想知道您内心的真实想法。看到那位老奶奶，您有什么感觉？"

"感觉？"

"对。比如……您会觉得她值得同情，还是会羡慕？"

千舟咬着嘴唇，似乎在思考答案。

"千舟姨妈，我觉得那并不是什么坏事。"

千舟一脸诧异地歪着脑袋，似乎不明白玲斗的意思。

"我是说遗忘。遗忘真的是坏事或不幸吗？记忆力减退，渐渐记不清楚每一天发生的事情，也没什么大不了的吧？"

千舟笑了，似乎已经放弃。"还是没能瞒住啊。寄念时我还提醒自己尽量不要去想这件事情，看来果真没法欺骗神楠。"

"神楠可以传递一切，这是您教我的。"

"是的。正因如此，我才没有说自己去寄念的事。你去受了念，什么都知道了吧？"千舟叹了口气，注视玲斗，"也包括……我有认知障碍。"

"我的确是在受念时确定的。不过,在那以前也并非全无察觉。"

"是吗？"千舟右侧的眉毛动了一下。

"给我买西服……压箱衣时，您不是没说出我的名字吗？您当时说的是不知道应该怎么称呼我，可我感觉有点不对劲。"

"那次啊……"

"还有，晚宴当天您打电话让我去理发店，说前一天忘记嘱咐我了。其实您前一天就交代过，让我把头发剪得利落点。所以，"

您当天给我打电话时,我已经把头发剪短了。我当时就意识到果然有些不对劲,便猜测您是不是开始健忘了。"

"是吗……"

"住在柳泽酒店那次也发生了类似的事。我不小心睡着了,结果晚饭迟到,您却什么都没说。您也忘记了约好的时间,对不对?"

"没错。你跟我道歉,我才想起好像有过约定。"

"因为您没记在手账里,对吧?"

"对。"千舟眯起眼,点了点头。

"那本手账,"玲斗指着千舟的手提包,"就是您的记忆吧。严格说来,是所有短期记忆。以前的事情您都记得很清楚,但很多最近的事却越来越记不清了。所以,您会把绝对不能忘掉的事立刻记到手账里。与别人见面之前,甚至与人聊天时,您都会经常拿出手账确认,以免造成障碍。您其实做得非常周密。我虽然隐约察觉到了,但从没想过您已经得病,还以为只是上了年纪而已。您凭着手账和随机应变的能力克服了这么多困难。"

千舟打开手提包,取出手账。"大约一年前,我发现自己的状况有些异常。"她平静地说道,"忘记和别人的约定,接二连三地把相同的东西买回家,这样的情况越来越多。我犹豫再三,最终去了医院,结果被诊断出轻度认知障碍,将来会发展成痴呆,是最常见的阿尔茨海默症。接受治疗可以在一定程度上延缓病情的恶化速度,但不可能完全阻止,症状应该会越来越严重。所以,我打算趁还没有出现严重问题的时候处理好一切。公司那边,只要辞掉顾问一职就可以了。最让我担心的是祈念,我必须尽快找到下一任神楠守护人。"

"于是,您决定让我来当?"

"我并没有立刻决定。的确,你和我的血缘关系最近,可毕竟很多年都没有联系过,也不知道你成了怎样的人。如果找其他人,就只有将和或胜重的儿子了,可他们都是五代以外的远亲。正当我举棋不定时,富美阿姨突然联系我,说你被警察抓起来了。"

"我成了一个没用的人,您一定特别失望。"

"如果说没有失望,那是在骗你。但我的真实想法是,哪怕你不优秀也没关系,只希望你别给别人惹麻烦,能踏踏实实地生活。"

"完全可以理解。"玲斗表示赞同。如果站在千舟的立场上,他应该也会这么想。"您最后还是决定让我接替您了。"

"对。你已经受念,理由也清楚了吧?"

"是对我妈的……补偿吗?"

"由我自己说出来可能有些奇怪。我没有结婚,没有儿女,最后连个像样的家庭都没能建立,但我仍然很自豪,认为这一生没留下什么遗憾。因为我创造了很多可以代替家庭的东西。可是,唯有一件事,我无法原谅自己,那就是我从未像个真正的姐姐一样为唯一的妹妹做些什么。我真的太愚蠢了。"千舟长叹一声,仰起了脸。她双眼通红,泪水从眼角流了下来。

玲斗不知道该说些什么。千舟的痛苦,他在受念时已经充分感受到了。

千舟的悔恨,从父亲直井宗一再婚时就已开始。为什么当时没能衷心祝福父亲呢?直到今天千舟依然在自责。就因为固执,她拒绝向父亲敞开心扉,让父亲直到停止呼吸的那一刻还在懊悔没能让她们成为一家人。父亲唯一的凤愿一定是希望两个女儿可以亲近地相处,虽然她们有不同的母亲。

实际上,那也曾经是千舟所希望的。当听说父亲再婚后又有了孩子时,千舟受到了打击,但不可否认,当她第一次看到刚出生的婴儿时,内心深处不由自主地涌出了一股暖流——这是她在这个世界上唯一的妹妹。

千舟不知道怨恨了自己多少次。为什么那时没有把妹妹抱入怀中呢？如果抱紧了，说不定就不会再分离了，可最后她却抛下了妹妹。不仅离得远远的，连妹妹说要断绝关系时她都没有反对。她知道，妹妹生下了有妇之夫的孩子，未来的人生之路绝非坦途，可她没想到姐妹重逢时，已是生死永隔。

千舟感叹自己的愚蠢。她竟没有对妹妹伸出援手。她从未厌恶过这个妹妹，也从未想过要故意疏远，反而期盼着有一天可以爱护她，如真正的姐妹般相处。她想为妹妹挑选漂亮的衣服，为她梳理头发，把她打扮成自己喜欢的样子，然后出去逛街，享用美食，尽情玩耍，开心地笑出声来。这些事不是没能去做，而是没有去做。就因为毫无意义的自尊和微不足道的矜持，她欺骗了自己的心。她明明知道自尊与矜持没有任何意义。

美千惠的死在千舟心里留下了深深的伤痛。多年以来，千舟一直假装看不到那些伤痕，试图伪装起来。得知玲斗的消息时，千舟再也无法无动于衷。她告诉自己，现在必须要去做那些没能为妹妹做的事。

"我想你已经知道了，我希望的是能两全其美。"千舟用手背拭着眼角，"一方面，我想培养你，让你成为堂堂正正的人，以此告慰美千惠，向她赔罪；另一方面，我还想解决培养神楠守护人继任者的问题。"

"可是，您的心愿还没有实现。"玲斗摊开双手，"我仍是个靠不住的人，也还不够资格担任神楠守护人。您还要再多帮助我成长才行。"

"帮助你……"千舟无力地摇了摇头，"如今的我只是一个再没有任何价值的老太婆，已经没有这个能力了。那天晚宴之后的非正式高层会议，根本没有把我排除在外。这你也已经知道了吧？"

"嗯，"玲斗答道，"您忘记参会了。"

"没错，我竟然忘记了。那晚，我从宴会厅出来，突然感到不知所措，想不起接下来该做什么。我发现你不见了，手账上也没有记录。我在酒店里漫无目的地走来走去，幸好出大门时碰到了你。你问过我之后，我才知道要开高层会议。我的感觉甚至不是想起来了，而是第一次有人对我说起这件事，那一部分的记忆完全缺失了。好在我已经习惯了，知道如何应对。我马上撒谎搪塞了过去，但我也永远失去了挽救柳泽酒店的机会。"

"那天我其实碰到了将和社长，还指责他们瞒着您开会。可将和社长只说了一句'大人有大人的事情'。"

"生病的事我只对将和一个人说过，怕的是万一给他们添了什么麻烦。我想，他看到你时，瞬间就明白发生了什么。那个人比你想象中的还要强大，他甚至不需要依靠神楠的力量，就把柳泽家的念完整地传承了下去。"

玲斗想，如果千舟说的是真的，那他的确不可能是将和的对手。

"还是那一晚，我下定决心退出。况且，神楠也找到了可以托付的人。"

"我还差得远呢。"

"你已经完全可以胜任了。而且我也说过，我打算去旅行，得拜托你帮我看家。"

玲斗挺直了后背，目不转睛地盯着千舟。"您可以去旅行，我也可以替您看家，但我有个条件。您要和我约定，一定回来。还有，佛龛抽屉里放的小瓶子，您绝对不许带走。那个瓶子里的白色粉末，我会在您去旅行的时候处理掉。"白色粉末是具有毒性的亚砷酸，千舟曾想过找一个没有人认识她的地方服下，玲斗通过神楠得知了这一点。

千舟的眼神中溢满了哀伤。"你太年轻，不会明白的。不想忘却的事情、极为珍贵的曾经，这一切都像沙子从指尖滑落般消失得无影无踪。你能体会到那种可怕的感觉吗？认识的人的面孔一张张消逝，有一天，我也会认不出你，甚至连忘记了你这件事我都会忘记。你能明白那该有多心酸、多难熬吗？"

"我确实还不能明白。但是，未来您眼中的世界是什么样的，今天的您也一定不知道。既然您没有察觉到自己正在遗忘，那您所处的那个世界或许也并不让人绝望。那是一个崭新的世界。如果曾经的过往一点一点离您而去，您只要继续写下全新的经历就好。明天的您可能已经不是今天的您，但那又有什么关系呢？我愿意陪着您。今天、明天，我都会陪伴下去。这样可以吗？"

千舟眨了眨眼睛，注视玲斗良久，笑了。"你知道我在想什么吗？"

"您在想什么？"

"我好羡慕美千惠，发自内心地忌妒她。短短的几年里，她能和这么出色的儿子一起生活，每一天该有多快乐。"

"千舟姨妈……"

"光说阴郁的话了，我还要告诉你一件事，虽然对我来说已经无所谓了。"千舟打开手账，"柳之公司联系我，决定让柳泽酒店继续经营一年，存续问题再做决议。看来，你那场精彩的演讲奏效了。"

"真的吗？"

千舟啪地合上手账。"回答我，我可以再活一段日子吗？我有活下去的意义吗？"

玲斗一时不知该如何回答，焦急地用力挥了挥右拳。"我想把此刻的心情寄念。我不知道应该如何用语言表达，想通过神楠告诉您答案。"

"谢谢。不过，我觉得不需要神楠的力量了。现在我才知道，面对面也可以互通心绪。"

千舟伸出右手。玲斗用双手包裹住那只纤细的手掌。

玲斗感到千舟的心绪——她的念，正在向他涌来。

图书在版编目(CIP)数据

祈念守护人 /（日）东野圭吾著；宋刚译. -- 海口：南海出版公司，2020.6
 （东野圭吾作品）
 ISBN 978-7-5442-9901-5
 Ⅰ.①祈… Ⅱ.①东… ②宋… Ⅲ.①长篇小说－日本－现代 Ⅳ.①I313.45

中国版本图书馆CIP数据核字(2020)第048809号

著作权合同登记号　图字：30-2020-011
KUSUNOKINOBANNIN
Copyright © 2020 Keigo HIGASHINO.
This edition published by arrangement with Jitsugyo no Nihon Sha, Ltd.

祈念守护人
〔日〕东野圭吾 著
宋刚 译

出　　版	南海出版公司　(0898)66568511
	海口市海秀中路51号星华大厦五楼　邮编 570206
发　　行	新经典发行有限公司
	电话(010)68423599　邮箱 editor@readinglife.com
经　　销	新华书店
责任编辑	张　锐
特邀编辑	王　雪　倪莎莎　张博炜
营销编辑	范雅迪　温宏蕾　李　畅
装帧设计	韩　笑
内文制作	王春雪
印　　刷	北京盛通印刷股份有限公司
开　　本	850毫米×1168毫米　1/32
印　　张	10
字　　数	233千
版　　次	2020年6月第1版
印　　次	2020年6月第1次印刷
书　　号	ISBN 978-7-5442-9901-5
定　　价	59.00元

版权所有，侵权必究
如有印装质量问题，请发邮件至 zhiliang@readinglife.com